STAR OF SHARON

1

샤론의 별 1

서윤하 판타지 장편 소설

초판 1쇄 찍은 날 § 2001년 6월 15일
초판 1쇄 펴낸 날 § 2001년 6월 25일

지은이 § 서윤하
펴낸이 § 서경석
펴낸곳 § 도서출판 청어람
편집 § 문혜영 · 허경란 · 박영주 · 김희정 · 권민정
마케팅 § 정필 · 강양원

등록번호 § 제1081-1-89호
등록일자 § 1999. 5. 31
어람번호 § 제1-0113호

주소 § 경기도 부천시 원미구 심곡1동 350-1 남성B/D 3F (우) 420-011
전화 § 032-656-4452 팩스 § 032-656-4453
e-mail § eoram99@chollian.net

값 7,500원

ISBN 89-5505-110-7 (SET) / ISBN 89-5505-111-5 04810

서윤하 판타지 장편 소설

샤론의 별

STAR OF SHARON

1
저주받은 종족

도서출판
청어람

목차

작가의 말 / 5

PART I 반란군 / 9

PART II 저주 / 69

PART III 기나긴 여정 / 141

작가의 말

무더운 여름이 쉴 틈 없이 성큼성큼 목을 조이듯 다가오고 있다. 더군다나 요즘처럼 비마저 멈춰 버린 날씨에는 정말 짜증 섞인 답답함이 여기저기 주변에서 판을 친다. 비록 비가 온다 해도 장마철의 끈적끈적한 감촉은 불쾌지수의 상승 효과를 부채질할 뿐 아무런 효과도 없다.

이럴 때 늘어진 기분을 풀어줄 도우미는 단연 서점으로 쏟아져 들어오는 책들이다. 특히 여름이면 빼놓지 않고 나오는 추리소설, 공포소설, SF소설 등은 우리의 더위를 말끔히 씻어준다.

하지만 누가 나한테 책을 부탁한다면 두말없이 판타지 소설을 권해줄 것이다. 우리가 상상으로 대하던 기사나 마법사, 그리고 늑대 인간을 비롯한 수많은 몬스터들, 이 모두가 우리만의 세상을 이루던 친구들이다. 한 번 정도는 현재의 모든 걸 접고 그들을 만나보는 것도 잃었던 것들을 되찾는 시원한 계기가 될 것이다.

요즘 나는 판타지 소설을 쓰며 그 매력에 흠뻑 젖어 있다. 내 스스로 즐거운 책을 쓴다는 것은 매우 어려운 일이다. 그러나 이번 작품인 『샤론의 별』의 원고를 완성해 가는 과정은 그야말로 환상적이었다.

소설 속의 주인공이 되어 직접 움직이는 세상은 모두 내 것이었다. 좀 더 그 느낌을 가지기 위해 '일인칭 주인공 시점'의 소설을 택했는지도 모른다. 전투 장면이나 또는 적에게 쫓기어 도망가는 장면 등에서 긴박감을 살리려고 노력했으며 육지와 바다에서, 또는 지하와 저승 세계에서 만나는 수많은 몬스터들과의 싸움도 모두 재미를 바탕으로 그려보았다.

모든 판단은 책을 잡는 순간 독자의 몫이지만 나 역시 독자의 입장에서 책을 썼기에 내용이나 구성에서는 후회하지 않는다. 다만 처음 쓰는 판타지여서 소설의 중요한 요소들을 간과(看過)하고 넘어갔을지도 모른다. 만일 그런 부분들이 보인다면 지체없이 지적해, 다음에는 더욱 완성도 높은 작품을 선보일 수 있도록 도와주기를 바란다.

이번 작품을 책으로 내며 졸필이지만 선뜻 허락해 주신 청어람 출판사의 서경석 사장님과 책 한 권을 만들기 위해 불철주야(不撤晝夜) 노력한 모든 분들께 진심으로 감사의 마음을 전하며 항상 옆에서 정신적으로 거들어준 사랑하는 친구들과 하나밖에 없는 아들에게는 별도의 고마움을 보낸다.

2001년 6월의 어느 날.
시윤하.

PART I
반란군

(1)

　100년 전부터 지금까지 계속 진행 중인 전쟁의 소용돌이에 갇혀 대륙 전체가 어수선하던 시절, 신(神)의 제왕 리쿠스가 사내아이로 태어난 나에게 윌리암이라는 이름과 함께 베푸신 종족은 노랑 머리의 샤론(Sharon) 족(族)이다. 나는 이후로 나는 아쿠아소룸 대륙의 반란군으로 불리는 샤론의 마을에서 열다섯 해를 보냈다. 비록 짧은 나의 생애(生涯)였지만 정말 따분함의 극치를 이룬 평생이자 세월이었다. 그나마 유일한 즐거움이 있었다면 우리 병사들에게 엉덩이를 채이며 이리저리 도망 다니는 적(敵)들을 멀리서나마 지켜보는 재미였다.

　같은 또래의 아이들과는 달리 검술(劍術)이나 마법(魔法) 따위에 별로 정을 주지 못하던 나로서는 그거라도 보지 못하면 날마다 계속되는 무료함에 짓눌려 질식해 죽을지도 모른다는 위기감에 빠지곤 했다. 그렇다고 대단한 볼거리는 아니었다. 온갖 악(惡)으로 세상을 지배하던 마법사 헤라트의 기사들이 무거운 갑옷을 덜거덕거리며 아무리 뒤뚱거려도 호기심 많은 나에게는 충족되지 못할 그저 그런 소일거리였다.

요즘은 종종 언데드 드래곤(Undead Dragon)인 드라코리치의 추종자들도 엉덩이 걷어차이는 일에 참여하긴 하지만 그 역시 별로 기대할 건 없었다. 더군다나 드래곤 족은 3년 전 '카카마오 전투'에서 실종된 엄마의 종족이다. 그래서인지 그들을 대할 때면 나도 모르게 괜히 시무룩해지곤 한다.

그런데 오늘만은 아침부터 흥분하기에 충분한 일이 벌어지고 있었다. 시간이 점점 가까이 다가오면서 가슴은 더욱 두근거린다. 내가 직접 마법사하고 싸우는 것도 아닌데 이렇게 긴장되다니… 자꾸 하늘만 쳐다보았다. 태양의 신 카오투라스의 황금 마차가 푸트 산 꼭대기에 걸리면 일생 동안 한 번도 본 적 없는 구경거리를 가까이에서 실컷 만끽하게 될 것이다. 생각만 해도 피가 뜨거워지는 것 같다.

"윌리암, 슬슬 가보자."

"어, 맥슨."

막사 안에서 때만 기다리던 나를 찾아온 사람은 유일한 친구인 맥슨이었다. 덩치가 보통 어른의 두 배도 넘는 그는 대륙에서 알아주는 천하장사이다. 아직은 뽀송뽀송한 솜털이 귓가에 잔뜩 깔려 있는 어린 청년이지만 그래도 샤론의 최고 용사임에 틀림없었다. 나이는 열아홉 살로 나보다 몇 살이 더 많지만 장난을 치는 수준은 내 파트너로서 전혀 손색이 없었다.

"너무 이른 거 아냐?"

말은 이렇게 했지만 맥슨을 따라나서는 나는 들떠 있었다.

"벌써 공터에는 사람들이 가득 모여 있어."

"그래?"

좋은 자리를 잡아야 하는데 은근히 걱정이 올라온다.

"윌리암, 너는 걱정도 안 되냐?"

즉시 내 마음을 꿰뚫어 본다. 역시 친구답다.

"걱정되지."

"후후후, 그래?"

"당연하지. 앞쪽에 자리를 못 잡으면 그 좋은 구경을 놓칠지도 모르는데."

순간 친구의 얼굴이 일그러진다.

"맥슨, 왜 그래?"

"야!"

맥슨은 갑자기 소리를 버럭 질렀다.

"너는 아슈빌님이 걱정도 안 되냐?"

나는 그때서야 맥슨의 질문을 알아들었다. 무슨 마음으로 오늘 일을 꾸몄는진 몰라도 샤론 족의 위대한 지도자인 아슈빌은 나의 아버지이다.

"맥슨은 아버지가 걱정돼?"

"나야 아슈빌님의 실력을 전쟁터에서 직접 본 사람이니까 그런 거야 아예 접고 있지만, 너는 그래도 아들이잖아."

친구에게 한소리 들으니 아버지에게 조금 미안한 마음이 든다. 그래도 얼른 둘러댔다.

"세상이 알아주는 아버지인데 무슨 일이야 있겠어?"

"시합의 결과야 당연한 거고, 문제는 네 마음가짐이야. 하나밖에 없는 자식이 아버지야 어떻게 되든 말든 좋은 자리나 따지고 있으니 할 말이 없다."

일리있는 말이다. 그렇다고 곱게 기죽을 내가 아니다.

"맥슨이 우리 아버지 아들 하면 되겠네."

"이그그."

툴툴거리며 마을 공터로 발길을 옮기던 나는 시선을 다른 곳으로 돌렸다. 저 멀리 남부 지역의 최고봉인 푸트 산이 보인다. 만년설로 덮여 있는 산 아래로는 광활한 초원이 마치 녹색의 바다처럼 평화롭게 펼쳐져 있었다. 그 산을 방패 삼아 푸른 초원 위로 수백 개의 하얀 막사들이 비슷한 크기로 줄지어 하나의 마을을 이루었다. 땅에서 뿜어대는 지열(地熱) 탓에 두꺼운 천으로 만든 모든 막사는 입구를 열어 놓은 상태였다. 그러나 사람들의 모습은 거의 보이지 않는다. 위급할 때를 대비해서 막사 사이마다 진열해 놓은 스피어(Spear:창) 근처에도, 말들이 모여 있는 넓은 우리(牛李)에도, 검술을 배우는 냇가에도 사람들은 없었다. 다만 굵은 나무들을 엮어 만들어놓은 높은 방벽(防壁) 위에 서서 마을 외곽을 지키는 병사들과 점심 식사를 준비하는 몇몇의 여자들만이 어른거렸다. 저들도 잠시 후면 마을 공터를 향해 갈 것이다. 아직 시간이 남은 듯했지만 안심할 수가 없었다.

"어서 가봐야겠다."

"윌리암, 기다려!"

마을에서 조금 떨어진 공터 쪽으로 무작정 달려갔다. 숨을 헐떡거리며 뛰어가는데 함성 소리가 들려왔다.

"와아—!"

"이슈빌님이다!"

아버지가 일찍 나왔나 보다. 달리던 발목에 더욱 힘을 주었다. 그러나 겨우 도착했을 때 내 입에서 나온 한마디는 실망 그 자체였다.

"자리가 없어."

사방을 둘러싼 사람들의 넓은 등에 가리어 공터는 보이지도 않았다. 내가 너무 여유를 부린 듯했다. 세월을 따분하게 사는 사람이 우리 마을에 이렇게 많은지 몰랐다. 내 뒤로도 사람들이 서서히 채워지고 있었다. 점점 초조해졌다.

"윌리암."

뒤따라온 맥슨이 숨을 고르며 주변을 두리번거렸다.

"이런! 우리가 늦게 왔네."

"아무것도 볼 수가 없어. 방법이 없을까?"

"나야 괜찮은데……."

"지금 약 올리는 거야?!"

보통 사람들보다 머리 하나가 더 큰 맥슨을 노려보았다. 그때 사람들이 또 한 번 함성을 지르며 웅성거렸다.

"헤라트의 마법사가 나온다!"

"강하게 생겼는데?"

"그래도 이슈빌님한테는 안 되지."

"저 마법사의 실력도 만만치 않은가 봐."

"정말?"

"8기가 정도는 된다고 하드만."

사람들의 이런저런 얘기가 귓가를 어지럽힐수록 나는 마음을 가다듬지 못했다. 발만 동동 굴리며 맥슨을 바라보았다. 방법은 하나밖에 없었다.

"으라차차!"

나의 작은 몸이 달랑 들리더니 맥슨의 어깨에 걸터앉혀졌다. 어둡던 시야가 확 트이며 공터가 뚜렷하게 잘 보였다.

"야호!"

입에서 저절로 환호성이 터졌다. 만날 때마다 곰탱이라고 놀리던 친구였지만 덩치가 큰 것도 나쁘지만은 않았다. 환하게 보이는 공터에는 두 남자가 서로 마주 보고 서 있었다.

"아슈빌! 약속은 잊지 마라!"

마법사가 묶여 있던 손목을 매만지며 소리치자 떠들던 사람들이 조용해졌다.

"나를 이길 수 있다고 보나?"

아버지는 웃으며 한 발 앞으로 나왔다. 그 뒤에는 '지혜의 샘'으로 불리는 큰 스승 알프레드를 비롯한 다섯 명의 족장들이 앉아 있었다.

"길고 짧은 것이야 대봐야 아는 거지."

마법사는 자신만만했다. 그는 칼마르 제국의 박쥐 문장이 새겨져 있는 검은 로브(Rove)를 입고 있었다. 칼마르 제국은 마법사 헤라트의 나라였다.

"후후후, 자신감만은 높이 살 만하군."

아버지가 노랑 머리를 손으로 쓸어 넘겼다. 다크블루의 눈동자와 갸름한 콧날이 인상적인 중년의 얼굴이었다. 강한 의지를 느끼게 하는 두툼한 입술은 미소를 머금고 있었다.

"저 마법사는 우리가 급습해서 잡은 포로인데 제대로 싸워보지도 못하고 잡힌 게 억울했는지 아슈빌님한테 결투를 신청한 거야. 자기가 이기면 풀어달라는 조건으로 말야."

맥슨이 손가락으로 마법사를 가리키며 설명했다.

"이제 슬슬 시작하지."

"아슈빌! 기다리고 있었다."

마법사는 눈꼬리가 잔인하게 올라간 길쭉한 얼굴에 힘을 주었다.

"리케드우스, 실력이 얼만큼 되는지 볼까?"

아버지는 마법사의 이름을 부르며 칼을 수평으로 들었다. 팽팽한 긴장감이 공터에 모여 있는 모든 사람들의 목구멍을 침으로 채우게 했다. 나도 땀이 스미는 손바닥을 바지에 문질렀다. 태어나서부터 지금까지 전쟁터에서 수도 없는 싸움을 보았지만 대륙의 반란군 지도자이며 샤론 족의 위대한 용사로 칭송받고 있는 아버지의 실력을 직접 본 적은 없었다.

"간다!"

가만히 노려보던 아버지가 칼을 머리 위로 치켜들며 먼저 달려들었다. 그러자 마법사 리케드우스는 팔을 위로 올리며 소리를 질렀다.

"파이어 볼!"

푸른색의 기운이 마법사의 몸을 감싸더니 손바닥에서 불꽃이 터져 나갔다.

슉슉슉─

"훙! 겨우 6기가의 실력으로 덤비다니."

아버지는 칼을 엑스(X) 자로 그으며 코웃음을 쳤다.

펑!

마법사의 불덩이는 아버지의 칼날에 두 동강이 나며 사라졌다. 순간 자신의 공격이 단 한 번에 무위로 돌아가자 리케드우스는 놀라는 얼굴을 했다. 하지만 그는 곧 이어 마나의 양을 늘리며 다음 공격 주문을 캐스팅했다.

"블리저드!"

불덩이를 쏘았던 마법사의 손에서 차가운 기운이 아버지를 향해 빠르게 뻗어 나갔다. 북부 빙원의 눈바람을 소환한 것이다.

휘이이익!

"이런!"

아버지는 갑자기 덮쳐 오는 눈바람에 얼굴을 돌렸다. 마법사는 그때를 놓치지 않고 재차 공격을 가했다.

"아이스 대거!"

몰아치는 바람 사이로 날카로운 단검들이 무수히 만들어졌다. 숨돌릴 틈도 없이 마법사의 주문은 이어졌다.

"어택크!"

슉! 슉! 슉!

수많은 단검들이 무서운 속도로 아버지를 사방에서 좁혀왔다. 꼬리를 물고 날아오는 아이스 대거(Ice Dagger)의 공격은 마치 새까맣게 몰려드는 벌 떼 같았다. 피할 수 있는 공간이란 전혀 없었다. 그러나 아버지는 서늘한 기운이 피부 가까이 와 닿아도 크게 동요하지 않았다. 당장 송곳 같은 얼음 칼날이 그의 목을 노리고 찔러왔다. 순간 짧은 외침이 아버지의 입에서 터져 나왔다.

"소드 윈드밀!"

아버지는 몸을 움츠리며 그 자리에서 빠르게 한 바퀴 회전했다. 그러는 동안 아버지의 칼이 쉬지 않고 그의 가슴과 머리 위로 오가며 풍차처럼 돌았다. 원형의 푸른 기운이 밝게 피어 오르며 그를 둥글게 감싸 안았다.

쨍! 쨍! 쨍! 쨍!

아이스 대거들이 아버지의 칼에 부딪치자 굉음을 지르며 땅에 떨어지기도 전에 모두 산산조각이 나서 공중으로 흩어졌다.

"이… 이럴 수가!"

마법사 리케드우스는 경악했다.

"후후후, 아슈빌님이 8기가(Giga)의 공격을 막을 줄은 꿈에도 몰랐나 보군."

맥슨은 주춤거리는 마법사를 비웃었다. 하지만 나는 감탄사밖에 나오지 않았다. 이런 싸움은 처음 보는 광경이었다.

"저렇게 강했단 말인가?!"

마법사는 믿을 수가 없는지 낮은 신음을 흘렸다. 그는 두려움을 느끼는 듯했다.

"이번엔 내 차례야!"

주춤할 사이도 없이 아버지의 칼이 바로 마법사의 눈앞으로 달려가고 있었다.

"라이즈 그라운드!"

마법사는 최후의 발악을 했다. 모든 마나를 불러 두 손을 뻗었다. 순간 땅이 갈라지며 위로 솟구쳤다. 자리를 피하기 위해 일시적인 방어 벽을 만든 것이다. 하지만 마법사는 숨 한번 못 돌리고 뒤로 물러나야 했다. 아버지가 솟아오른 땅을 도약대로 삼아 뛰어넘었던 것이다.

"다크니스!"

갑자기 주변이 캄캄한 밤으로 변했다. 리케드우스의 모습이 어둠에 묻혀 버렸다. 그러나 마법사의 방어 벽을 간단히 뛰어넘은 아버지는 망설이지 않고 손을 뻗어 어둠 속의 한곳을 공격했다.

"으헉!"

마법사의 당황한 목소리가 들렸다.

"컨… 실셀프!"

리케드우스는 급한 마음으로 자신의 몸을 숨기는 마법을 캐스팅했다.

"어딜!"

슈우우우—

이슈빌의 칼은 한 치의 오차도 없이 마법사의 양미간으로 향했다.

"어, 어떻게 내가 이쪽에 있는지 알았지?!"

"후후후, 몸을 숨기려면 숨소리까지 없애야지."

"샤론의 이슈빌이 그 정도……."

"내 실력을 다 못 보여줘서 미안하네."

아버지의 웃음이 입가를 떠나기도 전에 리케드우스는 마법사로서의 최후를 마쳤다. 그는 기를 쓰고 덤볐지만 실력의 차이를 넘지 못했다. 8기가의 엑설런트(Excellent) 실력을 가진 마법사라고 해도 12기가의 마스터 기사인 아버지에게는 비교도 되지 않는 것이다.

"와아—!"

"이슈빌 만세!"

승리를 확인하자 사람들이 환호성을 질렀다. 그들은 아버지를 연호하며 손가락을 치켜들었다. 사람들은 우리 종족의 영웅에게 최대한의 사랑을 보여주고 있었다.

"너무 멋있었어!"

"그랬어?"

"검술이 이렇게 대단한 것인지 몰랐어."

맥슨의 어깨에 앉은 채 사람들 틈을 빠져나오던 나는 아직도 지워지지 않는 결투 장면을 머리 속에 그리며 떨리는 가슴을 진정시켰다. 아버지의 멋진 칼 솜씨는 그동안 멀리했던 검술을 배워볼까 하는 마음마저 들게 했다. 그러나 누군가 나를 쳐다보는 눈길을 인식하며 그런 생각을 싹 지워 버렸다. 그 눈길은 엉덩이가 커지는 여자애들의 야릇한 것과는 판이하게 달랐다. 머리가 한 올도 남아 있지 않은 왜소한 체격의 초로(初老)의 남자는 인자하게 웃고 있었지만, 샤론 족의 큰 스승으로 불리는 알프레드의 생각이 무엇인지는 알고도 남았다.

"맥슨, 그만 내려줘."

"막사로 갈 거야?"

"글쎄, 생각할 게 좀 있어서."

"그럼, 나중에 보자. 나는 아슈빌님께 가봐야겠다."

"알았어."

맥슨의 어깨에서 내려온 나는 믹사가 모여 있는 마을의 반대쪽으로 향하였다. 한두 번 보는 것도 아닌데 오늘따라 큰 스승의 눈빛이 마음에 더욱 걸렸다.

"아버지하고 비교되는 것은 정말 싫어!"

나는 친구가 거의 없다. 어릴 적에 같이 뛰어놀던 아이들은 나이가 차자 큰 스승 알프레드나 어른들에게 기본적인 수업을 받았다. 나도 억지로 배우긴 했지만 기본 수업이 끝나면 다른 아이들은 시간을 쪼개서 검술이나 마술 등을 익혔기 때문에 별다른 취미가 없던 나하고 놀아줄 만한 친구는 없었다. 맥슨 역시 거의 전쟁터에 나가 있기 때문에 자주 같이하지는 못한다. 어찌 되었든 결론적으로 나는 항상 외톨이었다.

　이런 나를 제일 걱정해 주는 사람은 큰 스승 알프레드이다. 그의 바람은 내가 아버지와 같은 훌륭한 용사가 되는 것이다. 그러나 나는 아버지와는 전혀 다른 아이다. 아버지는 어릴 적부터 샤론 족뿐만 아니라 아쿠아소룸 대륙에서도 알아주는 강인한 전사였다. 그에 비해 나는 고집만 세고 말썽만 피우는 개구쟁이일 뿐 다른 아이들보다 특별히 뛰어난 것이 없는 평범한 아이다. 성격도 그렇지만 생김새마저 사내아이답지 못하다. 작고 하얀 얼굴에 조화롭게 배치된 커다란 눈과 빨간 입술은 죽기보다 듣기 싫은 말이지만 웬만한 소녀보다도 훨씬 예쁘다고 한다. 게다가 작은 키의 호리호리한 체격은 아무리 봐도 전사(戰士)나 기사하고는 거리가 먼 외모이다.

　자세히 보면 나의 외모는 다른 샤론 족하고는 조금 다르다. 원래 샤론 족은 노랑 머리와 다크블루의 눈동자가 특징이다. 하지만 나는 노랑 머리에 까만 눈동자를 가지고 있다. 전체적인 외모는 드래곤 족인 엄마를 닮은 것이다. 특히 나의 까만 눈동자는 보면 볼수록 신비스러운 기운이 느껴진다고 알프레드가 말했다. 하지만 결론적으로 그가 원하는 전사의 조건에 전혀 미치지 못하는 것이 나의 외모와 성격이다.

(2)

　볼거리가 끝나고 허전한 마음을 잠으로 채우기 위해 나는 식량 창고에 누워 있었다. 아무도 눈치 채지 못할 깊숙한 구석에 자리를 잡았다. 잠시 후 몽롱해지며 깜빡거리는 눈꺼풀 틈으로 잠시 엄마의 환영(幻影)이 보이더니 알지 못할 나락으로 떨어졌다. 잡을 수 없는 그림자를 쫓아 헤매는 중에 시간이 꽤 지났는지 층층이 쌓아 올린 커다란 곡식 자루에 누워 있던 몸뚱이로 어둠이 스며드는 경직의 조짐이 일어났다.

　그동안의 경험으로 미루어볼 때 저녁 식사를 하러 갈 시간이 틀림없었다. 그때, 정체 모를 충격이 까만 공간 너머에서 부서지듯 비명을 질렀다. 나는 다른 세계의 갑작스러운 침입에 반사적으로 눈을 떴다. 그러자 밝은 빛줄기가 어둡던 시야 속으로 따갑게 파고든다. 하지만 남아 있던 잠의 찌꺼기를 완전히 몰아낸 것은 창고의 불빛이 아닌 거친 남자의 흥분한 목소리였다.

"더 이상은 기다릴 수 없네!"

"때가 되면 리쿠스 신(神)께서 먼저 부르실 겁니다."

또 다른 남자였다. 그는 부드럽고 침착했다.

"헤라트의 대대적인 반격은 둘째 치고라도 드래곤 족(族)까지 우리를 노리고 있어. 상황은 더욱 안 좋아지고 있단 말이야."

"드래곤 족의 문제는 사비나님만 돌아오면 전부 해결됩니다."

"사비나?"

나는 천천히 몸뚱이를 뒤집었다. 사비나는 '카카마오 전투'에서 실종된 나의 엄마이다. 그 뒤로 소식이 끊겨 3년이나 생사를 모르고 있었다.

"지금 사비나라고 했나?"

"그렇습니다."

"도대체 몇 번을 말해야 알겠나? 그녀는 절대로 돌아오지 않아."

"믿으셔야 합니다."

"그만 하지!"

"사비나님도 돌아올 기회만 엿보고 계실 겁니다."

"시끄럽네!"

두 남자 사이로 잠시 침묵이 흘렀다. 그들은 실종됐다던 엄마의 소식을 잘 알고 있는 듯했다. 온몸이 쭈뼛하며 뜨거운 열기가 훑고 지나간다. 꿈에서도 기다리던 엄마가 돌아오지 않는다니 가슴마저 철렁거렸다.

"뭐라고 하셔도 직접 움직이시는 것은 위험합니다."

"리쿠스 신의 예언을 얻는 성스러운 일이야. 다른 사람에게 맡길 수는 없어!"

"예언의 증거는 어디에도 존재하지 않습니다."

"이 지역은 신들이 대륙을 처음 만든 곳이지. 따라서 여기가 확실하네."

"그저 가능성만 조금 있다는 겁니다."

"조금이라도 빛이 보인다면 얼른 찾아 나서야지."

남자들의 얘기는 다시 처음 주제로 돌아가고 있었다. 그래도 혹시나 하며 조심스럽게 커다란 자루 사이를 기어서 그들에게 접근했다. 다시는 내 곁으로 돌아오지 않는다는 엄마의 얘기가 슬픈 마음만큼이나 궁금했다.

"제 생각으로는 일단 병사들을 은밀히 풀어 샅샅이 조사해 본 후에 움직이는 것이 좋을 것 같습니다."

"안 돼! 이 문제는 비밀로 해야 하네."

"영원히 모르게 할 수는 없습니다."

"그래도 지금은 아냐. 잘못되면 역효과가 날지도 몰라. 그동안 쌓아 왔던 우리의 노력이 한순간에 무너질 수도 있어."

자루 몇 개를 헤치고 나가자 두 남자의 윤곽이 흐린 불빛 사이로 어슴푸레 보였다. 그들의 정체는 내가 모두 아는 사람들이었다. 바로 아버지와 큰 스승인 알프레드였다. 마법사와의 결투가 승리로 끝나서 마을에서는 축제가 벌어지고 있을 텐데 여기에서 둘만의 밀어(密語)를 나누고 있는 것을 보면 심각한 문제가 있는 것이 틀림없다.

"이럴 때 사비나님이 계셨다면 큰 도움이 됐을 겁니다."

"그 여자 이름은 더 이상 듣고 싶지 않아!"

아버지는 인상을 찡그렸다.

"아직도 사비나님을 사랑하고 계신 거 압니다."

"제발 그만!"

알프레드가 엄마의 이름을 꺼내자 아버지는 소리를 질렀다. 두 분의 사랑을 잘 알고 있던 나로서는 이해할 수 없는 모습이었다. 엄마는 종종 침대에 누워 있던 나의 머리칼을 쓰다듬으며 아버지와의 첫 만남을 이야기해 주곤 했었다. 그때마다 행복한 미소가 담겨 있던 엄마의 얼굴은 지금도 잊을 수가 없다.

"분명히 알지 못할 오해가 있었을 겁니다."

"아니! 오해 같은 것은 없어. 사비나는 스스로 우리를 떠난 거야!"

"헤라트에게 투항을 했다는 사실만으로 속단할 수는 없습니다."

"과연 그럴까?"

아버지는 알프레드에게 반문을 했다. 그런데 이게 무슨 말인가? 엄마가 나와 아버지를 버리고 우리의 적(敵)인 헤라트에게 투항을 했다고 한다. 알프레드의 말대로 무슨 오해가 있을 것이다. 그렇지 않고는 상상도 할 수 없는 일이다. 우선 아버지와 엄마의 만남은 대륙의 역사를 다시 써야 할 만큼 커다란 사건이었다. 두 분의 사랑은 세상의 모든 것을 바꾸어놓기에 충분했다.

"사비나님이 없는 우리는 생각할 수 없습니다."

"자네는 끝까지 나의 인내심을 시험하는군."

잔뜩 뜨겁던 아버지의 목소리가 기운없이 아래로 떨어졌다.

"틀린 말은 아니니까요."

"중요한 것은 현재 이 자리에 그녀가 없다는 걸세."

"다시 모셔오면 됩니다."

"알프레드! 제발 정신 차리게."

"제가 아슈빌님께 하고 싶은 말입니다."

"사비나는 헤라트의 옆에 앉아 있어. 이제는 우리에게 칼을 겨눈 적이라고."

"아슈빌님의 말씀은 아무도 믿지 않을 겁니다."

알프레드는 물러나지 않았다. 시종일관 부드러운 목소리로 얘기하고 있었지만 그는 엄마를 모욕하는 아버지에게 충고까지 했다. 역시 대륙 최고의 '지혜의 샘'으로 불리는 샤론 족의 큰 스승다웠다. 더군다나 이 순간만은 숨어서 씩씩거리는 나의 대변인이기도 했다. 아버지의 입에서 어떻게 저런 말들이 나올 수 있는지 분노마저 솟구쳤다.

"저는 15년 전에 처음 보았던 사비나님의 맑은 눈빛을 잊지 못합니다."

"흥! 모두 거짓이었지."

아버지가 비아냥거리기까지 한다.

"선택은 아슈빌님이 하신 겁니다."

"나도 속은 거야."

"아슈빌님!"

알프레드가 기어이 참을 수 없는지 입술을 깨물었다.

"사비나님이 아니었다면 지금의 샤론은 없습니다."

"그녀는 드래곤 족의 침범을 막기 위한 방패였을 뿐이야."

"정말 그렇게 생각하십니까?"

아버지는 대답 대신 알프레드의 어깨를 불끈 잡았다.

"왜 우리가 사비나 때문에 언성을 높여야 하지?"

"아슈빌님이 진실을 인정하지 않으니까요."

"똑똑히 듣게, 알프레드! 이 자리에서 당장 찾아야 하는 진실은 사비나가 아닌 리쿠스 신의 예언이야!"

"만일 그 진실이 이곳에 있다고 해도 리쿠스 신은 사비나님이 함께 오기를 기다리고 계실 겁니다. 그래야 샤론의 정당한 역사를 이룰 수 있으니까요."

내가 알프레드에게 처음으로 수업을 받으며 대륙의 역사라는 것을 배웠을 때 알게 된 사실은 샤론 족의 현재는 아버지와 엄마가 만든 것이라는 거였다. 다시 말해서 엄마 없는 우리 종족은 생각조차 할 수 없었다.

"족장들을 불러오게."

"여기로 말입니까?"

"자네가 아니었다면 이런 의논도 하지 않았을 거야."

"알고 있습니다."

"후후후, 아는 사람이 너무하는군."

섭섭한 말투였다. 그만큼 알프레드를 믿고 있던 아버지였다.

"아슈빌님을 위하는 마음입니다. 그렇기 때문에 사비나님……."

"됐네! 어서 가서 족장들을 오라고 하게."

아버지는 손을 들어 알프레드를 제지했다.

"그럼 다녀오겠습니다."

하늘이 열린 이래 세상의 중심은 오로지 한곳뿐이었다. 신의 제왕 리쿠스를 비롯한 12신들의 축복으로 남쪽의 물속에서 떠오른 풍요의 대륙(大陸) 아쿠아소룸. 그러나 100여 년 전부터 시작된 마법사 헤라트와 언데드 드래곤인 드라코리치의 전쟁으로 죽음만이 존재하는 암흑의 땅으로 변하고 말았다.

강력한 힘을 가진 두 집단의 싸움은 아쿠아소룸에 살고 있던 수많은 종족들을 전쟁의 도구로 만들었다. 특히 인간은 전투에 직접 참여하여 그들의 소모품으로 목숨을 걸어야 했다. 그것만이 이 땅에서 살 수 있는 유일한 방법이었다. 신들이 인간에게 주었던 자유나 평화 따위는 이미 사라진 지 오래였다.

당시의 샤론 족도 헤라트의 군대가 되어 드래곤 족과 싸움을 치르고 있었다. 그때 샤론의 기사였던 아슈빌은 드래곤 족의 여전사 사비나를 만나게 된다. 서로의 적이었던 아버지와 엄마는 우여곡절 끝에 의기투합하여 전쟁터를 빠져나와 대륙의 남부 지역에 있던 샤론 족의 영토 머로토우드로 찾아온다.

이후로 리쿠스 신의 예언을 믿던 아버지는 다섯 명의 족장들을 설득해서 자유와 평화를 되찾기 위한 전쟁을 선포한다. 이때, 엄마의 도움이 절대적이었던 것은 귀가 닳도록 들어서 알고 있다. 15년을 넘게 전쟁을 해오면서 사비나라는 여전사는 우리 종족의 어머니로서 존경을 한 몸에 받고 있었다. 아버지가 별의별 이유를 갖다 붙이며 엄마의 이름을 깎아내린다고 해도 우리 땅에서는 절대 통할 리가 없었다.

"정… 말입니까?"

"왜 하필 이곳에서 그런 생각을 하신 거죠?"

"여태까지 리쿠스 신이 직접 오실 거라고 믿었잖아요?"

"아슈빌님은 개인의 몸이 아닙니다. 우리 샤론 족뿐만 아니라 이 대륙 모든 사람들의 자유를 지키는 분입니다."

창고로 들어서던 다섯 명의 족장들이 한마디씩 했다. 알프레드를 통해서 어느 정도 상황 설명을 들은 것 같았다. 축제 중에 끌려왔을 그들은 어리둥절해하고 있었다.

"만약에 아슈빌님에게 무슨 일이 생긴다면 그건 오히려 리쿠스 신의 뜻을 저버리는 일이 될 겁니다."

"저도 힝기레스 족장의 말에 동감합니다."

턱수염이 깔끔한 사내를 힐끔 보며 알프레드가 앞으로 나섰다. 아버지의 표정이 묘하게 일그러졌다.

"모두 여기를 보세요."

알프레드는 아버지의 변화에는 신경 쓰지 않으며 밖에서 가지고 들어온 양피지(羊皮紙) 뭉치를 펼쳤다. 곡식 자루 위로 누런 바탕의 아쿠아소룸 대륙의 지도가 나타났다.

"이곳은 칼마르 제국의 남쪽 외곽입니다. 자세한 위치는 알려지지 않았지만 여러분들도 알다시피 12신(神)이 아쿠아소룸을 만들었다는 곳이기도 합니다."

알프레드는 지도를 짚어 나갔다. 대륙의 커다란 중앙은 대륙의 절대 지도자 헤라트의 칼마르 제국이었다. 서쪽으로 두레슬라비 국과 프란세드라 국이 보였으며 남쪽으로 샤론 족의 영토 머로토우드가 속해 있는 크리아티스 국이 있었다. 모두 헤라트를 떠받들고 사는 칼마르 제국의 속국들이었다.

헤라트와 100년 넘게 전쟁을 치르고 있는 드래곤 족의 영토인 하이드랜드는 프란세드라 국의 끝자락에 위치한 파이로텐 벌판을 사이에 두고 지도의 구석 자리를 차지했으며, 동쪽의 데드-씨(Dead-Sea:죽음의 바다)와 북쪽의 랑젠 산맥이 칼마르 제국을 병풍처럼 감싸고 있었다.

"여러분도 리쿠스 신의 예언을 알고 계실 겁니다."

"물론입니다."

족장들이 동시에 대답했다. 나도 신의 예언을 알고 있었으며 그 걸 모르는 사람은 이 땅에 하나도 없을 것이다.

대지의 뜨거운 물이 피에 잠기면 나는 현명한 인자를 통하여 다시 부활하리라.

"아슈빌님은 리쿠스 신이 말한 대지의 뜨거운 물을 찾으시려고 하는 겁니다."

알프레드가 설명을 했다.

"굳이 이제 와서 그곳을 찾으려는 이유라도 있습니까?"

족장들은 마음이 놓이지 않는 표정이었다.

"우리가 뜻을 세우고 15년 동안 헤라트와 맞서서 싸웠지만 흘린 피만큼 얻은 것이 없습니다. 물론 많은 사람들에게 자유와 평화를 주었지만 그것 역시 남쪽 지역의 일부에 지나지 않습니다."

알프레드가 족장들을 둘러보았다.

"더욱 중요한 것은 드래곤 족의 움직임이야."

잠자코 지켜보던 아버지가 직접 나섰다. 족장들은 무거운 신음만 뱉을 뿐 아무런 말도 하지 않았다. 엄마가 사라진 이후 드래곤 족은 때때로 우리 종족을 공격하곤 했다.

"사비나가 우리를 배신하고 헤라트에게 투항을 했다는 것은 칼마르 제국과 드래곤 족이 하나로 뭉쳤다고 볼 수 있어. 이 말이 무엇을 뜻하는지는 모두 알겠지?"

"아슈빌님, 너무 비약하시는군요!"

"그 말씀은 동의할 수 없습니다."

"절대로 사비나님 때문에 그런 일은 없습니다!"

족장들은 강하게 부정했다.

"자네들도 현실을 똑바로 보지 못하는군."

"설령 사비나님이 헤라트의 사람이 됐다고 해도 100여 년을 넘게 하이드랜드를 지켜온 드래곤 족이 어떻게 되지는 않습니다."

알프레드가 아버지와 단둘이 있을 때와는 다르게 엄마의 문제를 심각하게 들고 나오지는 않았다. 큰 스승이 슬쩍 비껴 나가자 족장들도 더 이상은 토를 달지 않았다. 아버지에 대한 그의 배려가 보였다.

"신들의 보물을 가지고 드래곤 족이 직접 대륙으로 나올 수도 있어."

"드라코리치는 잔인하지만 욕심이 없는 드래곤입니다."

"그 마음이란 언제 변할지 모르는 거야."

"스쿠르벤드 족장은 사비나님 때문에 움직이지 못합니다."

아버지는 신들의 보물을 의식하고 있었다. 대륙의 역사에 보면 헤라트가 가만히 있던 드래곤 족을 공격한 것도 12신들의 보물 때문이었다. 오래전의 전설에 따르면 신들이 대륙을 떠나며 인간에게 신의(信義)의 정표로써 한 가지씩 선물을 담아 서쪽의 작은 섬인 하이드랜드에 묻어놨다고 했다. 그리고는 평생 나쁜 짓만 일삼아오던 드래곤들의 죄를 용서해 주는 대신, 그곳을 지키는 임무를 부여한 것이다. 무엇인지 알 수는 없었지만 신들의 보물에는 세상을 지배할 수 있는 힘이 담겨 있다고 한다.

이에 비해서 리쿠스 신의 예언은 전쟁이 일어나고 한참 뒤에 나온 것이다. 어디서 시작됐는지는 몰라도 그 예언만이 암흑에 빠져 있던 대륙을 구할 수 있는 길이었다. 신들의 보물이 아무리 대단하다고는 하나 신의 제왕인 리쿠스 신의 예언만은 못할 거라는 생각 때문이었다.

"드래곤 족이 종종 우리를 공격하는 것은 아슈빌님에 대한 개인적인 감정일 뿐입니다."

"후후, 개인적인 감정?"

아버지가 입에 조소(嘲笑)를 달았다.

"저는 큰 스승님의 뜻을 듣고 싶습니다."

그때 키가 제일 큰 족장이 아버지를 무시하고 알프레드를 바라보았다. 순간, 아버지의 얼굴이 잠시 굳어졌다.

"…대지의 뜨거운 물을 찾는 일은 전적으로 제가 맡아서 하고 아슈빌님과 족장들은 부대를 지켰으면 합니다."

알프레드는 숨겨놓았던 자신의 뜻을 밝혔다. 그는 아버지를 밖으로 돌아다니게 할 수는 없다고 판단했던 것 같다.

"그렇다면 좋습니다."

"알프레드님이 알아서 처리하십시오."

"저희도 리쿠스 신의 예언을 빨리 찾았으면 좋겠습니다."

족장들은 모두 알프레드의 생각에 찬성했다. 그때 얼굴이 벌겋게 상기된 아버지가 주먹으로 벽을 내려쳤다.

"안 돼! 이 일은 내가 직접 나서야 해!"

"아슈빌님."

"리쿠스 신은 내가 직접 모신다!"

"진정하십시오."

알프레드와 족장들은 놀란 눈으로 갑자기 이성을 잃고 날뛰는 아버지를 바라보았다. 칼마르 제국의 마법사와 싸우던 멋있는 모습은 보이지 않았다.

"나 아니면 누구도 못해!"

"아슈빌님, 제발……."

족장들이 안타까운 표정으로 아버지를 말렸다.

"저희가 다시 한 번 생각해 보겠습니다."

알프레드는 부드럽게 아버지를 달랬다.

"후우! 그렇게 하게."

나는 고개를 떨구었다. 엄마가 사라진 이후 아버지는 조금씩 변해가고 있었다. 다른 사람들은 몰라도 나는 느끼고 있었다. 알프레드를 비롯한 족장들의 안타까운 마음도 느낄 수 있었다. 남을 배려하는 따뜻하던 마음도, 언제나 입에 달고 있던 여유 가득한 웃음도 이제는 보기 힘들었다.

"모두 나하고 잠시 나가지."

"알겠습니다."

알프레드가 족장들을 데리고 빠른 동작으로 창고를 빠져나갔다. 혼자 남게 된 아버지는 우두커니 서서 창고의 벽을 둘러보았다. 무슨 생각을 하는지는 알 수 없었지만 침울한 표정의 낯선 모습이었다. 냉정하던 판단력과 자제력을 잃었으며, 너무 쉽게 흥분해서 몇 번의 싸움을 그르친 적도 있었다.

내가 태어나기 전부터 오랜 세월을 헤라트와 싸우며 많은 사람들에게 자유를 주려고 노력했던 아버지는 냉정한 판단력의 소유자였으며 남을 위하는 마음이 넓고, 누구에게나 다정다감한 친구 같은 인물이었다. 특히 전쟁 중에는 어떠한 일이 있어도 흔들리지 않는 의연한 태도야말로 샤론 족이 아직까지 헤라트의 군대와 맞서 싸울 수 있는 원동력이었다.

"이슈빌님."

"결정했나?"

알프레드 혼자였다. 족장들은 보이지 않았다.

"그 여행에 저하고 맥슨도 함께라면 족장들도 찬성한답니다."

"자네들도?"

"심심하지는 않을 겁니다."

알프레드는 미소를 지어 보였다. 아버지도 따라 웃었다.

"미안했네. 족장들에게도 전해주게."

"모두 이해하고 있습니다."

"고맙군."

그 순간 내 몸뚱이가 허공에 떠 있다는 느낌이 들었다. 아래서 받치고 있던 곡식 자루가 사라져 버린 것이다.

우당탕!

아버지는 무너져 내린 포대 자루에 깔린 나를 보며 할 말을 잊은 채 멍하니 바라만 보았다. 그리고는 나의 낮잠을 깨운 미안한 마음인지, 아니면 엄마의 얘기가 목에 걸렸는지 불호령도 잊고서 나의 눈치를 살폈다.

"윌리암, 괜찮아?"

아버지와 내 사이가 어색해지자 알프레드가 나섰다. 그런데 나는 엉뚱한 대답을 꺼내놓고 말았다.

"저도 이번 여행에 따라갈래요."

정말 터무니없는 제안이었다. 그러나 아버지는 대답을 뒤로 미루고 천천히 나에게 다가왔다.

(3)

통풍을 위해 막사(幕舍)의 중앙에 뚫어놓은 구멍으로 밖을 둘러보던 나는 한숨을 바닥에 내리깔며 털썩 주저앉았다. 오늘이 드디어 약속한 날이다. 그러나 아직도 방법을 찾지 못하고 있다. 하는 수 없이 완벽하게 불리한 조건이지만 칼자루 한 번 잡아본 적 없는 나의 가냘픈 몸으로 직접 부딪쳐야만 한다.

하기야 며칠 노력한다고 풀 수 있는 문제도 아니었다. 처음부터 아버지가 선심(善心)을 쓰듯 내세운 조건은 죽었다 깨어나도 도저히 이룰 수 없는 불가능 그 자체였다. 다시 말해서 아버지뿐만 아니라 큰스승 알프레드, 그리고 맥슨까지도 이번 여행에서 나를 제외시키려는 의도가 분명했다.

그렇다고 이대로 포기할 수는 없다. 15년 만에 겨우 바깥 세상을 볼 수 있는 기회가 찾아온 것이다. 그런데 해보지도 않고 주저앉는다면

너무 억울하다. 더군다나 나한테는 여행을 해야 하는 중요한 이유가
따로 있었다.

"……."

어떻게 할까?

"……."

검술 시합!

"……."

양쪽 이마를 골고루 짚어가며 고민거리의 해답을 찾고 있을 때, 테
스트를 치를 준비가 끝났는지 맥슨이 커다란 몸을 흔들며 나의 막사
(幕舍)로 들어왔다.

"윌리암, 준비됐어?"

맥슨은 손바닥을 탁탁 소리나게 털었다.

"정말 이 방법밖에는 없는 거야?"

애원하듯 맥슨을 쳐다보았다. 혹시 샤론의 최고 용사가 도움을 줄
지도 모른다. 그는 아버지가 제일 아끼는 부하이기도 했다.

"아슈빌님이 정한 거야. 나도 어쩔 수 없어."

"그래도 아버지가 맥슨의 말은 들어주잖아."

"윌리암!"

맥슨이 정색을 한다. 그 얼굴을 보는 순간 나는 다급한 나머지 바보
짓을 했다는 것을 알아챘다.

"아슈빌님의 말씀은 곧 법이야. 누구도 거역할 수 없지."

아주 단호하다 못해 비장한 목소리다.

"관두자."

샤론 속의 위대한 지도자인 아버지를 자기 목숨보다 더 사랑하는

맥슨에게 이런 부탁을 하다니 내 머리가 어떻게 된 게 틀림없다. 다른 사람들은 인정하지 않는 부분이지만 지혜의 샘으로 불리는 큰 스승 알프레드의 수제자로서 명석한 두뇌를 자부하던 나였다. 그러나 요즘은 눈앞에 닥친 어려움 때문인지 정신을 못 차리고 헤매는 중이다.

"휴우… 이건 너무 불공평해."

불만이 가득 터져 나온 한숨에 어깨가 저절로 처진다.

"기운 빠지게 뭘 그리 고민해?"

맥슨은 불쌍한 친구의 답답한 심정 따위에는 전혀 관심이 없는 모습이다. 하기야 싸움밖에 모르는 우직하고 단순한 그에게 나의 처지가 심각하게 보일 리 만무했다.

"왜 나를 이해하지 못하지?"

"무슨 이해?"

무표정한 표정의 이 곰탱이는 정말 모른단 말인가?

"나는 어떡해서든 이번 여행에 참가해야 한다고!"

목멘 소리로 무심한 친구에게 나의 심기를 드러냈다.

"그런데?"

어라, 이것이?

"제발 도와달라니까! 그래도 내 말을 모르겠어?"

아무리 친구지만 너무 몰라주니 화가 치밀어 오른다. 하지만 맥슨은 대답조차 하기 귀찮은가 보다. 죄없는 옷가지들을 들춰가며 주위만 두리번거렸다.

"윌리암, 준비됐으면 어서 나가자."

나도 모르게 대답 대신 유리 잔을 들었다.

쨍그랑!

놀란 눈으로 깨어진 컵 조각과 씩씩거리는 나를 번갈아 쳐다보던 맥슨이 가까이 다가왔다. 그리고는 미소와 함께 내 어깨에 손을 얹었다.

"너무 화낼 거 없어."

부드러운 목소리로 나를 달랜다. 뭐든지 폭력적인 것에 즉각 반응을 보이는 맥슨이다.

"하기야 맥슨은 선택받은 사람이니 말도 되지 않는 테스트나 받아야 하는 나 같은 놈의 마음을 알 리가 없지."

입술을 내밀며 맥슨을 위아래로 흘겨보았다.

"모두 네가 선택한 일이야."

"이번 계획은 내가 아니라 아버지가 꾸민 거야."

"이렇게라도 기회를 주신 거에 대해서는 이슈빌님께 무조건 감사해야 해."

"감사하라고?"

"다른 때 같았으면 생각도 못할 일이잖아."

"흥! 주고 싶어 준 것도 아니잖아."

나는 여전히 못마땅한 표정을 얼굴에 잔뜩 담고 있었다.

"이슈빌님이 뭐가 아쉬워서 너한테 이런 테스트를 치르면서까지 여행에 동행시키려고 하겠어? 그 말은 이제 너를 샤론의 용사로 봐주시는 거야."

"그렇다면 이번 검술 시합은 어떻게 하든 나를 여행에 함께 데려가려고 꾸민 계획이네?"

정말 어이가 없다. 맥슨도 아무런 대꾸를 못하고 투덜거리는 나를 멀거니 바라본다. 그가 생각해도 앞뒤가 맞지 않는 말이었다. 아버지가 여행을 허락했던 것은 엄마에 대한 무마용이었다. 무조건 허락부터 하고 식량 창고에서 나를 돌려보냈다. 아들에게 당할지도 모를 봉변을 피하기 위한 방편이었다. 하지만 시간이 지나자 마음이 바뀐 아버지는 말도 안 되는 조건으로 여행에서 나를 제외시키려 하는 것이다. 검술(劍術)은 나하고 전혀 어울리지 않는 거리가 먼 단어였다.

"쓸데없는 소리 하지 말고 어서 가자."

맥슨이 얼버무리며 자꾸 재촉한다.

"가면 뭐 해."

나는 털썩 등을 돌려 앉았다.

"싫으면 포기하든지."

"뭐야!"

내가 소리를 지르자 맥슨은 얼른 먼저 막사를 나섰다.

"윌리암, 빨리 따라 나와."

막사의 입구로 머리만 밀어 넣은 맥슨이 빙그레 웃음을 만들었다. 귀여운 척하는 덩치 큰 친구에게 쓴웃음으로 대답하며 나는 억지로 일어나서 밖으로 따라나섰다. 연거푸 한숨만 나왔다. 맥슨의 발걸음에 맞추어 성큼성큼 앞으로 다가오는 마을의 전경이 내 마음과는 다르게 한가롭게 비춰졌다. 저 멀리 검술 훈련장이 서서히 모습을 드러내고 있었다.

"맥슨, 내가 왜 이번 여행에 마음을 쓰는지 알아?"

최후의 방법으로 정공법을 쓰기로 했다.

"우리 나이 때면 누구라도 바깥 세상을 보고 싶어하지. 아름다운 엘프나 트롤 같은 몬스터들과의 만남을 기대하면서 말야."

"나는 다른 이유가 있어."

"그게 뭔데?"

맥슨은 걸음을 멈추고 나를 내려놓았다.

"엄마 때문이야."

약한 모습을 보이기 싫어서 참고 있었지만 어쩔 수 없었다.

"사비나님?"

놀라는 모습이다.

"그래, 사실은……."

쉬지 않고 몰아붙여야 한다. 전에 식량 창고에서 들었던 아버지와 알프레드의 대화 내용과 함께 이번 여행에서 엄마에 대해서 알아보려는 나의 속마음까지 감정을 조금 더 보태서 순식간에 모두 털어놓았다.

"사비나님이 투항을?!"

"그렇대."

맥슨도 모르던 사실인지 깜짝 놀랐다. 하지만 심각한 것하고는 거리가 먼 그는 금세 안정을 찾았다.

"윌리암, 엄마가 보고 싶구나?"

맥슨은 안쓰러운 표정으로 조용히 나의 얼굴을 매만졌다. 일찍이 부모가 없이 자란 그는 나의 아픈 마음을 어느 정도 짐작하고 있었다. 알프레드가 자식처럼 데려다가 워낙 잘해주긴 했지만 알지 못할 허전함은 어쩔 수가 없다고 말한 적이 있었다. 내가 노리는 것도 이런 그의 배경이었다.

"맥슨, 그러니 도와줘."

"네 마음은 알지만 나도 방법이 없어."

완고한 친구였다. 그러나 나는 물러날 수 없었다.

"제발……."

"미안해."

"내가 이렇게 부탁할게."

계속 몰아붙이며 애원했다. 그러나 맥슨은 쩔쩔매면서도 쉽게 넘어오지 않았다. 그때 누군가 맥슨을 아는 체했다.

"맥슨, 오랜만이야."

"소루프트!"

아이들의 검술 교관인 소루프트가 뒤로 묶은 노랑 머리를 가볍게 흔들며 맥슨과 나에게 다가왔다. 둘이 옥신각신하는 동안 검술 경기장에 벌써 도착한 것이다.

"……."

최후의 방법까지 실패한 나는 낙심했다.

"그래, 잘 있었어?"

"나야 항상 그렇지."

소루프트는 호리호리한 몸매에 키는 더 컸지만 그는 맥슨의 친구였다. 실력은 조금 낮았어도 아이들을 가르치는 방법은 탁월했다. 한마디로 기초가 튼튼한 교관이었다.

"윌리암도 왔구나."

"소루프트, 안녕."

"어째 더 예뻐진 거 같다. 계집애처럼 눈도 더 커……."

"소루프트!"

맥슨이 눈을 찡그리며 그만 하라고 신호를 주었다.

"맥슨, 왜 그래?"

멍하니 맥슨을 쳐다보던 소루프트는 비명을 질렀다.

"으악!

"나는 엄연한 남자야."

소루프트는 그제야 내가 무엇을 제일 싫어하는지 기억해 냈다. 그러나 이미 많이 늦어 있었다. 그는 고통스러운 표정으로 발목을 부여잡고 주저앉아야 했다.

"오랜만에 보는 사람한테 인사치고는 심하다."

"그러니까 앞으로는 조심해."

어릴 적부터 나는 계집애라는 소리를 무척 싫어했다. 훌륭한 기사인 아버지를 닮고 싶었는데 자랄수록 엄마의 모습이 나오고 있었다. 더군다나 주변 사람들은 늠름하게 잘생겼다는 말보다는 엘프보다 예쁘다는 말로 머리를 쓰다듬곤 했다. 그러면 나는 꼭 그에 걸맞은 응징을 했다. 지금도 예외는 아니다. 더욱이 맥슨이 나의 부탁을 들어주지 않은 뒤라 심사가 뒤틀려 있었다. 소루프트의 발목이 부러지지 않은 게 이상할 정도였다.

"그런데 여긴 웬일이야?"

"윌리암의 검술 실력을 보려고."

발목을 만지던 소루프트가 찌그러진 인상으로 나를 바라보았다.

"칼자루도 잡아본 적 없는데 괜찮을까?"

"자기가 한다고 했으니까."

둘의 대화를 들으며 이상한 기분이 들었다. 검술 시합에 대한 내용은 전혀 없었다.

"맥슨, 소루프트가 모르다니 어떻게 된 거야?"

"내가 아직 말하지 않았어."

"어째서?"

"솔직히 나는 윌리암이 포기하기를 바랬어."

"내 고집이 어떤지는 누구보다도 잘 알면서 바랄 걸 바래야지."

맥슨은 머뭇거리며 나의 어깨를 잡았다.

"결과가 뻔한 제안이었고 무엇보다도 네가 다치는 것을 볼 수가 없었어. 지금이라도 그만두고 싶으면 말해."

"걱정해 주는 것은 고맙지만, 여기까지 왔는데 끝까지 해봐야지."

나는 덩치 큰 친구의 마음을 안다. 그는 말로 해서는 듣지 않을 내가 스스로 포기하기만을 기다렸을 것이다. 어쩐지 구경꾼이라고는 검술을 배우는 아이들 몇 명이 전부였다.

"그래서 내가 도와달라는 것도 요리조리 핑계만 대면서 뿌리쳤구나?"

"후후후."

맥슨은 대답 대신 웃음을 흘렸다.

"이렇게 된 거, 누구랑 겨뤄볼래?"

할 수 없이 시합을 진행하는 맥슨의 표정에서 아직도 걱정하는 마음을 읽을 수 있었다.

"소루프트하고 해볼게."

내가 아주 쉽게 상대를 선택하자 맥슨이 눈을 커다랗게 떴다. 어차피 질 거 제일 강한 상대하고 겨루고 싶었다.

"나, 나랑?"

소루프트는 하도 어의가 없는지 말을 잇지 못했다.

"그래!"

가슴속에서는 쿵쾅거렸지만 애써 태연한 척했다.

"후후후, 농담하지 말고."

칼자루 한번 잡아보지 않은 꼬마가 난데없이 자신의 첫 번째 시합 파트너로 검술 교관을 지목했으니 다른 사람들도 입을 벌리기는 마찬가지였다.

"소루프트, 상대해 줘라."

맥슨이 진지한 모습으로 나섰다. 소루프트는 믿을 수 없다는 표정이었다.

"맥슨!"

언짢은 목소리였다. 아무리 맥슨보다 실력이 조금 처진다고 해도 너무 무시하는 처사 같았다. 그래도 명색이 아이들의 검술 교관이다.

"부탁이야."

맥슨은 정중하게 손을 내밀었다. 멀뚱멀뚱 덩치 큰 친구의 얼굴을 쳐다보며 한참을 생각하던 소루프트가 의미있는 미소를 지었다. 그는 친구의 손을 잡아당기며 일어났다.

"좋아! 대신에 나도 조건이 있어."

"뭔데?"

"윌리암이 시합에서 지면 나한테 검술을 배워야 한다."

"그러지 뭐."

내가 맥슨 대신 고개를 바짝 쳐들고 나섰다. 별거 아니었다. 언제부터 배워야 한다는 약속은 하지 않았으니까 나는 쉽게 조건을 승낙했다. 아무것도 모르는 사람들이 나를 불안하게 쳐다본다. 결과를 뻔히 알고 있을 텐데 제일 배우기 싫어하는 검술을 이렇게 쉽게 배우겠다고 하다니 믿을 수가 없었을 것이다.

"모든 조건은 우리 둘이 똑같다. 칼은 아이들 시합용인 목검으로 하고, 급소를 먼저 맞는 사람이 지는 거다. 그리고 시합은 딱 한 번만이다."

소루프트는 딱 한 번만이라는 말을 강조하며 나에게 시합용 목검(木劍)을 건네주었다. 아이들용이라서 그런지 처음 잡아보지만 무겁지는 않았다.

"윌리암, 덤벼라!"

목검을 두 손으로 잡은 나는 가만히 자세만 세우고 있을 뿐 시간이 흘러도 공격은 하지 않았다. 사실 공격을 어떻게 해야 하는지 방법을 몰랐다. 하다못해 곁눈질로 배운 공격 자세도 없었다.

"그렇다면 내가 먼저 간다!"

기다리다 지쳤는지 소루프트가 나에게 달려들면서 칼을 머리 위로 들며 베기 동작을 취했다. 그리고는 생각할 겨를도 없이 곧바로 내려쳤다. 반들거리는 목검이 나의 머리로 바람 소리를 가르며 떨어졌다. 그림자도 보이지 않을 정도로 빠른 속도였다. 나는 눈만 멀뚱거리며 막을 생각도 하지 못하고 처음 취한 자세에서 엉덩이만 뒤로 뺐다.

"조심해, 윌리암!"

맥슨의 외침이 들렸다.

"으읍!"

나는 순간적으로 목을 움츠렸다. 그래야만 목검에 맞은 머리가 덜 아플 것 같았다. 소루프트의 난감한 기합이 들린 것은 그때였다.

"허억!"

회심의 일격을 날린 소루프트가 갑자기 깜짝 놀라며 칼을 회수하더니 뒤로 빠르게 물러났다. 그의 이마에 식은땀이 흐르고 있었다. 시합을 보던 사람들이 전부 일어섰다.

"이럴 수가……!"

"훌륭한 자세야."

"처음이라는 거 맞아?"

사람들이 웅성거린다. 그러나 정작 나는 무슨 일이 생긴 건지 짐작할 수 없었다. 다만 커다란 혹이 날 뻔했던 머리가 무사한 것에 대해서 고마울 뿐이다. 아무튼 소루프트는 땀만 주르르 흘릴 뿐 더 이상 공격하지 않았다. 덕분에 나는 검술 교관의 눈만 뚫어지게 쳐다보고 있어야 했다.

"어어, 내가 왜 이렇지?"

오랜 시간 눈싸움에서 고개를 먼저 흔든 것은 소루프트였다. 그것은 경험상 당연한 결과였다. 맥슨은 신비한 기운이 있다고 말하지만 누구든지 나의 눈을 보면 멍청해진다. 심한 경우는 내가 시키는 대로 움직이기도 한다.

"이러면 안 되지."

소루프트가 고개를 세차게 흔들며 정신을 차리려고 했다.

"이얍!"

나는 기회를 놓치지 않았다.

"허억!"

한 자세로만 서 있던 나의 칼이 빠르게 소루프트의 턱밑으로 뚫고 들어갔다. 그러나 정신이 흐트러진 그는 막을 수가 없었다.

"맥슨, 내가 이겼지?"

나는 의기양양하게 맥슨을 쳐다보았다.

"그, 그래……."

어떻게 된 것인지 영문은 잘 모르지만 내가 이겼다는 사실을 확인하자 날아갈 것만 같았다. 이제 세상도 돌아보고 엄마에 대해서도 알게 될 것이다.

"아버지도 약속을 지키시겠지?"

"당… 연하지."

맥슨도 눈앞에서 벌어진 결과를 믿을 수가 없나 보다.

"소루프트, 우리 그만 갈게."

나는 맥슨의 손을 잡고 막사 쪽으로 향했다. 검술 교관과 아이들이 멍한 표정으로 손을 흔들며 우리를 배웅했다.

"윌리암, 그 자세는 어디서 배운 거야?"

"무슨 자세?"

"목검을 들고 처음에 취했던 자세 말야."

무슨 말인지 감이 얼른 오지 않았다. 자세라고는 다리 벌리고 목검 바짝 세운 채 서 있던 것밖에는 없는데 '처음이고 나중이고'를 따질 만한 건더기도 없었다.

"궁금해서 미치겠다. 칼자루라고는 오늘 처음 잡아보는 네가 그런 자세를 취할 수 있다니 보고도 못 믿겠어. 도대체 어디서 배운 거야?"

"배우긴 뭘 배워. 예전에 아버지하고 엄마가 연습할 때 슬쩍 본 거 써먹은 거지. 그 다음은 어떻게 하는 건지 몰라."

"그러니까 아는 것이 그것뿐이라 써먹었는데 소루프트가 꼼짝하지 못한 거네?"

"나도 이해를 못하겠다니까."

어깨를 들썩이는 나를 보며 맥슨은 어이가 없었다.

"질 걸 알면서도 검술 교육을 받겠다고 승낙한 이유는?"

"언제부터 배우겠다고 날짜 정한 것도 아니고, 배짱 부리다가 내가 진다고 흉볼 사람도 없을 테니까 그냥 자존심 한번 살려본 거지. 맥슨도 내 자존심 알잖아. 그냥은 숙이고 못 들어가지."

"하하하, 아무튼 잘했다."

기분이 좋은지 맥슨이 큰 소리로 떠들었다.

"나야말로 이상한 것은 어째서 소루프트가 한 번만 공격하고 멈추었나 하는 거야."

"후후후, 내 생각으로는 소루프트가 너를 과대평가한 것 같아."

"과대평가?"

맥슨은 조금 전에 있었던 검술 시합을 설명하였다.

"소루프트가 알고 있는 윌리암은 검술은커녕 칼자루도 처음 잡는 아이였어. 그런데 너에게는 빈틈이 없었던 거야."

"흥! 그렇다면 검술도 별거 아니네."

나는 거만한 표정을 만들어보았다. 그냥 서 있기만 했는데도 빈틈이 없어서 검술 교관이 덤비지를 못했으니 이보다 더 쉬운 일은 세상에 없을 것이다. 그런 내 모습이 아니꼬웠는지 입술을 한번 삐죽거린 맥슨의 관전 평이 이어졌다.

"소루프트가 공격할 때는 몰랐는데 어느 순간 너의 자세가 조금 바뀌어 있었고, 만일 네가 마음만 먹었다면 소루프트의 어깨가 날아갔을 거야."

무슨 얘기인지는 자세히 모르겠지만 대충 요약하면 맥슨까지 이해 못할 정도의 좋은 동작이었다고 한다. 처음에 두 손으로 칼을 잡고 있을 때는 분명히 양 발에 힘을 주고 그냥 버틴 자세였지만, 소루프트가 머리 공격을 하는 순간 앞발의 힘을 뒷발로 옮기며 완벽한 방어 자세가 잡혔는데, 만일 그 자세에서 머리로 떨어지는 칼을 막는 동시에 뒷발을 축으로 돌아서 갈라 나갔다면 나의 칼이 소루프트의 왼쪽 어깨를 절단 낼 수 있었다고 한다. 더욱 중요한 것은 그런 동작은 숙달된 기사나 용사가 아니면 불가능한 일이라니, 머리에 혹 생기는 거 무서워서 엉덩이를 뒤로 빼며 몸을 움츠린 나로서는 할 말이 없었다.

"기초가 충실한 소루프트가 지레 겁을 먹고 물러난 거야. 그리고는 별의별 생각을 다 했겠지."

"……?"

"네가 다른 아이들과 다른 점도 떠올렸을 거야. 너의 아버지와 어머니는 세상이 알아주는 용사들이었으니까, 그 안에서 자란 너는 분명 무엇인가 배웠을 거라고 지레 판단을 했을 테지. 조금 전의 자세도 그렇고, 자기와의 약속도 자신있게 대답할 수 있는 배짱은 예사로운 것이 아니라고 믿었을 거야."

맥슨의 설명은 모두 맞는 것 같았다. 그러나 맥슨의 이런 소리는 점점 작아지면서 귀에서 멀어졌다. 아버지의 막사로 걸어가는 동안 나는 바깥 세상을 볼 수 있다는 기대감과 엄마에 대한 아련한 생각뿐이었다.

(4)

　아쿠아소룸 대륙의 남쪽 사막 위에 작은 마을인 산크로티마는 여름 한낮의 뜨거운 태양 아래서 이글거리고 있었다. 샤론 족의 진지가 푸트 산의 평원에서 이리로 옮겨온 것은 며칠 전이었다. 우리 일행이 여행을 떠나기에 앞서서 적(敵)의 눈에 띄지 않기 위해서 취한 조치였다. 혹시라도 우리가 없을 때 적들이 쳐들어온다면 문제가 생길 수도 있기 때문이었다. 사실 나야 별거 아니지만 아버지 이하 알프레드하고 맥슨은 샤론 족의 커다란 전력이었다.

　"이런 복장으로는 위험합니다."

　"적의 눈에 금방 띌 겁니다."

　"자살 행위입니다."

　작전 회의 중인 막사 안은 태양의 뜨거움을 그대로 간직했는지 가히 살인적으로 더웠다. 숨 한 번 제대로 쉬기 힘든 열기가 막사(幕舍)

안을 가득 메우고 있었다. 우리의 여행을 전송하는 작전 회의였지만, 사람들은 흘러내리는 땀조차 닦지 않았다. 알프레드가 엄숙한 모습으로 눈을 감고 있었다. 모두 심각한 모습이었다. 여행의 첫발을 내딛는 과정에서 아버지의 고집이 기어이 문제를 만들었던 것이다. 바깥 세상에 입고 나갈 복장이 내가 봐도 어울리지 않았다. 그런데 아버지는 아무런 이유도 없이 앞에 놓인 복장을 고집하고 있었다.

"다시 한 번 생각하시죠."

"나는 그냥 이대로 하겠네."

"알프레드님!"

족장들이 아무 말 없는 알프레드를 쳐다보았다. 그는 항상 아버지를 챙겨주는 사람이다. 이번에도 침묵으로 아버지의 의견을 존중하고 있었다.

우선 나는 평범한 복장을 입기로 했다. 하지만 나머지 세 명은 후드가 달린 로브(Rove) 형태의 사제(司祭) 복장으로 정한 것이다. 일단 후드는 샤론 족의 특징인 노랑 머리를 감추기 위해 어쩔 수 없다 해도 최대의 적이자 대륙의 지배자인 마법사 헤라트는 신의 존재를 강력히 부정하고 있었다. 그런데 사제 복장이라니, 이건 죽음을 자초한 일이다.

그것도 세 명이 전부 다른 옷이었다. 아버지는 가슴 부위에 세 개의 별 모양이 선명한 리쿠스 신의 사제였고, 맥슨은 하늘의 신 포크라우테를 섬기는 해 모양의 표식을 달고 있었으며, 알프레드는 밤을 지배하는 다나투드로 신의 어둠의 빛을 수놓은 옷을 입고 있었다. 서로 다른 사제들이 함께 모여 다닌다는 것은 도저히 있을 수 없는 일이었다. 마치 우리의 존재를 일부러 보여주기 위해 꾸민 듯했다.

"알프레드, 그만 가지."

"그러시죠."

큰 스승이 한마디 대꾸도 없이 자리를 툭툭 털고 일어나자 족장들도 더위에 지쳤는지, 아버지의 고집에 꺾였는지 반대의 뜻을 굽혔다.

"여기 일은 너무 걱정하지 마십시오."

"조심하세요."

"이번 한 번에 리쿠스 신의 예언을 얻었으면 좋겠습니다."

길을 떠날 우리들에게 족장들이 한마디씩 했다.

"그렇게 될 거야."

아버지는 족장들의 손을 잡아주었다. 그 뒤를 따라서 일어서는 나의 가슴이 벌써부터 벌렁거리고 있었다. 이번 여행에서 꼭 엄마의 소식을 알아낼 것이다. 뿐만 아니라 수많은 몬스터들도 다 만나고 오려고 한다.

"잠깐!"

천천히 걸어나가던 맥슨이 갑자기 막사 안의 사람들을 정시시켰다. 모두 덩치 큰 샤론의 최고 용사를 주목했다.

"갑자기 왜 그래?"

나는 의아한 표정으로 맥슨을 쳐다보았다.

"쉿! 조용히 해봐."

맥슨은 내 입을 막으며 귀를 기울였다.

"……."

나도 조용히 맥슨을 따라했다.

두두두두두!

쿵쿵쿵쿵!

방벽 밖에서 많은 사람들이 이동 중인 것 같았다. 그런데 그 소리가 점점 우리 막사로 가까워지고 있었다. 맥슨이 신경을 곤두세우며 소리의 정체를 파악하려고 할 때 나팔 소리가 다급하게 울렸다.

부아아앙!

"저 소리는?!"

"비상 나팔이다!"

아버지와 족장들이 동시에 막사를 뛰쳐나왔다. 나도 예외는 아니었다. 밖에서 일을 보던 모든 사람들이 하던 동작을 멈추고 방벽 위의 보초에게 시선을 모았다. 보초가 긴박한 표정으로 사람들을 향해 소리를 질렀다.

"적이다!"

"헤라트의 부대가 쳐들어온다!"

"모두 자기 자리를 지켜라!"

사람들은 잠시 당황했다. 한 번도 마을이 직접 공격당한 적은 없었다. 하지만 그들은 노련한 전사들이었다. 침착하게 자신들이 해야 할 일을 알고 있었다. 남녀를 불문하고 어느새인가 저마다의 손에는 무기가 잡혀 있었다. 아버지하고 족장들도 벌써 부하들이 끌고 온 말에 몸을 싣고 있었다. 전쟁에서 잔뼈가 굵은 용사들의 몸에 밴 민첩한 행동이었다. 특히 자신의 애마(愛馬)인 다크로사를 타고 있는 이슈빌은 예전의 그가 아니라 해도 그 늠름함은 영원한 샤론의 별이었다.

"맥슨, 너는 아이들과 노인들을 지켜라!"

아버지가 맥슨을 보며 명령했다.

"이슈빌님!"

알프레드는 의아한 표정을 지었다. 그 이유는 당연했다. 샤론의 최고 용사를 싸움에서 빼다니, 누가 들어도 이해할 수 없는 조치였다. 그러나 맥슨은 아무 대꾸도 없이 마을 뒤쪽으로 뛰어갔다. 원래는 나도 그 뒤를 따라가야 했다. 하지만 순간 그러고 싶지 않았다. 어떻게 할까 주춤거리는데 아버지가 소리를 질렀다.

"내가 1진(陣)과 2진(陣)을 데리고 방벽(防壁) 밖으로 나가서 놈들을 끌어들일 것이다! 3진과 4진은 양쪽으로 나뉘어 문을 에워싸고 있고, 5진은 정면에서 물러나 들어오는 놈들을 막아라! 6진은 방벽 위에 있다가 적의 병력이 반 이상 안으로 들어오면 허리에서 잘라 문을 닫도록 해라!"

아버지의 명령이 숨 가쁘게 떨어지자 족장들과 샤론의 용사들은 각자 맡은 자리로 일사불란하게 흩어졌다.

"저부터 갑니다."

2진의 턱수염이 깔끔한 힝기레스 족장이 먼저 말을 달려 방벽 문으로 향했다.

"이랴!"

"와아아―!"

무기를 든 많은 병사들이 족장의 뒤를 따랐다.

"기다리고 있었다, 헤라트."

아버지가 혼잣말로 중얼거리며 의미심장한 미소를 지었다. 뒤에 서 있던 알프레드의 얼굴이 흙색으로 변한다.

"휴우! 당신의 뜻은 알지만 너무 서둘렀습니다."

큰 스승은 아버지의 미소에 담긴 의미를 파악했나 보다. 말을 몰아 병사들을 데리고 외벽 밖으로 나가는 아버지를 보며 알프레드는 한숨을 쉬었다.

"제발 리쿠스 신의 가호(加護)가 있기를……."

"모두 나를 따르라!"

방벽 밖에서 병사들을 독려하는 아버지의 목소리가 들렸다.

"윌리암, 너도 어서 피해라!"

알프레드가 내 어깨를 툭 치며 사라졌다. 나는 멍하니 서 있다가 무작정 방벽 위로 올라갔다. 적군을 향해 달려가는 아버지의 모습이 가까이 보였다.

"와아아—!"

우리 병사들의 함성이 들려왔다.

"힝기레스, 내가 앞으로 나간다."

"제가 뒤를 받치고 쫓아오는 적을 막으면서 끌어들이겠습니다."

힘차게 고개를 끄덕이던 아버지가 다크로사를 힘차게 몰아 적진을 향해 돌진했다. 주인과 수많은 전쟁터를 누벼온 다크로사는 거리낌없이 내달렸다. 적의 병력은 수만 명은 족히 될 것 같았다. 은빛 플레이트 갑옷을 걸친 기사들만 해도 수백 명이 넘었다. 이 정도면 나라 하나를 정복하고도 남을 숫자였다. 적들이 시간적으로 빠르게 움직였다곤 해도 이렇게 많은 병력이 이동하는데 모르고 있었다니 너무 방심한 것이다.

"샤론의 아슈빌이 리쿠스 신의 이름으로 간다!"

다크로사는 질풍처럼 내달려 금세 헤라트의 선봉대(先鋒隊)에 가까이 접근했다. 노란색의 갈기만 빼고 온몸이 까만 명마 중에 명마였다.

"아슈빌이다!"

"사로잡아라!"

"거기 서라!"

말을 탄 헤라트의 은빛 기사들이 아버지를 막기 위해 뛰쳐나왔다.

"먼저 목숨을 바치는 자, 영원한 평온을 얻을 것이다."

"시끄럽다!"

제일 먼저 달려온 기사가 아버지를 정면으로 바라보며 롱 소드를 위에서 아래로 내려쳤다.

"이얍!"

짧은 기합을 내던진 아버지는 순간적으로 말의 고삐를 옆으로 꺾으며 기사의 공격을 슬쩍 피했다. 그리고는 생각할 것도 없이 그 뒤에 있던 기사의 팔을 바로 내려쳤다.

"으악―!"

미처 막을 틈도 없이 뒤의 기사는 팔을 땅에 떨어뜨려야 했다. 견갑으로 보호한 갑옷을 입고 있었지만 아버지의 칼날에는 소용이 없었다. 잘려진 어깨에서 피 분수가 솟구쳤다. 아버지는 말을 다시 돌리며 팔이 잘린 기사를 발로 걷어찼다.

"커억!"

신음하던 기사가 말에서 굴러 떨어졌다. 다크로사가 주인의 마음을 아는지 기사의 얼굴과 몸통을 짓이겼다.

"이놈이!"

처음 달려와 공격했던 기사는 아버지가 자기를 피해 뒤에 있던 동료를 해치우자 황급히 자세를 바꾸어 재차 아버지에게 칼을 들었다. 그러나 이미 몸을 돌린 아버지의 칼은 기사의 머리를 날려 버리고 있었다.

"으아악―!"

그 순간 어느새 접근한 다른 은빛 기사가 아버지의 등을 배틀엑스로 찍었다. 나는 눈을 질끈 감았다 떴다. 헤라트의 기사와 아버지가 주고받는 말들이 거의 들리진 않았지만 대충 짐작은 할 수 있었다.

"죽어라!"

"누구 맘대로!"

아버지는 서둘러 몸을 뒤로 눕히며 칼을 들어 기사의 도끼를 막았다.

쟁그랑!

"대신 이거나 받지."

곧장 팔을 뻗어 기사의 가슴을 노렸다.

"허억!"

기사가 놀라며 뒤로 주춤했지만 아버지의 칼은 푸른 광기를 뿌리며 그의 가슴을 관통했다. 가슴이 갈라지며 기사가 앞으로 고꾸라졌다.

"뒤에서 공격하다니 헤라트의 기사들은 오크만도 못하구나!"

"쓸데없는 소리 집어쳐라!"

바로 옆에서 네 번째 기사가 말 위에 누워 있는 아버지의 옆구리를 향해 창으로 찔러왔다.

"이크!"

아버지는 말에서 굴러 내려왔다. 기사가 창을 거둬들이며 다크로사의 아래를 훑어보았다.

"아아악!"

순간, 기사의 입에서 터진 외마디 비명이 처참했다. 말의 다리 사이로 칼이 솟아오르며 기사의 두 눈을 뚫어버린 것이다.

"너도 그만 지옥으로 가라!"

다시 말로 올라탄 아버지가 손으로 눈을 감싸고 있던 기사의 투구 밑에 칼을 박았다.

"또 누가 내 칼에 피를 묻히고 싶은가!"

아버지는 은빛 기사들을 말에서 떨어뜨린 후 적을 향해 소리를 쳤다.

"건방진 놈!"

"이번에는 자네가 나를 막아볼 텐가?"

투구도 쓰지 않은 수염이 텁수룩한 기사가 아버지를 노려보았다. 그러나 기사는 아버지에게 달려들 생각은 감히 못하고 부하들에게 명령했다.

"모두 전진하라!"

둥! 둥! 둥! 둥!

기사의 명령을 들은 헤라트의 군대는 북소리에 맞추어 방패를 앞세우며 창을 어깨에 걸치고 밀고 들어왔다. 빈틈이 전혀 없는 전투 대형이었다. 어느 부대이든 부딪치기만 하면 산산조각 나고 말 것이다. 더군다나 최강이라 불리는 방패 부대의 수위에는 말을 탄 기사들이 적의 접근을 막고 있었다.

"너희들의 피로 이 땅에 자유를 심겠다!"

방패 부대 앞으로 쏜살같이 달려온 아버지는 말의 고삐를 위로 당겼다. 반란군 총대장의 모습이 시야에 들어오자 방패 부대의 맨 앞줄 병사들이 창을 곧추세웠다.

"다크로사!"

아버지의 말이 땅을 박차고 방패 부대를 향해 뛰어올랐다. 머리 위로 아버지가 날아오는 모습을 보며 헤라트의 병사들은 창을 더욱 움켜쥐었다.

"공격!"

말을 탄 기사의 외침에 맨 앞줄에 있던 병사들이 아버지를 향해 창을 던졌다. 그러자 뒷줄의 병사들이 기계적으로 앞으로 창을 전달했다.

슉슉슉―

창들이 쉬지 않고 아버지에게 쏟아졌다.

"그 정도로는 어림없다!"

아버지는 몸을 뒤집으며 손을 빠르게 움직였다. 아버지의 칼이 무지막지하게 날아오는 창을 모두 막아내더니, 방향을 바꿔 이번에는 방패 부대 병사들의 목을 향해 떨어지고 있었다.

이히히힝!

그때 다크로사가 큰 울음을 터뜨렸다. 시커먼 말이 병사들의 어깨를 짓밟으며 자리를 찾아 땅으로 내려섰다.

"으악!"

"모두 죽어!"

"어서 놈을 막아라!"

좌충우돌이었다. 생각만 있을 뿐 감히 누구도 아버지를 막지 못했다. 아버지의 검술은 신의 경지에 이른 것 같았다. 방패 부대의 대형이 무너지자 이번에는 샤론 족의 용사들이 밀어닥쳤다.

"헤라트의 개들을 모두 이 땅에서 몰아내자!"

"와아아―!"

"반란군인 샤론 족을 몰살시켜라!"

"와아아―!"

"놈들을 리쿠스 신의 이름으로 처단하라!"

"와아아―!"

"한 놈도 남기지 말고 모두 헤라트님께 바치자!"

"와아아―!"

칼과 칼이 부딪치며 땅을 가르고, 창과 창이 꺾어지며 하늘을 덮었다. 아수라장의 전투가 계속 이어지고 있었다.

"아슈빌! 용서하지 않겠다!"

방패 부대를 지키던 기사들이 아버지에게 달려와서 롱 소드를 이리저리 내려쳤다. 그 모습을 보던 나는 나도 모르게 손에 힘이 들어갔다.

"홍!"

말 옆으로 몸을 바짝 수그린 아버지는 앞을 막아선 기사의 투구와 갑옷 사이의 목에 칼을 꽂았다. 그리고는 말을 뒤로 재빨리 돌리더니 일직선으로 칼을 휘둘렀다.

"으흑!"

두 명의 기사가 목을 떨구며 말에서 떨어졌다.

"어떤 놈이든지 오니라!"

샤론의 용사들은 용감하게 적을 유린했다. 그러나 수적인 열세를 만회하기에는 역부족이었다. 그때 힝기레스 족장이 소리쳤다.

"모두 후퇴하라!"

아버지도 방벽 쪽으로 말을 돌렸다.

"그냥 보내진 않는다!"

은빛 갑옷의 기사가 들고 있던 칼을 아버지의 등으로 힘껏 던졌다.

쨍!

힝기레스가 칼로 아버지를 보호하며 병사들을 방벽으로 후퇴시켰다.

"놈들이 도망간다!"

"문이 닫히기 전에 놈들을 쫓아라!"

흩어졌던 헤라트의 부대도 정렬을 갖추자 늦추지 않고 바로 샤론 족을 쫓았다.

"와아아!"

"어서 놈들의 방벽을 점령하라!"

아버지는 적들과의 거리를 유지하며 도망쳤다. 헤라트의 기사들이 기를 쓰고 따라왔다.

"문을 열고 모두 비켜라!"

끼이익!

샤론의 병사들이 급하게 열리는 문 안으로 들어가며 옆으로 비켜섰다. 그러자 헤라트의 병사들이 물밀듯이 쳐들어왔다.

"5진! 활을 쏴라!"

적들이 어느 정도 깊숙이 들어오자 정면을 지키고 있던 샤론의 병사들이 활을 쏘아대기 시작했다. 롱 보우(Long Bow)의 두꺼운 화살들이 장대비를 만들었다.

"크아악!"

화살을 맞은 헤라트의 병사들이 고꾸라졌다.

"물러서지 마라!"

"와아아!"

"여기만 넘어서면 승리는 우리 것이다!"

헤라트의 군대는 쓰러진 아군들을 밟으며 샤론의 진지 안으로 몰려들었다. 병력의 반 정도가 벌써 샤론 족의 방벽 안을 누비고 있었다.

"이때다!"

옆으로 피해 있던 아버지가 칼을 들고 뛰쳐나왔다.

"3진, 4진은 놈들을 감싸고, 6진은 문을 닫아라!"

"와아아—!"

숨죽이고 양 옆으로 숨어 있던 샤론의 병사들이 쏟아져 나왔다. 그들은 헤라트의 병사들을 가운데로 감싸며 병력의 뒤를 잘랐다. 그리고는 방벽 위에 있던 병사들이 뛰어내리며 문을 닫아버렸다. 졸지에 샤론 족에게 포위당한 헤라트의 병사들은 우왕좌왕했다.

"모두 지옥의 구덩이에 목숨을 바치도록 해라!"

헤라트의 병사들이 저항 한번 제대로 못하고 쓰러지는 모습을 보며 아버지는 의기양양하게 말을 몰아 회의 막사로 천천히 향했다. 나도 조심스럽게 몸을 피하면서 방벽에서 내려왔다. 그리고는 아버지의 뒤를 바짝 따라갔다. 그때, 다크로사가 느닷없이 앞발을 들며 처절한 울음을 터뜨렸다.

이히히힝!

노랑 갈기가 껑충 뛰어올랐다.

"어, 어, 왜 그래?!"

예상치 못한 상황에서 아버지는 중심을 잡으려고 고삐를 당겼다. 하지만 갑자기 허공을 가르며 나타난 정체 불명의 뿌연 물체가 다크로사를 번쩍 들어서 공중으로 힘껏 던졌다. 그리고는 곧바로 작고 음침한 목소리가 갈라져 나왔다.

"프리즈 오버!"

새하얀 빛이 아버지에게 쏘아졌다. 순식간에 주변의 모든 공기가 얼어붙었다.

"으헉!"

아버지는 말에서 떨어지며 겨우 하얀 빛을 피했다.

꽈당!

꽁꽁 얼어붙은 다크로사가 둔탁한 소리를 내며 땅바닥으로 고꾸라졌다. 그 뒤를 쫓아 아버지가 평평한 자리에 겨우 착지했다.

"다크로사!"

애마에게 달려가는 아버지의 목소리가 처절했다. 나는 너무 놀라 그 자리에 굳어버린 채 무너져 내렸다. 다리에 힘이 쭉 빠져나갔다. 아버지는 바로 뒤에 있는 나를 보지 못한 듯, 곧바로 애마에게 달려갔다.

"다크로사!"

허옇게 널브러진 다크로사의 배가 날카로운 무기로 갈라져 있었다. 전쟁터에서 생사를 같이했던 친구를 잃은 아픔 때문인지 아버지의 표정이 일그러졌다. 하지만 그 슬픔은 오래가지 못했다. 적의 다음 공격 쉴 새 없이 쏟아졌기 때문이다.

"파이어 에로우!"

아직도 형체가 뚜렷하지 않은 적의 손바닥에서 하얗게 뿜어 나오던 서릿발이 순간 빨갛게 바뀌어 불화살로 쏟아졌다.

슉슉슉—

"에잇!"

아버지는 옆으로 돌아서며 칼을 뽑아 땅에 꽂았다. 그리고는 칼 뒤로 몸을 최대한 움츠리며 칼자루를 잡은 손목에 힘을 불어넣었다. 주저앉은 그의 입에서 일성(一聲)이 터졌다.

"소드 업저브!"

칼 주위로 파란 마나가 타원형으로 모이더니 길쭉하게 부풀어 올랐다. 날아오던 불화살들이 검기(劍氣)에 빨려 아버지의 칼로 돌진했다.

퍽! 퍽! 퍽!

불화살은 칼에 부딪치자마자 그 속으로 흡수되며 사라졌다. 하지만 굉장히 강한 충격이 아버지의 손목에 고통을 주는 듯했다.

"으읍!"

불화살이 모두 사라지고도 아버지는 땅에서 칼을 바로 빼지 못했다. 그만큼 적은 강한 놈이었다.

"12기가의 공격을? 그렇다면……."

드디어 상대를 파악한 아버지는 정신을 집중시켰다. 하지만 내 눈에는 흐릿한 형체만이 아버지를 공격하고 있을 뿐, 그 어떤 존재도 확실히 보이지는 않았다. 그 순간 사방에서 번개가 일어나며 검은 물결이 눈앞에서 어른거렸다.

"무… 슨 일이지?"

찌지지직!

"트, 트랜스 스페이스?"

마법에는 관심이 없던 나였지만 주워들은 것은 많았다. 이것은 틀림없이 공간 이동을 하는 마법이었다. 흐릿하던 사람 형체가 점차 뚜렷하게 자리를 잡자, 아버지의 앞에 황금 갑옷을 입은 기사가 서 있었다. 나는 황금 기사 곁으로 연속해서 나타나는 50여 명의 흑기사들을 입만 벌리고 바라볼 뿐이었다.

"네가 아슈빌이냐?"

"그렇다."

아버지가 천천히 황금 갑옷의 기사를 쳐다보았다.

"헤라트님이 말한 대로 뛰어난 실력이다."

"흐흐흐, 천갑단이군."

이미 냉정을 되찾은 아버지는 입가에 미소를 지었다.

"철갑단의 마스터 기사인 하멜이다."

"헤라트가 대신 보냈나 보군. 기다리고 있었다."

마법사 헤라트가 아끼고 아끼는 칼마르 제국의 최정예 부대인 마법 군단이었다. 그들만 꺾으면 헤라트의 어느 부대도 아버지를 막을 순 없었다. 그 말은 여기서 바로 헤라트의 제국으로 쳐들어갈 수 있다는 뜻이었다. 아버지가 원하는 대로 되는 것이다. 헤라트 역시 모험을 하고 있었다. 하지만 거꾸로 아버지가 진다면 샤론 족은 대륙에서 사라질지도 모른다.

"정식으로 덤벼볼 텐가?"

하멜은 여유로운 표정을 지었다.

"좋은 생각이군."

아버지가 눈에 힘을 주며 칼을 들었다.

"지금까지는 맛만 보여준 거지."

"그랬던가? 별맛도 없던데 자네가 고생만 했군."

조롱 섞인 아버지의 말에 하멜은 입술을 찌그러뜨렸다.

"좋아. 기회는 한 번뿐이다."

하멜은 웃음을 거두며 싸늘하게 아버지를 바라보았다. 투구 속에서 번쩍이는 눈동자가 먹이를 노리는 독수리와 같았다.

"그건 내가 할 말이야."

아버지는 조금도 동요하지 않고 하멜에게 접근했다. 그러나 자신과 같은 12기가의 실력을 가진 하멜을 공격하기에는 불화살을 막느라고 손실된 마나의 양이 너무 많았다. 그렇다면 남아 있는 힘을 한 번에 모아서 끝을 내야만 했다.

"소드 웨이브!"

온몸에 흩어져 있던 마나를 칼끝으로 끌어올리며 아버지는 하멜을 향하여 수평으로 팔을 뻗었다. 칼끝이 파도 치듯 하멜의 위아래를 쉬지 않고 공격했다. 푸른 검기가 한 치의 오차도 없이 꽉 메워져 하멜의 전신을 훑었다.

"프로텍터!"

하멜이 뒤로 물러나며 마법의 스펠과 함께 칼을 뽑았다. 투명한 보호막이 그를 몇 겹으로 감쌌다.

"그런다고 내 칼을 피하지는 못한다!"

아버지는 하멜의 보호막을 거리낌없이 치고 들어갔다.

콰콰광!

천둥 치는 소리가 벌판을 쓸고 갔다. 먼지 바람이 자욱하게 두 사람의 시야를 가렸다.

"우읍!"

뽀얀 먼지 사이로 피가 울컥하며 신음 소리가 흘렀다.

"패럴라이즈!"

상대의 움직임을 봉하는 마법이었다. 아버지는 피하려고 했지만 공격을 실패한 후여서 한 올의 힘도 남아 있지 않았다.

"더 이상의 반항은 용서하지 않는다."

하멜은 쓰러져 있는 아버지의 턱으로 칼을 바짝 들이밀었다. 그렇지 않아도 마법에 걸린 아버지는 움직일 수가 없었다.

"이렇게 허무하게 끝이 나다니……."

"아슈빌님!"

어디선가 알프레드가 달려와서 아버지를 껴안았다.

"아슈빌을 끌고 가서 놈들을 항복시켜라."

하멜은 부하들에게 아버지를 넘겨주고 다시 허공 속으로 사라졌다.

"아버지!"

나는 슬픔이 가득한 아버지의 얼굴을 바라보았다.

"윌리암."

오랜만에 보는 아버지의 자상한 눈빛이었다.

'아버지.'

입 안에서는 맴도는데 말이 나오지를 않았다.

"윌리암."

아버지는 마법에 걸린 몸으로 힘들게 나에게 다가왔다.

"네가 이룰 것이다."

"……?"

알아듣지 못할 말을 남기고 아버지는 흑기사들에게 끌려서 방벽 쪽으로 걸어갔다.

PART Ⅱ
저주

(1)

아쿠아소룸 대륙의 서쪽에 위치한 전략적 요충지 파이로텐 벌판을 중심으로 치열한 전투가 벌어졌다. 아침부터 이어진 병사들의 비명 소리와 무기들 부닞치는 소리는 시간이 흘러도 그칠 줄을 몰랐다. 병사들의 시체만이 벌판의 구석구석으로 쌓여갔다. 자신이 왜 죽어야 하는지도 모른 채 신들을 원망하며 쓰러져 가는 병사들도 있었다.

아수라장이던 벌판이 조용해진 것은 석양이 짙게 물들 때였다. 양쪽으로 나뉘어 서로를 노려보던 칼마르 제국과 드래곤 족의 병사들은 벌판 한가운데에 서 있는 노랑 머리 남자의 다음 동작을 주시했다.

남자는 말 위에서 내려와 쓰러져 있는 여자를 천천히 훑어보고 있었다. 유난히 하얀 피부의 여전사가 수치심을 느꼈는지 새빨간 입술을 깨물었다. 참으로 아름다운 얼굴이었다. 헝클어진 까만 머리카락과 피로 얼룩진 은빛 갑옷만 아니었다면 엘프에게도 뒤지지 않을 빼어난 미모였다. 그러나 남자는 무표정한 얼굴로 여자의 심장을 겨누며 롱 소드(Long Sword)를 높이 쳐들었다.

"와아아—!"

그때까지 숨죽이고 있던 칼마르 제국의 병사들이 일제히 함성을 질렀다. 그리고는 두 발을 구르며 소리치기 시작했다.

"죽여!"

"죽여!"

남자는 부하들의 열광적인 기대에 부응하듯 롱 소드를 힘껏 내리꽂았다. 허공을 가른 칼날이 여자의 가슴 위로 빠르게 떨어졌다. 여자가 질끈 눈을 감았다.

"……."

"누구를 위해서 싸우는가?"

기다리던 죽음 대신 남자의 목소리가 들리자 여자는 놀란 듯 눈을 떴다. 칼은 그녀의 가슴을 비껴 옆으로 깊숙이 꽂혀 있었다.

"누구를 위해 싸우는가?"

남자는 다시 한 번 조용히 물었다. 칼마르 제국의 병사들은 남자의 갑작스러운 행동에 더 이상 소리를 지르지 않았다.

"나… 나를 위해서만 싸운다."

여자는 더듬거렸다.

"내가 살려주면 인간을 위해서 싸우겠는가?"

"인간?"

"그래, 너와 나 같은 인간."

여자는 남자의 말을 얼른 이해하지 못했다.

"후후후."

남자가 여자의 당황한 얼굴을 보며 입가에 엷은 미소를 띠었다.

"우리는 리쿠스 신이 만든 평등한 인간들이야."

"……?"

"그런데 지금은 아무런 이유도 없이 서로를 죽여야 하지."

"이… 땅에서… 살아야 하니까."

여자가 간신히 남자의 말을 받았다.

"마법사나 드래곤 따위의 전쟁 대리품으로?"

여자는 대답 대신 남자를 쳐다보았다. 다크블루의 푸른 눈동자와 갸름한 콧날이 인상적인 얼굴이었다. 강한 의지를 느끼게 하는 두툼한 입술은 아직도 미소를 머금고 있었다.

"내 이름은 샤론의 이슈빌이야."

"난……."

여자는 머뭇거렸다. 하지만 남자는 아랑곳없이 손을 내밀며 속삭였다.

"가자. 우리민의 세상으로."

"……."

"너와 나의 자식들이 자유롭게 살 수 있는 곳을 얻기 위해서!"

한없이 깊이 보이는 남자의 눈에는 거짓이 없었다. 마치 그런 세상을 이미 만들어놓은 듯한 평화로움만이 깃들어 있었다.

"우리는 할 수 있어. 리쿠스 신의 예언만 믿는다면."

신비로운 까만 눈동자로 한참 동안 남자를 뚫어져라 쳐다보던 여자는 그제야 웃음을 보이며 남자의 손을 잡았다.

"좋아요."

남자는 만족한 표정으로 그녀를 말에 태우고 벌판을 달리기 시작했다. 그들은 이렇게 바람처럼 사라졌다. 파이로텐 벌판에 있던 어떤 누구도 그들을 막지 못했다.

"……."

귀에 익은 달콤한 목소리였다. 엄마와 아버지가 처음 만날 때의 애기였다. 그렇다면 지금 나의 머리칼을 쓰다듬고 있는 손길은 한 사람밖에 없었다.

"엄마."

손길이 멈추며 대답이 없었다. 나는 엄마를 다시 부르며 눈을 겨우 떴다. 그러자 곁에 앉아 있던 누군가가 서둘러 일어난다. 풋풋한 향기가 너풀거렸다.

"가지 마!"

나는 애원했다.

"윌리암."

틀림없는 엄마였다. 온몸에 힘을 모아 겨우 일어나 앉았다.

"많이 컸구나."

엄마는 창살이 달린 작은 구멍으로 들어오는 빛줄기 뒤에 숨어 있었다. 하얀 얼굴이나 커다란 눈, 빨간 입술은 전혀 보이지 않았다. 다만 어깨 선을 따라 내려오는 윤곽이 포근하게 느껴질 뿐이었다.

"이렇게라도 내 아들을 보다니 너무 기쁘구나."

"엄마, 왜 거기 있어?"

"너를 봤으니 이제 가봐야겠다."

머릿결에 남아 있던 따뜻하던 손길이 싸늘하게 식는다.

"엄마……."

그나마 억지로 버티고 있던 기운이 쭉 빠지며 나는 쓰러졌다. 엄마가 그늘 속에서 움찔했지만 나에게 오지는 않았다.

"윌리암, 잘 있어라."

나도 모르게 슬픔이 밀려왔다. 뺨을 타고 흐르는 눈물이 뜨거웠다.

"언제 다시 올 거야?"

엄마는 움직이지 않았다.

"모르겠구나."

말할 수 없는 무슨 사정이 있을 것이다. 엄마도 보고 싶어하는 마음은 나하고 다르지 않다고 믿는다. 예전에 식량 창고에서 알프레드가 하던 말이 떠올랐다. 그러고 보니 언뜻 보았던 엄마의 차림새가 변해 있었다. 항상 여전사의 강인한 모습이었는데 지금은 귀부인의 옷을 입고 있었다. 풋풋한 향기까지 너무나 여성스러웠다. 분명 예전의 엄마는 아니다. 헤라트에게 투항했다는 말은 맞는 것 같았다. 여러 가지 생각이 마구 섞이며 머리가 혼란스러웠다.

"사비나님."

밖에 있던 여자가 안으로 들어왔다.

"그만 가셔야 합니다."

"알겠어요."

대답은 그렇게 했어도 엄마는 나에게서 시선을 떼지 못하고 있었다.

"건강하거라."

"잠깐만!"

지금 보내면 다시는 못 볼 것 같았다.

"한 번만이라도 엄마 얼굴을 보고 싶어."

나는 엄마를 향해서 고개를 돌렸다.

"더 머무시면 안 됩니다. 헤라트님이 아시면 큰일 납니다."

같이 있던 여자가 낮은 음성으로 재촉했다. 엄마는 잠시 멈칫하더니 그 여자를 따라서 곧바로 나가 버렸다.

"헤… 라트라고?"

믿지 못할 현실을 벌써 두 번째로 겪고 있었다. 특히 그렇게 보고 싶었던 엄마를 바로 눈앞에 두고도 안아볼 수 없었다는 사실은 아버지와 샤론 족이 패잔병이 되어서 여기로 끌려왔다는 첫 번째 거짓 같은 현실보다 나를 더욱 비참하게 만들었다.

"이건 전부 꿈이야."

나는 비틀거리며 창살이 달린 구멍으로 걸어갔다. 바깥바람에 숨이라도 크게 쉬지 않으면 가슴이 터질 것만 같았다. 침대뿐인 작은 방은 엄마가 나간 나무 문을 제외하고는 전부 튼튼한 돌로 사방을 막아놓은 감옥이었다.

"후와!"

작은 구멍에 얼굴을 내밀며 숨을 들이켰다. 태양에 데워진 바람이었지만 그래도 답답함을 조금은 풀 수 있었다. 어느 정도 마음이 진정되면서 주위를 둘러보았다. 소나기가 오려는지 햇살에 뜨겁던 하늘이 갑자기 짙은 암갈색의 커다란 구름들로 서로 엉키며 천둥 소리와 마른번개를 만들어냈고, 푸른 섬광(蟾光)이 땅 위에 떨어지는 것이 같은 높이로 뾰족 솟은 지붕들 사이로 보였다. 새들도 내 위치보다 아래쪽으로 날고 있었다. 나는 높은 탑에 갇혀 있는 듯했다. 그렇다면 아버지와 다른 사람들은 어디에 있을까?

"윌리암!"

나를 부르는 소리에 천천히 문 쪽으로 돌아섰다. 로브를 입고 있는 남자가 나에게 다가왔다. 그는 대뜸 손을 들어 내 얼굴을 훑었다.

"소우퍼!"

남자는 마법사였다. 그의 마법은 최면을 거는 것이었다.

"나를 따라와라!"

마법사가 앞서서 감옥을 빠져나간다. 나는 무슨 말을 하려 했지만 입 밖으로 뱉을 수는 없었다. 그 즉시 마법에 걸린 것이다. 정신은 말짱한 걸 보니 언어와 육체만 조종하는 '컨트롤바디'라는 마법인 듯했다.

"좋은 구경을 하게 될 거야."

"……."

"우리를 그렇게 괴롭히던 샤론 족 놈들의 최후가 궁금하군."

"……."

"특히 네 아비가 어떻게 죽을지 나도 기다리기 지루할 정도다."

마법사는 좁은 층계를 내려가며 쉬지 않고 떠들었다. 한마디 할 때마다 주먹에 힘이 들어갔지만 몸은 내 맘대로 움직여지지 않았다. 머리 속만 빼고는 모두 최면에 걸린 듯했다.

"여기서 구경하고 있거라."

넓은 경기장이 환하게 보이는 방에 나를 두고 마법사는 사라졌다. 둥근 원형의 경기장이었다. 그 순간 이곳이 어딘지 짐작할 수 있었다. 큰 스승 알프레드에게 들었던 기억이 났다.

투르콜세움!

칼마르 제국의 수도 오베르슈돌츠 중심에 세워진 원형 경기장이다. 아쿠아소룸 대륙의 절대 지배자인 마법사 헤라트가 심혈을 기울여 만든 거대한 대리석 건축물인 투르콜세움은 제국의 상징이기도 했다.

'저 사람들은 다 뭐지?'

비구름이 몰려오는 날씨임에도 불구하고 무슨 일인지 많은 사람들이 꼼짝하지 않고 모여 있었다. 경기장을 빙 둘러 층층이 쌓아 올린 계단식 관람석마다 형형색색의 사람들로 꽉 차 발 디딜 틈조차 없었다. 하지만 그 많은 사람들이 모였음에도 불구하고 투르콜세움의 주변은 오로지 정적만이 가득했다. 경기장 한쪽 구석에는 헤라트의 병사들과 집행관들에게 둘러싸인 천여 명이 넘을 것 같은 허름한 옷차림의 죄수들이 무질서하게 몰려 있었다.

'우리 샤론 족이다!'

나는 우리 종족의 처지를 생각할 겨를도 없이 반가움부터 일어났다. 아무도 들을 수 없는 소리였지만 내 가슴에서는 계속 메아리쳤다. 핏줄이 이렇게 든든한 것인지 그 소중함을 처음으로 느끼고 있었다.

"시작하라!"

검은 두건을 머리에 걸친 집행관이 손을 들었다.

"와아아―!"

관중석에 조용히 앉아 있던 사람들이 일제히 일어나며 소리를 질렀다. 그러자 죄수들이 모여 있던 반대쪽의 경기장 문이 열리며 단두대(斷頭臺)가 실린 수레가 나타났다. 순간 사람들의 시선이 한곳으로 집중되었다. 단두대 옆에는 알몸의 죄수가 두 손이 결박되어 꿇어앉아 있었다. 아버지였다. 나는 그 장면이 무엇을 뜻하는지 알고 있었다.

"아슈빌 만세!"

수레를 바라보던 죄수들 중 누군가가 소리를 질렀다.

"자유와 평화의 전사여……!"

아버지가 천천히 소리난 쪽으로 고개를 돌렸다. 모진 고문으로 초췌해진 얼굴이었지만, 노랑 머리 사이로 보이는 다크블루의 눈동자는 여전히 빛을 발하고 있었다.

"아슈빌……!"

"우리는 절대로 지지 않아요!"

"자유와 평화를 위해!"

"리쿠스 신의 축복이……!"

여기저기서 쏟아지던 죄수들의 목소리는 수레가 경기장 안으로 들어올수록 커지고 있었다. 관중석의 칼마르 제국 사람들이 웅성거렸다.

그때였다.

둥둥둥둥─

북소리가 울리며 관중석 중앙에 위치한 넓은 연단의 빨간 휘장이 걷어졌다.

"와아─!"

이번에는 관중석에서 요란한 함성이 쏟아졌다.

둥둥둥둥─

북소리에 맞추어 작은 키의 남자가 휘장 속에서 걸어나오고 있었다. 금실로 비둘기를 수놓은 반원형의 검은 팔루다멘툼을 걸친 남자는 바짝 마른 몸매의 나이를 알 수 없는 검은 얼굴로 사납게 보였다. 특히 짧게 밀어버린 머리와 찢어진 눈매는 매우 날카로웠다. 그가 바로 아쿠아소룸 대륙의 절대 지배자이며 우리의 적인 칼마르 제국의 마법사 헤라트였다. 그가 환영하는 사람들에게 손을 흔들었다.

"사랑하는 나의 칼마르 백성들이여!"

헤라트의 연설이 시작되자 사람들의 함성이 잠잠해졌다.

"우리는 지금 배신자의 최후를 보러 이곳에 모였다."

"와아아—!"

사람들이 연호했다.

"나는 그동안 내가 가진 모든 능력을 다해 저 악명 높은 드라코리치로부터 제국을 지키며 너희들에게 풍요로운 삶을 주었다. 그런데 샤론 족은 오히려 나에게 칼을 들었다."

"집어치워라!"

"돼지 같은 놈!"

경기장의 맨 앞에 있던 죄수들이 한 발 나서며 소리쳤다. 헤라트는 얼굴을 찡그리며 죄수들을 둘러보았다. 그들은 거의 노랑 머리와 다크블루의 눈동자를 가지고 있었다. 우리 샤론 족만의 특징이었다. 강인한 의지가 돋보이는 두툼한 입술들도 거의 똑같았다.

"나에게 반항하는 자, 오로지 마법의 심판뿐이다."

헤라트가 손으로 둥글게 원을 그렸다. 푸른색의 마나가 언뜻 모이는 듯하더니 불꽃이 손가락에서 뻗어 나왔다.

펑!

그뿐이었다. 여섯 명이던 죄수들이 흔적도 없이 사라졌다. 투르콜 세움의 모든 사람들이 경악하고 나머지 죄수들이 동요했지만 헤라트는 별거 아니라는 표정으로 자리에 앉으며 수레 위의 아슈빌을 응시했다. 거만한 눈빛으로 그를 조롱하고 있었다.

'용서하지 않겠어!'

나도 모르게 이를 갈았다. 모두 내가 아는 사람들이었다. 당장 달려가서 복수하고 싶었지만 마음만 있을 뿐 아무것도 할 수 없는 몸이었다.

"샤론의 용사 이슈빌, 지금이라도 내게로 돌아온다면 자네가 그렇게 갈망하던 자유를 헤라트의 이름으로 주겠다."

헤라트가 아버지를 회유(回遊)하고 있었다.

"후후후, 죽기 전에 늙은 개가 짖는군."

아버지는 쓴웃음을 지으며 하늘을 쳐다보았다. 구겨진 먹구름이 잔뜩 찌푸려 있었으며 간간이 구름 사이로 마른번개가 번쩍였다.

"그 정도의 능력은 나에게도 충분히 있다."

헤라트는 아버지의 독설에도 전혀 표정이 변하지 않았다. 승자만이 가지는 여유였다.

"헤라트, 너 역시 리쿠스 신이 만든 인간에 불과하다. 다만 마법의 능력을 얻은 네가 그 힘으로 우리를 지배하고 있지만 신들이 주신 축복을 대신할 수는 없다."

"신 따위는 이 세상에 없어. 아니, 있었다고 해도 이미 다 죽었지."

"흥! 너 역시 신을 두려워하고 있군."

"하하하, 재미있어. 신이 인간을 만들었다고 했나?"

자리에서 일어난 헤라트가 손가락을 쫙 폈다가 접었다. 잠시 후에 하얀 연기가 가물거리며 그의 손 안으로 작고 투명한 유리 공이 나타났다.

"이것이 무엇인지 아나?"

유리 공 안에는 조그마한 물체가 이리저리 움직이고 있었다.

"호… 몬쿨루스?"

"알아보는군. 나의 연금사들이 만든 생명체지."

"드디어 미쳤군."

아버지는 신의 영역에 거침없이 들어선 마법사를 노려보았다.

"내가 미쳤다면 인간을 만들었다는 리쿠스 신이 나보다 먼저 미친 거겠지."

태연하게 유리 공의 안을 들여다보는 헤라트는 여전히 여유를 가지고 있었다.

"귀여운 내 새끼."

호몬쿨루스(Homunculus)는 연금술에 의해 만들어진 인조인간이었다. 남자의 정액을 증류기 속에 넣어서 40일 간 밀봉해 부패시키면 사람의 형태를 띠긴 하나 투명하고 실체가 거의 보이지 않는 움직이는 물체가 생겨나게 된다. 이 투명한 물체에 사람의 혈액을 투여하여 말의 태내 온도로 40주 간을 보존하면 사지가 달린 인간의 아이가 태어나는 것이다.

"리쿠스 신의 심판이 무섭지도 않은가!"

"전혀! 만일 신이 존재한다면 그건 바로 나, 이 헤라트님뿐일 거야. 하하하."

헤라트는 자신있게 대답했다.

"헛소리 집어치워! 오크만도 못한 마술사 놈! 리쿠스 신은 예언대로 다시 온다!"

헤라트가 웃음을 멈추었다.

"놈의 아들을 데려와라."

주위에 있던 시종들이 자리를 물러나는 모습이 보였다. 조금 있으면 나를 데리러 올 것이다. 헤라트는 나를 이용해서 아버지를 궁지에 몰아넣을 게 틀림없다. 만일 나 때문에 아버지의 명예가 더럽혀진다면 나는 견디지 못할 것이다. 죽을 수만 있다면 그렇게라도 하고 싶었다. 항상 나에게는 너무나 높은 산 같은 아버지였다. 평범하지 않은

아버지를 원망한 적도 있지만 아버지의 이름을 더럽히는 아들이 되고
싶진 않았다.

"아이야."

헤라트는 시종들의 손에 끌려온 나를 자기 앞으로 불렀다. 마음과
는 다르게 나는 순한 노예처럼 그의 앞으로 가서 섰다.

"참으로 예쁜 아이구나."

나는 미칠 것만 같았다. 오히려 최면이 완벽하게 걸렸다면 이렇게
까지 괴롭지는 않았을 것이다. 아버지와 엄마를 모두 내게서 빼앗아
가려는 악마 앞에서 무기력한 모습으로 꼭두각시처럼 움직이는 나를
용서할 수가 없었다.

"너는 내가 누구인 줄 아니?"

"……."

내 손에 죽을 놈이라고 크게 소리치며 침이라도 뱉고 싶었다.

"아이야, 네 이름이 뭐지?"

소용없는 짓이었지만 입술을 깨물었다.

"으으으… 윌… 리… 암……."

바보같이 결국은 쏟아내고 말았다.

"아주 좋은 이름이다. 하지만 더 이상 그 이름을 못 들을 것 같구나.
후후후."

나의 볼을 꼬집으며 의미심장한 웃음을 흘리던 헤라트가 수레로 시
선을 돌렸다.

"아슈빌, 더 이상 너의 더러운 욕설을 들을 필요가 없다. 내 인내에
도 한계가 있으니까."

조용히 지켜만 보던 군중들이 기대에 찬 얼굴로 일제히 일어섰다. 드디어 죄인을 처형할 순간이 다가온 것이다.

"이곳에 모인 나의 백성들은 배신자의 죽음을 기다릴 뿐이다. 그전에 너의 아들놈부터 처형할 것이다. 네놈의 그 잘난 얼굴이 어떻게 변하나 보는 재미도 괜찮을 테니까."

헤라트가 잔인한 미소를 띠며 내 머리를 쓰다듬었다. 그의 얼굴에서 무엇인가 모를 안도의 빛이 잠시 스치고 지나갔다.

"하하하하!"

아버지가 큰 소리로 웃기 시작했다.

"능구렁이 마법사야, 숨기지 마라. 리쿠스 신이 내 아들의 몸을 빌려 세상을 심판할까 봐 너는 두려워하고 있어."

"샤론 족의 촌놈아, 아무리 지껄여도 신 따위는 없다."

"허둥지둥 어린아이를 죽이려는 네놈 모습이 더 재미있다. 하하하!"

"아이야, 나를 원망하지 마라. 이 모든 재앙은 바로 네 아비인 아슈빌의 몫이다."

헤라트는 커다란 비밀을 들킨 듯 손놀림을 빨리 했다. 그의 눈이 붉게 충혈되며 손가락이 점점 내 머리 속으로 좁혀 들어왔다.

"허억!"

숨이 탁 막혔다. 순간 죽음이 스치고 지나간다.

"멈추세요!"

빨간 휘장이 걷히고 화려한 튜닉을 입은 여자가 연단에 뛰어든 것은 헤라트의 손이 내 머리에 완전히 박히기 직전이었다.

"제발 멈추세요!"

여자가 헤라트의 발 밑에 엎드렸다. T 자형의 원피스인 튜닉이 너풀거리며 까만 머리칼이 바닥으로 흘러내렸다.

"사비나!"

헤라트는 놀란 눈으로 빨간 입술의 아름다운 여인을 쳐다보았다.

'엄마!'

밝은 곳에서 3년 만에 대한 엄마는 짐작대로 전사로서의 모습은 없었다. 다만 귀부인 차림의 연약한 여자로 변해 있었다. 머리부터 발끝까지 화려하게 꾸며져 있었지만 분위기는 어딘지 모르게 어두웠다. 마치 많이 아픈 환자 같았다.

"몸도 불편하면서 여긴 어떻게 왔지?"

헤라트의 말을 들으며 엄마가 아프다고 확신했다.

"위대한 마법사 헤라트님."

엄마는 애절한 표정으로 헤라트를 바라보았다.

"윌리암은 제 아들이기도 합니다."

"그와의 인연은 이미 오래전에 끊어진 걸로 아는데, 아직도 미련이 남아 있는가?"

헤라트가 못마땅한 표정을 지었다.

"아들을 살려주세요. 그러면……."

"그러면?"

"제 손으로 아슈빌을 죽이고 당신의 여자가 되겠어요."

엄마는 헤라트의 대답을 듣기도 전에 옆에 꽂혀 있던 스피어를 집어 들었다. 지금은 병들고 나약한 여자지만 엄마 역시 한때는 드래곤족의 훌륭한 전사였다.

"잘 가라, 아슈빌."

관중석 사이의 계단을 걸어 내려가던 엄마가 힘껏 창을 던졌다.

'안 돼! 엄마!'

나는 지금 꿈을 꾸고 있는 것이다. 그것도 아주 흉악한 악몽이었다. 포물선을 그리며 수레 쪽으로 날아가는 창의 꼬리를 쫓던 나는 엄마를 쳐다보는 아버지의 슬픈 눈을 보았다.

"으읍!"

아버지의 입에서 신음이 흘러나오며 창에 꽂힌 몸이 옆으로 쓰러졌다. 세상에 하나밖에 없는 아버지가 다른 사람도 아닌 엄마의 손에 눈을 감다니……. 나의 가슴이 찢어져 나갔다. 이것이 신의 뜻이란 말인가?!

"아아……!"

"아슈빌님……!"

"자유의 수호자여!"

샤론 족의 사람들이 얼굴을 감쌌다.

"와아아―!"

"사비나 만세!"

"사비나 만세!"

관중석의 칼마르 제국 사람들은 일제히 오른손을 치켜들며 사비나를 연호했다. 그러나 엄마는 관중들을 무시한 채 얼른 돌아서며 무릎을 꿇었다. 그리고는 연단의 앉아 있던 헤라트를 바라보았다.

"위대하신 마법사여, 제발 윌리암을……!"

헤라트는 돌발적인 엄마의 행동에 난감한 표정을 지었다. 잠시 골똘히 생각하던 마법사는 자리에서 일어났다.

"나도 샤론 족의 더러운 피를 손에 묻히기 싫다."

엄마가 기대에 찬 표정으로 몸을 세웠다.

"하지만 배신의 대가를 치르게 하겠다."

관중석의 사람들이 다시 웅성거렸다.

"샤론 족은 그 자손까지도 나의 저주를 받아 들판을 헤맬 것이다. 그들이 소유한 모든 능력은 사라지고 오로지 이 세상 모든 종족의 버림받은 사냥감으로 살아가야 하며, 그 표식을 이마에 죽음의 닻으로 남기겠다!"

말을 마친 헤라트가 곧바로 저주의 주문을 외우기 시작했다. 입 안으로만 중얼거리던 소리가 점점 커지면서 투르콜세움 전체로 퍼져 나갔다.

"마법의 힘이여!"

헤라트가 하늘을 향해 힘차게 팔을 뻗었다. 하늘에 멈추어 있던 먹구름이 그의 머리 위로 몰려들었다.

"아쿠아소룸의 위대한 지배자 헤라트의 이름으로 명령한다."

꽈꽈꽈꽝!

갑자기 천둥 소리와 함께 굵은 번개가 사선으로 내리치며 마법사를 휘감았다. 그의 주변에서 마른번개들이 쉴 새 없이 튀어나왔다.

"샤론 족에게 저주를—!"

헤라트의 마지막 주문이 터지자 그를 감싸고 있던 번개가 수백 가닥으로 나뉘어 경기장 안으로 쏟아졌다.

꽈꽈꽝꽝!

"으아악!"

"으악!"

번개에 맞은 샤론 족의 사람들이 비명을 지르며 쓰러졌다.

"아이야, 너도 저들을 따라가라. 그들 사이에서 네 아비를 원망하며 살아라."

멍하게 서 있던 나의 작은 몸이 헤라트의 손짓에 따라 허공으로 떠올랐다.

"어서 가라!"

작은 몸뚱이가 무서운 속도로 샤론 족의 무리 속으로 날아갔다.

"윌리암!"

엄마가 너무 놀라 벌떡 일어났다. 머리 위로 날아가는 아들을 잡으려고 손을 뻗는다. 그러나 어림도 없었다. 날아가던 나의 몸뚱이가 속력이 붙으면서 땅바닥에 그대로 곤두박질칠 찰나였다.

털퍼덕!

"으으윽……!"

물컹— 하는 충격과 함께 나를 받은 사내의 입에서 신음 소리가 나왔다. 정확하게 말하면 나는 덩치가 커다란 사내의 등을 타고 있었다.

"다행이야. 겨우 받았어."

"이게 받은 겁니까?"

사내가 투덜거렸다. 맥슨이었다

"말로 하지 발로 사람은 왜 밀어요!"

"아무려면 어때."

부드러운 목소리는 알프레드였다. 둘의 말을 들으며 웃음이 나오다니… 내가 기어이 실성했나 보다. 번개에 맞아 정신을 잠시 잃었던 알프레드가 내가 날아오는 것을 어렴풋이 보고는 다급한 나머지 옆에 있던 맥슨을 발로 밀었고, 멋모르게 뒤로 밀린 맥슨이 날아온 나를 등으로 받으며 밑에 깔리게 된 것이다.

"윌리암은 괜찮은가?"

알프레드는 이마를 짚으며 일어났다.

"아직 정신을 못 차리고 있어요."

최면이 깨지 않은 나를 맥슨은 정신을 잃은 걸로 알고 있었다. 열아홉 살의 나이지만 샤론 족뿐만 아니라 칼마크 제국을 통틀어 힘이라면 따라갈 사람이 없던 전사 맥슨이 나를 힘겹게 추슬렀다.

"아니? 자, 자네 이마에 검은 닻 문신이!"

"알… 프레드님도……!"

나는 눈동자를 굴려 주변을 둘러보았다. 하나둘씩 정신을 차리며 일어서는 샤론 족의 이마에는 모두 검은 닻의 문신이 박혀 있었다.

"놈의 저주가 시작되었군."

"나쁜 놈."

맥슨은 이를 갈았다.

"윌리암을 업게. 어서 여기를 떠나야 해."

"떠나자고요?"

"시간이 없어."

알프레드가 재촉했다. 그러나 맥슨은 꿈쩍도 하지 않았다.

"안 됩니다. 아슈빌님의 시신을 여기에 두고는 못 떠납니다. 그분은 우리에게 자유를 주신 분이었어요. 저는 그분과 함께할 겁니다."

맥슨은 결의에 찬 얼굴을 했다. 그리고는 나를 세차게 흔들면서 소리쳤다.

"일어나, 윌리암! 어서 눈을 떠봐. 그리고 저기를 보란 말야!"

엄마가 이쪽을 안타까운 눈으로 쳐다보고 있었다.

"윌리암, 이제 너에게 어머니란 없다!"

맥슨이 입을 악물며 엄마를 노려보았다. 나도 다시는 저 여자를 엄마라 부르지 않을 것이다. 이것은 리쿠스 신이 아닌 죽은 아버지의 이름으로 하는 맹세였다.

"그만두게."

알프레드는 맥슨을 말렸다. 지식의 샘이라 불리던 샤론 족의 큰 스승은 엄마를 보며 고개를 끄덕였다.

"아무튼 아슈빌님을 두고는 못 갑니다."

"지금은 여기를 빠져나가야 해."

"싫어요!"

단순하고 우직한 성격의 맥슨은 단호했다. 매번 그랬던 것처럼 둘이 옥신각신 다투고 있을 때 헤라트의 갈라진 음성이 들렸다.

"너희가 여기를 벗어나 달릴 수 있는 시간은 단 3일뿐이다. 그동안 멀리 도망가지 못한다면 아쿠아소룸의 모든 종족이 나에게 바치는 제물로서 너희를 사냥하게 될 것이다."

알프레드가 맥슨의 손을 잡아끌었다.

"어서 가자. 그래야 아슈빌님의 죽음이 헛되지 않아."

"나는 아슈빌님을 두고는 죽어도 못 갑니다!"

맥슨은 단호했다.

"맥슨, 이제부터 윌리암은 우리가 보살펴야 해. 어떻게 하든 훌륭한 전사로 만들어 다시 이곳으로 돌아온다."

알프레드가 맥슨의 어깨를 힘주어 잡았다.

"다시 이곳에?"

"아슈빌님이 꿈꾸던 자유를 위해서라도 우리는 여기에 다시 와야 해."

"복수도 하고요?"

"물론이지."

맥슨은 잠시 알프레드를 바라보았다.

"그러기 위해서 지금은 최대한 멀리 이곳을 벗어나야 하네."

"좋습니다."

입술을 꽉 다문 맥슨이 나를 끙끙거리며 업었다. 그는 헤라트의 마법으로 모든 힘을 잃어버린 것이다.

"여러분! 어서 떠납시다!"

큰 스승 알프레드가 앞장을 서자 샤론 족의 사람들이 그의 뒤를 따라 경기장을 빠져나갔다. 우리들은 무리를 지어 도시의 동쪽 외곽으로 향했다.

(2)

    칼마르 제국의 수도인 오베르슈돌츠의 외곽은 헤라트의 궁전이 있는 중심하고는 전혀 달랐다. 허름한 집들만이 드문드문 무너져 있을 뿐, 사람은 고사하고 개미새끼 한 마리 보이지 않았다. 이곳은 황무지나 다름없었다. 비록 칼마르 제국이 자랑하는 최대 도시의 관문이었지만 여기서 동쪽으로 더 가면 안식의 숲인 너프린이 나오고, 그 뒤쪽은 죽음의 바다라는 데드-씨가 놓여 있었다. 끝없이 펼쳐진 망망대해는 누구도 건너오지 못하는 죽음의 세계였다.

    헤라트가 드래곤과의 전쟁을 위해 오베르슈돌츠를 수도로 정할 수 있었던 이유도 바로 데드-씨 덕분이었다. 아무리 드래곤이라 해도 그쪽으로는 쳐들어올 수는 없었다. 따라서 아무도 찾지 않는 이곳은 오래전부터 사람들이 살지 않았다.

    "알프레드님, 거의 다 왔나요?"

"그래."

우리 일행이 불모지나 다름없는 이곳에 도착한 것은 해가 질 무렵이었다.

"여러분은 어서 떠나시오. 이틀 정도만 더 가면 안식의 숲인 너프린에 도달할 겁니다. 그 안에서 몸을 숨기고 헤라트의 저주를 피해야 합니다."

알프레드가 하루하고도 반나절을 쉬지 않고 여기까지 도망 온 사람들에게 갈 길을 재촉했다. 모두 지쳐 있었지만 헤라트가 약속한 시간도 얼마 남아 있지 않았다.

"리쿠스 신의 축복이!"

큰 스승은 떠나는 사람들의 어깨를 두드리며 건장한 사내들이 모여있는 곳으로 자리를 옮겼다. 사내들은 모두 수염이 텁수룩했다. 아슈빌을 따르던 샤론 족의 족장들이었다.

"절대로 우리가 여기에 남은 걸 말하면 안 되네. 자네들만 믿네."

"걱정하지 마십시오."

족장들은 큰 스승의 지시에 고개를 끄덕이더니 무리 속으로 사라졌다.

"우리만 여기에 남는 건가요?"

맥슨이 따지듯 물었다.

"그래."

"어제는 멀리 떠나야 한다면서요?"

"상황이 바뀌었어."

"어떻게요?"

"일단은 저곳으로 몸을 피하세."

알프레드는 너프린으로 떠나는 샤론 족을 보며 맥슨을 잡아끌었다.

그가 가리키는 손끝에는 다 쓰러져 가는 벽돌집이 보였다.

"나도 이유나 알자고요."

"따라오면 알아."

알프레드는 귀찮은 듯이 먼저 벽돌집을 향해 뛰었다. 그는 최대한 몸을 낮추고 주변을 살피며 앞으로 달려나갔다.

"사람 답답하게 항상 혼자만 저러신다니까."

맥슨이 투덜거리며 큰 스승과 똑같은 자세로 뒤를 쫓았다. 등에 업혀 있던 나는 아래위로 흔들거렸다.

"맥슨, 좀 천천히 뛰면 안 돼?"

드디어 최면이 풀리며 말이 나왔다. 몸의 움직임도 자연스러웠다.

"어라? 윌리암, 이제 깨어난 거야?"

몸을 숙이고 달리던 맥슨이 멈칫했다.

"그렇게 곰 새끼처럼 날뛰면 토할 것 같단 말야."

"곰?"

맥슨이 제일 싫어하는 말이 곰이다. 내가 곰이라고 부르는 것은 덩치만 커다랗고 미련하다는 뜻이었다. 다른 때 같았으면 둘이 엉켜서 또 한바탕 뒹굴었을 텐데 지금은 상황이 별로 좋지 않았다.

"야! 맥슨, 빨리 오지 않고 뭐 해?"

앞장섰던 알프레드는 이미 벽돌집 앞에 쪼그리고 앉아 문고리를 잡고 있었다.

"윌리암이 깼어요."

"곰탱아, 잔말 말고 빨리 와."

"으으으! 아무튼 어떤 게 진짜 모습인지 모르겠다니까."

맥슨은 벽돌집을 향해서 빠르게 달리며 투덜거렸다. 원래 알프레드는 중요한 일을 처리할 때는 감히 누구도 접근 못할 만큼 진지한 노인이다. 하지만 우리하고 있을 때나 평상시에는 나이를 의심해 볼 만큼 철없어 보이는 구석이 있었다. 그래서인지 맥슨하고도 잘 맞았다.

"그렇게 뛰면 울렁거린다니까."

나는 털거덕거리는 머리를 손으로 누르며 죽는 시늉을 했다.

"다 왔어. 조금만 참아."

"도저히 못 참겠어."

거의 집 앞에 도달했을 때 나는 맥슨의 귀를 잡았다.

"아슈빌님처럼 훌륭한 기사가 되려면 이 정도는 참아야 해."

알프레드가 벽돌집의 문을 여는 모습이 힐끔 보였다.

"다크로사를 타는 것처럼?"

빠르게 달리던 맥슨은 숨이 찬 목소리로 나를 달래고 있었다.

"그래, 말을 타는 것처럼."

"알았어. 말이라……."

고집불통의 내가 자신의 얘기를 순순히 알아듣자 땀에 찌든 맥슨의 얼굴에 잠시나마 만족한 표정이 떠올랐다. 하지만 그 흐뭇함은 오래 가지 못했다.

"다크로사, 멈춰라!"

맥슨의 귀를 힘껏 잡아 당겼다.

"으악!"

고개가 뒤로 꺾인 맥슨은 중심을 잃고 휘청거렸다.

"워… 워……."

나는 날뛰는 아버지의 애마를 진정시키듯 몸을 세웠지만 맥슨은 빙 돌면서 뒤로 넘어지고 말았다.

와당탕탕!

먼지가 뽀얗게 일어났다.

"으으으……."

누구의 입에선가 신음 소리가 흘러나왔다.

"알프레드, 여기서 뭐 해?"

나는 밑에 깔려 있는 큰 스승을 바라보았다.

"맥슨, 빨리 일어나서 문부터 닫지 못해!"

알프레드는 제일 위에서 누르고 있는 맥슨에게 소리쳤다.

"제 잘못이 아닙니다."

"시끄러워!"

맥슨이 입술을 삐죽거리며 나를 잡아 세우고는 천천히 문을 닫았다. 벽돌집은 겉보기와는 달리 내부는 깔끔했다.

"윌리암, 괜찮으냐?"

옷을 털며 일어선 알프레드가 나를 쳐다보았다.

"까만 눈동자가 다시 살아 있구나. 네 눈에는 깊이를 알 수 없는 평온함이 있지."

"그래요?"

"윌리암의 눈을 보면 나도 모르게 빨려 들어간다니까."

맥슨이 거들었다.

"잠을 실컷 잔 것처럼 기분이 맑고 좋아."

나는 아무 일도 모르는 것처럼 밝은 웃음을 띠었다.

"다행이구나."

잊어야 한다. 맥슨의 등에 업혀 여기까지 오는 동안 내 목표는 정해졌다. 아버지의 이름을 되찾는 것이다. 그러니 더 이상 슬퍼하거나 원망할 것은 없었다.

"그럼 지금부터 내가 하는 말을 잘 들어야 한다. 우리는……."

알프레드는 지금의 급박한 상황을 설명하려고 했다. 맥슨도 어두운 얼굴로 나의 어깨를 어루만졌다. 아버지의 죽음을 내가 어떻게 받아들일지 걱정하고 있는 듯하다.

"히히히… 하하하……."

나는 그냥 웃었다. 잊어야 할 사실들을 다시 듣고 싶지는 않았다. 어차피 나는 앞으로 갈 길이 정해졌으니까 더 이상 슬픈 소리는 듣지 않아도 된다.

"헤라트의 마법 때문일까요?"

맥슨이 걱정스럽다는 듯 나를 보며 말했다.

"글쎄……."

두 사람은 갑작스런 나의 행동에 당황해했다.

"이봐, 알프레드."

웃음을 겨우 거둬들이며 손으로 알프레드를 가리켰다.

"어라, 맥슨도?"

맥슨을 바라본 내가 모르는 척 표정을 짓자 두 사람이 멍하니 마주 보았다.

"왜 그러니, 윌리암?"

알프레드가 조심스럽게 물어보았다.

"둘 다 이마에 그림을 그려놨잖아. 처음에는 알프레드만 그런 줄 알았는데 맥슨도 함께 그렸네. 좀 예쁘게 그리지 그게 뭐냐? 하하 하……."

나는 다시 배를 잡으며 웃었다. 이렇게라도 실컷 웃으면 머리 속에

찌꺼기처럼 남아 있는 엄마의 모습이 사라질 것 같았다.

"그러고 보니 윌리암은 이마에 저주의 낯이 없어요!"

맥슨은 신기한 듯 나의 이마를 이리저리 살펴보았다. 엄마의 종족인 드래곤 족의 피가 반이나 흐르는 나에게는 헤라트의 마법이 통하지 않은 듯했다.

"야호! 윌리암은 낯이 없다!"

커다란 덩치가 껑충껑충 뛰었다. 그러나 나는 내 몸에 드래곤 족의 피가 흐른다는 사실이 괴로웠다. 엄마라는 여자는 이제 나의 복수 대상이었다.

"정말 그렇구나!"

알프레드의 들뜬 목소리가 기운찼다.

"리쿠스 신의 도움이다."

지금 이보다 더 기쁜 일은 없을 것이다. 저주의 낯만 없다면 능력을 잃지 않은 나는 강인한 전사로서 훌륭한 기사가 될 수 있다. 이 세상을 자유의 땅으로 만들 인자(仁者)로서의 기회는 잃지 않았다는 사실이 너무나 고마웠다. 아버지가 이루지 못한 꿈이 한 가닥의 희망으로 남아 있었다.

"윌리암, 내 말을 잘 들어야 한다."

알프레드는 내가 웃음을 멈추자 지금까지 있었던 일들을 설명해 주었다. 나는 모르는 척 다 들어야 했다. 헤라트의 저주에 걸려 이마에 검은 낯 문신이 새겨졌다는 말을 들으며 분위기를 돌리려고 웃었던 내 자신이 죄스러웠다. 그런 우리 종족의 아픔을 개인적인 이유로 웃음을 보인 것이 무척이나 미안했다.

"그러니까 내가 강인한 기사가 되어서 아버지와 엄마를 구해야 한다는 거지?"

알프레드는 고개만 끄덕였다. 그는 아버지와 엄마에 대한 얘기는 하지 않았다.

"내가 도와줄게."

맥슨이 충혈된 두 눈을 손가락으로 눌렀다.

"걱정 마. 내가 그 못된 마법사의 저주를 다 풀어줄 테니까."

두 사람은 내가 최면에 걸려 있어 아무것도 모른다고 생각한다. 그렇다면 나도 그들에게 동참(同參)하기로 했다. 오히려 잘된 일이다. 나는 가슴에 뜻을 품고서 다시 개구쟁이로 돌아가면 된다.

"우리만 여기에 남아야 하는 이유가 뭡니까?"

맥슨이 그렇게도 궁금했던 질문을 했다.

"누군가 우리를 쫓고 있어."

"아직 3일이 지나지도 않았는데요?"

"미련한 곰처럼 헤라트를 믿는 것은 아니겠지?"

"그, 그럼요. 아마 곰도 헤리트는 믿지 않을 서예요."

맥슨은 곰이란 말에 어깨를 움츠렸다. 창문 밖은 벌써 날이 저물어 어둠이 짙게 깔리고 있었다.

"놈들은 윌리암을 노리고 있어. 도시 밖으로 나가는 순간 달려들겠지."

"리쿠스 신의 예언 때문이에요?"

"헤라트도 두려워하는 거지."

"놈은 신을 믿지 않는데?"

나는 이상했다. 신의 존재를 부정하는 헤라트가 리쿠스 신의 예언을 두려워하는 이유가 무척이나 궁금했다.

"헤라트에게는 신에 대한 열등감이 있지. 그놈 역시 마법의 신 시어타투스에게 능력을 얻은 거야. 게다가 드래곤 족과 전쟁을 하는 것도 신들의 보물 때문이잖아. 인정하고 싶진 않지만 이래저래 신들이 남긴 자리를 전부 지울 수는 없는 거지."

"그렇더라도 아무런 근거도 없이 왜 나를 리쿠스 신이 말한 현자(賢者)라고 여기는 거지?"

여전히 납득이 가질 않았다.

"이 대륙에서 가장 가능성이 높은 사람은 너일 거야. 헤라트에게 반항하여 싸운 이슈빌의 아들 말고 현재 떠오르는 인물은 없지. 어떤 명백한 증거는 없더라도 혹시 모를 싹을 자르는 걸 거다."

알프레드의 설명을 들으니 조금은 이해할 것 같았다.

"그렇다면 다른 사람들은?"

맥슨이 너프린 숲으로 떠난 샤론 족의 무리를 걱정했다.

"그냥 놔둘 거야. 겉으로 내세우기 좋아하는 헤라트가 백성들하고의 약속을 어겨가면서 폐물(廢物)이나 다름없는 샤론 족을 손보지는 않을 테니까."

"결국 헤라트는 이슈빌님하고 윌리암을 죽이……."

"윌리암은 좀 쉬거라."

알프레드가 얼른 맥슨을 말을 자른다.

"자꾸 졸리네. 좀 자야겠다."

나는 못 들은 척 구석으로 갔다. 헤라트가 아버지에게 기회를 주었던 것은 자신의 넓은 아량을 남들에게 보여주려는 의도일 뿐이었다. 놈은 맥슨의 말대로 우리 부자를 무조건 죽였을 것이다. 엄마가 나타나는 바람에 계획에 차질을 빚어 나를 놔주게 되었지만, 결국은 죽이려고 했던 것이다. 누군가 우리를 쫓고 있다니 더욱 확실했다.

"지금쯤 놈들이 윌리암을 없애려고 움직이겠군요."

맥슨은 창문 너머로 샤론 족의 마지막 행렬이 사라지는 것을 보았다.

"우리는 여기서 쥐 죽은 듯이 조용히 있어야 해. 그러다가 이곳에서 모두가 사라지면, 그때 우리는 다시 도시를 가로질러 서쪽으로 가야 한다."

"서쪽이요?"

"파이로텐 벌판을 넘어 드래곤 족의 땅으로 들어가야 해."

내 귀가 쫑긋했다.

"미쳤어요?!"

맥슨은 화들짝 놀랐다.

"현재로써는 다른 방법이 없어."

"용의 아가리에 먹이를 바친단 말입니까?"

"아쿠아소룸뿐만 아니라 이 세상에서 윌리암을 보살펴 줄 수 있는 사람은 오로지 스쿠르벤드, 그분뿐이야."

"사비나를 데려간 게 아슈빌님인데 그 아들을 받아주겠어요?"

"윌리암은 사비나의 아들이기도 해."

"하지만 사비나는 우리의 원수잖아요. 그런 집안에 윌리암을 맡긴다는 것은 아무래도 꺼림칙합니다."

맥슨은 알프레드의 계획을 들으며 불만스러운 얼굴을 했다.

"조용히 하게. 윌리암이 듣겠어."

알프레드가 맥슨의 입을 막으며 내 쪽을 슬쩍 바라본다. 나는 눈을 꾹 감고 있었다.

"자는데요."

"그래도 항상 입 조심해."

"네!"

맥슨은 머리를 긁적거렸다.

"그분이 윌리암을 인정해야 하는데……."

"저는 아무래도 불안해요."

야만족으로 치부되는 드래곤 족의 족장인 스쿠르벤드였다. 나에겐 외할아버지가 되는 그는 언데드(Undead) 드래곤인 드라코리치를 숭배했다. 그는 아쿠아소룸 대륙의 마지막 땅인 파이로텐 벌판과 연결된 작은 섬에서 드래곤 족을 이끌며 살고 있었다.

하이드랜드라고 불리는 이 섬도 예전에는 대륙의 일부였다. 하지만 신들이 그곳에 많은 보물을 숨겨놓고 사람들의 접근을 막기 위해 일부러 대륙에서 갈라놓았다. 다만 보물을 지키는 드래곤들과 원주민의 자손만이 그 땅을 밟을 수 있는 자격이 주어졌다.

"말이다!"

창문을 바라보던 맥슨은 긴장했다.

"말이라고?"

알프레드가 창가로 다가갔다. 나도 슬쩍 눈을 뜨며 창밖을 봤다. 가죽에 티 하나 없는 새까만 말들이 벽돌집 옆으로 나타났다. 말 위에는 역시 검은 갑옷의 기사들이 앉아 있었다.

"저… 건?!"

알프레드가 소스라치게 놀랐다. 우리 종족을 무너뜨린 헤라트의 정예 기사단인 철갑단이었다. 적들은 생각보다 일찍 모습을 드러내고 있었다.

"맥슨! 얼른 윌리암을……."

다급했다.

"윌리암, 이리 와!"

맥슨이 자는 척하고 있던 나를 껴안으며 바닥으로 굴렀다.

철컥철컥!

규칙적으로 쇳소리가 나며 50여 명의 흑기사들이 샤론 족이 떠난 길을 따라갔다. 시간이 지나고 어느 정도 철컥거리는 소리가 사라지자 알프레드는 안심한 표정으로 살며시 고개를 들어 창밖을 보았다.

그때였다.

꽝!

갑자기 문이 부서지며 검은 그림자가 나타났다. 철갑단의 흑기사들이었다. 모두 세 명이었다. 그들은 투구 속의 싸늘한 눈초리로 윌리암의 일행을 쳐다보았다.

"너희들은 여기서 뭐 하는 거냐?"

"내 말이 맞지?"

흑기사들이 어두운 실내로 들어왔다.

"그러게. 인기척이 있다고 하더니……."

"혹시 샤론 족 아냐?"

"아, 아닙니다."

알프레드가 순간적으로 맥슨을 잡아 앉히며 손을 싹싹 빌었다. 맥슨도 눈치를 채고 덩달아 옆에서 손을 비볐다. 그러나 나는 이를 갈며 그 자리에 버티고 섰다.

"아무래도 수상한데."

"아이구! 기사님들, 살려주십시오."

알프레드와 맥슨은 노랑 머리를 감싸며 너욱 몸을 구부렸다. 아직

해가 완전히 가라앉지는 않았지만 집 안은 어두웠다.

"불을 켜보게. 샤론 족은 이마에 검은 닻 문신이 있을 거야."

툭툭 소리가 나며 어느새 흑기사의 손에 불이 들렸다.

"후후후."

흑기사의 음흉한 웃음이 흘렀다.

"역시 샤론 족이군."

흑기사들이 칼을 뽑아 들었다. 그중의 하나가 천천히 앞으로 다가와서 내 목에 칼을 들이댔다. 그러나 나는 어깨를 펴고 철갑단의 기사들을 노려보았다.

"네 이름이 무엇이냐?"

"……."

알프레드와 맥슨의 긴장된 눈길이 등에 꽂히는 듯했다.

"노랑 머리는 맞는데……."

"잘 살펴봐!"

흑기사들이 나의 머리칼을 들추고 이마를 유심히 뒤적였다.

"이마에 검은 닻 문신이 없어."

"우리가 찾는 꼬마가 아니군."

"그리고 계집애잖아."

순간 나는 발을 들었다.

깡!

"나는 남자야!"

쇳덩이를 걷어찬 발등이 아팠지만 입술을 깨물며 똑바로 흑기사를 바라보았다. 겁이 없는 것인지, 철이 없는 것인지 나도 지금의 내 행동을 분간 못하겠다.

"이놈이 겁이 없구나."

발칙한 발길질을 당한 흑기사가 칼을 들이댔다.

"가만!"

흑기사가 손을 들어 동료의 말을 막았다. 그리고는 천천히 불을 앞으로 가져갔다.

"무슨 일이야?"

칼을 들이밀던 흑기사까지 합세했다.

"다시 보니까 꼬마 이마에 무엇인가 그려져 있는데?"

"정말?"

흑기사들은 가까이 접근하여 나의 이마를 재차 들여다보았다.

"이거 닻 아냐?"

"검은색이 아니라 빨강색이잖아."

"어디 볼까."

한 번의 객기가 우리 일행을 곤경으로 몰고 있었다. 후회해 봤자 이미 늦은 일이었다. 그렇더라도 드래곤 족의 피가 흐르는 나에겐 문신이 생기지 않을 줄 알았는데, 헤라트의 저주가 이제야 나타나는 듯했다. 특별히 신경 쓰고 철갑단에게 객기를 부린 것은 아닌데, 만일 저주의 닻 문신이 보였다면 이 자리에 존재할 수 있는 단 하나의 답은 죽음이었다. 입술을 깨물며 각오를 단단히 하고 있는데 흑기사가 먼저 물러났다.

"이런, 아니잖아."

"빨간 물감이 묻은 거군."

내 이마를 손가락으로 비벼보던 기사가 별거 아니라는 표정이었다.

"괜히 시간 낭비했다. 어서 가자. 일행하고 너무 많이 떨어졌어."

"헤라트님은 어쩌자고 그 꼬마 놈을 살려줘서 우리를 고생시킨담. 드래곤하고 싸우기도 바쁜데 말야."

"신경 쓸 거 없어. 우리는 시키는 대로만 움직이면 되는 거야."

"하기야… 맞는 말이다."

"그래도 아슈빌의 자식이라면 더욱 그 자리에서 제거했어야지."

흑기사들이 한마디씩 했다.

"사비나님이 나섰으니 어쩔 수 없었겠지."

"그 여자가 그렇게 중요한가?"

"자네는 정말 사비나님의 가치를 모른단 말야?"

"으음!"

엄마 이름이 들리자 식었던 분노가 다시 끓어오르기 시작했다. 그때 흑기사가 우리를 노려보았다.

"그런데 이놈들은 어떡하지?"

나머지 흑기사들이 서로 얼굴을 번갈아 보았다.

"혹시 모르니까 모두 없애자!"

"좋아!"

흑기사들이 머리를 끄덕이며 우리에게 다가왔다.

"잘 가거라, 저주받은 샤론 족. 후후후."

맨 앞에 있던 흑기사가 웃음을 흘리며 있는 힘껏 롱 소드를 내려쳤다. 그 순간 엎드려 있던 맥슨이 몸을 뒤로 눕히며 발로 흑기사의 하복부를 걷어찼다.

"에잇!"

"어이쿠!"

갑작스러운 반격에 대응을 못한 흑기사가 뒤로 넘어지며 동료들에게 쓰러졌다. 그들이 주춤하는 사이 맥슨이 일어났다.

"맥슨님께서 그냥은 못 가지."

헤라트의 저주로 힘은 잃었지만 그는 샤론의 최고 용사였다. 기운은 사라졌지만 싸움 실력이 줄어든 것은 아니었다.

"이놈이!"

정신을 차린 흑기사들이 맥슨을 덮쳤다. 그도 물러서지 않고 앞으로 나갔다.

슈우욱!

흑기사의 칼이 곧장 찔러왔다. 맥슨이 재빠르게 빙그르 돌면서 칼면을 타고 흑기사의 뒤로 돌아갔다.

"죽어라!"

맥슨이 동료의 옆으로 빙글 돌며 나타나자 다른 흑기사가 손을 모아 뻗었다.

"파이어 볼!"

흑기사의 손바닥에서 푸른 마나가 강렬하게 뻗어 나갔다. 철갑단은 모두 마법을 쓸 줄 알았다. 불덩이가 맥슨을 덮치려는 순간, 그는 미리 짐작하고 있었는지 얼른 뒤에 있던 흑기사를 돌려 세웠다.

펑!

"으헉!"

자신이 날린 불덩이가 동료의 가슴에 격중되자 뒤에 있던 흑기사는 두 눈이 휘둥그레졌다. 하지만 더욱 놀란 것은 불덩이에 그슬려 축 처진 동료의 칼이 자신의 가슴에 박힌 것이다.

"어떻게 이런 일이……!"

순식간에 두 명의 동료를 잃은 흑기사는 그제야 정신을 바짝 차렸다. 덩치가 커다란 이 샤론 족은 보통이 아니었다.

"윌리암, 내가 저놈을 잡으면 무조건 도망쳐라."

맥슨도 긴장하고 있었다. 적이 방심한 틈을 타서 그들의 힘을 역이용해 둘은 없앴지만 나머지는 솔직히 버거운 상태였다.

"나 혼자?"

"그래, 내가 나중에 찾아가마."

맥슨이 나에게 다음 행동을 말하고 있을 때 흑기사가 다가왔다.

"이놈, 마지막이다!"

와장창!

달려들던 흑기사가 이유도 없이 맥슨 코앞에서 고꾸라졌다.

"어라?"

맥슨 역시 무슨 일인지 몰라 잔뜩 힘이 들어간 어깨가 축 처지며 눈이 커졌다.

"윌리암, 지금이야. 어서 도망가!"

알프레드였다. 그는 흑기사의 무릎을 잡고 있었다. 모두 싸움에만 집중하고 있을 때 몰래 흑기사의 곁에 숨어 있었던 것이다. 맥슨도 흑기사가 마법을 쓰지 못하게 온몸으로 힘껏 덮쳤다. 세 명은 뒤엉켜서 정신없이 벽돌집을 굴러다녔다.

"빨리 도망가!"

"맥슨!"

나는 알프레드와 맥슨을 두고 갈 수가 없었다.

"나중에 내가 찾아간다구 하잖아!"

맥슨이 소리를 질렀다.

(3)

　얼떨결에 벽돌집에서 뛰쳐나왔다. 하지만 어디로 갈지 갈피를 잡지 못했다. 벌써 날은 어두워 주변은 깜깜했다. 멀리서 짐승의 울음소리가 들려왔다. 벽돌집에 남아서 흑기사와 싸우고 있는 알프레드와 맥슨이 걱정되었다.

　"멀리 가지 말고 이쯤에서 쉬자."

　나중에라도 알프레드와 맥슨이 자신을 찾기 쉽게 벽돌집 근처에서 멀리 벗어나지는 않았다. 혹시 그들이 오지 않으면 다시 그 벽돌집으로 돌아가보기로 마음먹었다. 길을 잃어버리지 않으려고 그 와중에도 표시까지 해놓았다.

　"남자로서 도리는 지킨다."

　나는 다짐했다. 아버지의 신조 중에 '아닌 것은 절대로 승복하면 안 된다'가 있었는데, 친구를 두고 도망 온 것은 아무리 생각해 봐도 남자로서 할 짓이 아니었다. 나무에 기대어 시간이 흐르기를 기다리던 그는 한곳에 눈길이 머물더니 고개를 멈추었다.

"엉? 저게 뭐야?"

하얀 물체가 지나가는 것을 보았다.

"이곳에 사람이 있다니."

고집불통인 나에게 있어서 또 하나의 문제점은 겁이 없다는 것이다. 솔직히 겁이 없다는 것보다는 새로운 것에 대한 호기심이 많다고 해야 맞을 것이다. 나는 발소리를 죽여가며 하얀 물체를 쫓아갔다.

"어디로 가는 거지?"

달빛에 보이는 하얀 물체는 누렇게 발한 상복을 입고 있는 듯했다. 머리가 땅까지 끌리는 것이 여자 같았다. 그녀는 넓은 공터로 나가더니 털썩 주저앉았다. 그러더니 울음을 터뜨렸다.

"흑흑흑."

살며시 여자의 뒤쪽으로 다가갔다.

"아아아악!"

묘령의 여자는 이번에는 찢어질 듯한 비명을 지르며 손뼉을 치기 시작했다.

"아줌마."

나는 걱정스러운 마음으로 여자를 불렀다. 여자는 갑자기 나타난 방해꾼을 보고 울음을 멈추었다.

"헉!"

여자의 얼굴을 보는 순간 너무 놀라 자빠질 뻔했다. 시퍼런 얼굴엔 주근깨가 많았고, 눈은 너무 울어서인지 새빨갰다. 거기다가 콧구멍은 하나였으며 녹색의 앞니가 툭 튀어나와 있었다.

"너는 내가 안 무섭니?"

여자가 멍하게 서 있는 나를 바라보았다.

"무… 섭지는 않은데……."

"정말?"

"그… 럼."

말은 그렇게 했어도 더듬거리는 나의 심장은 무섭게 뛰고 있었다. 나는 쿵쾅대는 심장 소리가 밖으로 들릴까 봐 가슴으로 손을 가져갔다.

"나는 반시라 한다."

"반시?"

알프레드에게 들은 적이 있었다. 반시(Banshee)는 귀족 집안에 사는 수호 요정으로 그 집안 사람의 죽음을 알리기 위해 사람들 앞에 나타난다고 했다.

"누가 죽어?"

용기를 내서 물어보았다. 이곳에는 우리 일행 말고는 없는 걸로 알고 있었다.

"푸레카 가문의 알프레드 백작님이시다."

"알프레드?"

순간 나의 머리 속은 온통 새하얗게 변했다.

"알프레드가 죽는단 말이야?"

알프레드가 백작이었는지, 푸레카 가문이었는지는 모르지만 이곳에 머물고 있는 알프레드는 큰 스승밖에 없었다. 더군다나 큰 스승의 마지막 모습은 흑기사의 발목을 잡고 있는 모습이었다.

"안 돼!"

정신이 없었다. 나는 뒤도 안 돌아보고 무작정 벽돌집을 향해서 뛰어갔다. 그러나 일행이 있는 곳이 어디인지를 알 수가 없었다. 반시를 쫓아오느라고 길을 잃어버린 것이다.

"도대체 어디로 가야 하는 거야?"

그때 박쥐 소리를 내며 하늘을 날아가던 반시가 우왕좌왕하는 나를 보며 소리쳤다.

"그 집 앞에 듈리한이 나타날 것이다."

"듈리한이라고?"

마차 소리가 들린 것은 내가 듈리한이란 이름의 기억을 더듬을 때였다.

"호호호호호호!"

미친 듯이 마차를 몰고 온 여자가 어느 집 문 앞에서 큰 소리로 웃음을 터뜨렸다. 그리고는 사람이 나오기를 기다리는 듯했다. 하지만 집에서는 아무런 기척이 없었다. 듈리한은 집 안의 사람이 문을 열면 한 대야 가득히 피를 그 사람에게 쏟아 붓는 것으로 유명했다.

"저 여자가 듈리한? 그런데……."

나는 난생처음 보는 모습에 입이 다물어지지 않았다.

"목… 목이 없다."

여자는 머리가 없었다. 하지만 자세히 보면 듈리한은 자신의 머리를 손에 들고 있었다. 그가 끄는 코슈타바워(Coite-Bodhar), 즉 목 없는 말이 끄는 검은 이륜 마차에는 관이 실려 있었다. 전체적으로 듈리한의 모습은 기사로도 착각할 수 있었다.

"저 집이었나?"

우리가 머물던 집하고는 다르게 생겼지만 나는 무작정 그곳으로 뛰어갔다. 중요한 것은 알프레드라는 이름이었다. 그 집이 맞는지 안 맞는지는 별로 중요하지 않았다.

"알프레드… 알프레드……"

벌써 듈리한은 사라지고 없었다.

꽝! 꽝! 꽝! 꽝!

"문 좀 열어봐!"

나는 있는 힘을 다해 문을 두들겼다.

"누구냐?"

문이 벌컥 열리며 가벼운 가죽 갑옷인 하드 레더(Hard Leather)를 입은 남자들이 칼을 들고 나타났다.

"알프레드는 어디 있지?"

흑기사는 아니었지만 칼을 든 남자들을 보자 나는 불안한 생각이 들었다.

"감히 꼬마 놈이 백작님 이름을!"

"데리고 들어와 봐라."

안쪽에서 걸쭉한 음성이 들렸다.

"나를 아느냐?"

어두운 바닥에 작은 불씨가 겨우 아른거리는 집 안에는 몇 명의 사내가 더 있었다. 그들은 전부 긴장된 얼굴로 칼을 뽑아 들고 있었다.

"나는 알프레드를 만나러 왔는데?"

"허허허."

반백의 남자가 잔잔한 웃음을 보이며 나를 바라보았다.

"내가 바로 알프레드 백작이다."

백작은 주변을 둘러싼 사내들과는 다르게 몸통이 헐렁한 블리오 위에 맨틀을 걸치고 있었다. 내가 찾던 큰 스승은 아니었다.

"할아버지가 알프레드?"

고개를 끄덕이는 알프레드 백작을 보며 나는 걱정을 풀었다.

"그럼 이 할아버지가 죽는 건가?"

마음이 무거워졌다. 비록 큰 스승은 아니더라도 사람이 죽는다는 것은 슬픈 일이었다. 전쟁터에서 보아온 많은 죽음 중에서 슬프지 않은 것은 없었다. 더군다나 나는 사랑하는 사람을 잃은 가족들의 아픔을 누구보다도 잘 알고 있었다.

"어떻게 나를 알지?"

백작이 물었다.

"사실은 밖에서 반시를 만났어."

"허허허, 내가 죽을 때가 됐구나. 그렇지 않아도 듈리한이 나타났기에 짐작은 하고 있었는데 반시까지 울고 갔다면 오늘로써 내 목숨도 마지막이구나."

주변의 사내들이 안타까운 표정으로 백작을 둘러쌌다.

"끝까지 싸울 겁니다."

"죽더라도 기사로서의 명예는 꼭 지켜야죠."

"그래, 훌륭한 생각들이다. 하지만 긴 세월을 견뎠는데 아쉬운 마음도 있다."

백작은 사내들의 다짐을 들으며 지난 일을 회고하는지 허공으로 눈길을 돌렸다.

"온몸을 바쳐 4년 동안 헤라트에 대항해 싸웠지만 아무것도 이루어놓은 게 없어. 그런데 이렇게 허무하게 죽다니… 그게 너무 슬프다."

"헤라트?"

나는 백작의 입에서 마법사의 이름이 나오자 분노가 올라왔다.

"너도 헤라트를 아느냐?"

"이 땅에서 그놈을 모르는 사람이 있겠습니까?"

백작의 부하가 이를 갈았다.

"그리고 보니 머리가 노란색이구나. 너도 샤론 족이니?"

"맞아, 나는 샤론 족의 용사야."

아버지의 모습을 떠올리며 최대한 가슴을 폈다.

"샤론 족들은 저녁 무렵에 이곳을 지나 동쪽으로 가던데 너는 어찌 여기 남았느냐?"

"그건……."

나는 사정을 얘기하려다가 말을 멈추었다.

"위대한 아슈빌도 사라지고 나 역시 이곳에 숨어 최후를 기다리니, 이 땅에 자유는 영원히 오지 않으려나 보다."

백작이 한탄했다.

"애석합니다. 아슈빌님이 그렇게 죽다니……."

사내의 목소리가 구석에서 들렸다.

"다른 사람도 아닌 사비나에게……."

비통한 목소리들이 사내들의 입에서 흘러나왔다.

"아냐!"

나는 주먹을 꽉 쥐며 소리를 질렀다. 모두들 놀란 얼굴로 입을 다물었다.

"아버지는 죽지 않았어!"

백작이 조용히 나의 어깨를 잡았다.

"아이야, 네가 아슈빌의 아들이냐?"

"맞아, 내가 샤론의 위대한 전사 아슈빌의 아들 윌리암이야!"

"그래서 이렇게 씩씩하구나. 아버지를 닮아서 말야."

아버지를 닮았다는 말이 자랑스러웠다. 지금까지 자라면서 얼마나 듣고 싶었던 말인지 모른다.

"윌리암, 아슈빌님은 죽지 않는다."

"……."

"너의 아버지는 절대 죽지 않을 거다. 이 땅에 사는 모든 사람들의 마음에 아슈빌이란 이름은 자유라는 축복과 함께 영원히 기억될 것이다."

백작의 나를 달래는 듯한 말에 나는 다소 안정을 찾았다. 다른 사람에게서 아버지의 죽음을 확인한다는 것이 이 정도로 눈물이 고이고 숨까지 콱 막혀 답답할 줄은 몰랐다.

"우리가 이렇게 만난 것도 리쿠스 신의 뜻인데 내가 선물을 주마."

백작이 분위기를 바꾸며 품속에서 조그마한 상자를 꺼냈다.

"우리 푸레카 가문에 대대로 내려오던 보물이다. 이제는 주인 없는 것이 됐으니, 네가 잘 보관해 주면 고맙겠구나."

"이게 뭐죠?"

"신의 눈물이라는 보석이다. 전해오는 말로는, 이 보석을 원래 주인인 이데리아소 신(神)에게 가지고 가면 세 가지 소원을 들어준다고 한다."

"이데리아소 신이면 리쿠스 신의 동생 말이군요."

"잘 아는구나. 사랑의 여신이지."

윌리암은 백작이 주는 선물을 받아서 잘 챙겼다.

"이제 그만 가거라. 여기 더 있다가는 너까지 위험하다."

"알았어. 할아버지도 조심!"

"고맙구나. 윌리암도 이 다음에 훌륭한 기사가 돼서 아버지처럼 자유와 평화를 위해 싸워야 한다."

백작이 희미하게 웃었다.

"걱정하지 않아도 돼."

나는 주먹을 쥐고 흔들었다.

"잘 가라, 윌리암."

사내들이 나를 번쩍 들어 뒤쪽의 창문으로 내보냈다. 그러나 나는 자리를 뜨지 못하고 한참 동안 서서 백작이 선물한 상자를 만지작거렸다.

"아차! 알프레드와 맥슨을 찾아야지."

벽돌집을 나온 지 시간이 꽤 오래 지나고 있었다. 알프레드와 맥슨에게 아무 일노 없을 거라고 믿으며 급한 발걸음을 옮기고 있었다. 그 순간.

"조용히 해."

묵직한 손이 나의 입을 막았다. 숨이 막혀왔다. 나는 있는 힘을 다해 커다란 손을 떼어내려고 기를 썼다.

"윌리암, 나야."

잊지 못할 목소리다.

"맥… 슨?"

나는 맥슨이 무사하다는 현실이 너무 반가웠다.

"알프레드는?"

"다른 장소에 잘 계셔."

맥슨은 조심스럽게 사방으로 눈을 돌렸다.

"왜 그래?"

"주위에 병사들이 깔려 있어. 이 근처에서 너를 찾다가 병사들이 집 한 채를 에워싸는 것을 보고서 혹시나 하는 생각에 어렵게 이곳까지 뚫고 들어온 거야."

"그랬구나."

"어서 여기를 벗어나야 해."

"알았어."

맥슨은 나의 손을 꼭 잡고 방향을 잡았다. 그런데 앞에서 병사들이 몰려왔다. 그들의 손에는 저마다 무기가 들려 있었다.

"와아아―!"

"모두 없애라!"

소리치며 달려오는 병사들을 보며 맥슨은 나를 끌고 옆의 숲길로 뛰기 시작했다.

"저쪽으로 놈들의 일행이 도망친다!"

"잡아라!"

네 명 정도의 병사들이 우리를 쫓아왔다. 나머지 병사들은 알프레드 백작이 있던 집으로 밀려 들어갔다.

"우리는 헤라트님의 친위대다!"

"푸레카의 알프레드 백작은 어서 나와 항복하라!"

"허튼소리 하지 마라!"

"우리는 끝까지 자유를 위해서 싸울 것이다."

"저주받을 헤라트의 개들아!"

서로가 악에 받쳐 외치는 소리가 들리고 병장기가 부딪치며 내는 아우성이 밤하늘에 난무했다.

　"멈춰라!"

　"죽어라 쫓아오는군."

　맥슨은 꺾어지는 길에서 나를 내려놓고 병사들을 기다렸다. 아직 병사들의 모습은 보이지 않았다.

　"윌리암, 여기 서 있어봐."

　맥슨은 나를 길가의 나무 앞에 세워놓았다.

　"가만히만 있으면 돼. 나머지는 내가 알아서 할 테니까."

　"알았어."

　나를 안심시킨 맥슨은 나무 위로 올라갔다. 잠시 후에 병사들이 나타났다.

　"이놈들이 이쯤에서 사라졌어!"

　병사들이 두리번거렸다.

　"저기!"

　"어디?"

　횃불을 든 병사들이 천천히 내 쪽으로 돌아섰다.

　"꼬마잖아."

　"반란군 같지는 않은데……."

　"하기야 이런 꼬마가 알프레드 백작하고 상관이 있겠어?"

　네 명의 병사들은 나무 앞에 서 있는 나에게 조심스럽게 다가오며 속닥거렸다.

　"너는 누구냐?"

"윌리엄."

"여기는 왜 있는 거지?"

"친구가 서 있으라고 해서."

병사들은 나의 알쏭달쏭한 대답에 고개를 갸우뚱했다.

"그 친구는 어디 있는데?"

나는 대답 대신 손가락으로 나무 위를 가리켰다.

"위에?"

병사들의 고개가 하늘로 향했다.

"이야아!"

순간 하늘이 까맣게 변하며 커다란 덩어리가 병사들을 덮쳤다.

"으악!"

"오, 오거다!"

병사 한 명이 덩치 큰 맥슨을 몬스터로 착각을 했다.

우당탕탕!

네 명의 병사가 맥슨의 덩치에 깔리면서 넘어졌다.

"이놈들!"

맥슨은 얼른 두 명의 머리통을 잡고 맞부딪쳤다.

쩌억!

바윗돌 깨지는 소리가 나며 두 병의 병사가 뒤로 넘어갔다.

"반란군이다!"

"잡아!"

나머지 두 명의 병사가 일어나며 칼을 뽑으려 했다.

"잡긴 뭘 잡아."

맥슨은 병사들보다 먼저 롱 소드를 휘둘렀다. 그는 땅으로 구르며 앞에 서 있던 병사의 발목을 치자마자 칼의 방향을 바꿔 아래에서 위로 긁고 올라가며 일어섰다.

"커억!"

발목이 잘린 병사의 턱이 둘로 갈라졌다.

"이놈이!"

혼자 남은 병사가 손을 뻗어 맥슨을 찔러왔다. 하지만 그 자리에 주저앉은 맥슨의 칼이 조금 먼저 병사의 가슴에 박혔다.

"으헉!"

네 명의 병사를 간단하게 처리한 맥슨은 손에 쥐고 있던 롱 소드를 바라보았다. 벽돌집에서 흑기사를 죽이고 빼앗아온 칼이었다.

"윌리암, 어서 가자."

"맥슨."

나는 맥슨의 뒤를 쫓아가며 심각한 어조로 그를 불렀다. 아무리 생각해 봐도 이번 작전은 내가 손해 본 기분이었다.

"왜 그래?"

"조금 전에 내가 나무 밑에 서 있던 거 말야."

"그게 어때서?"

"아무래도 사냥할 때 미끼가 된 기분이더라고."

"무슨 소리를 그렇게 하냐?"

맥슨이 팔짝 뛰었다.

"내가 아무리 친구를 미끼로 썼을까 봐."

"아냐?"

"미끼보다는 적을 잡기 위한 협공이지."

"협공이라고?"

나는 미심쩍은 얼굴로 맥슨을 쳐다보았다.

"빨리 가자. 큰 스승님이 기다리겠다."

"……."

맥슨은 허둥지둥 그 자리를 피하기에 정신이 없었다.

(4)

　맥슨이 나를 데리고 도착한 곳은 숲 속 깊숙이 버려져 있는 석조 건물이었다. 오래전에 만들어놓은 신전 같았다. 기둥이 깨져 돌 조각들이 여기저기 흩어져 있는 넓은 문을 통해 눌은 안으로 들어갔다.

　"이쪽이야."

　"여기가 어디야?"

　"들어가 보면 알아."

　"우와! 정말 멋진 곳이다."

　"다 쓰러진 신전이 멋지긴……."

　"이런 곳이 있다니… 믿어지지가 않아!"

　나는 탄성을 질렀다.

　"큰 스승님 말로는 아주 오래전에 살던 사람들이 데드-씨로 떠난 배들이 돌아오지 않자 바다의 신인 어드ꟼ 이쿠를 노시던 신전이래."

"그렇구나."

겨우 밝혀놓은 불빛을 받아 신전의 축축한 실내가 어슴푸레 나타났다. 좁은 공간의 정면에는 머리가 깨진 집채만한 석상이 창날이 세 갈래로 뻗은 트라이던트(Trident)를 들고 서 있었다. 그 아래 신을 모시던 재단 앞에 알프레드가 앉아 있었다.

"알프레드!"

"윌리암, 무사하구나."

큰 스승은 나를 와락 껴안았다.

"그런데 무슨 일이지?"

내 몸을 살피던 알프레드가 맥슨을 쳐다보았다.

"저도 자세한 것은 모르겠어요."

"싸우는 소리가 들리던데?"

"헤라트의 병사들이 나타나서 누군가를 잡아가려고 하는 것 같았어요."

"아무튼 큰일이군. 계획에 차질이 생기겠어."

"헤라트의 병사들이 저렇게 깔려 있으니 빠져나가기가 힘들겠어요."

맥슨이 오면서 있었던 일들을 얘기하자 알프레드가 신음 소리를 냈다.

"으음!"

"큰 스승님, 우리 말고 샤론 족 중에 여기 남은 사람들이 또 있었어요?"

"글쎄다."

알프레드가 턱을 쓰다듬었다. 그가 아는 한 아무도 남아 있지 않았다.

"샤론 족이 아냐."

조용히 있던 내가 나섰다.

"그 할아버지는 푸레카 가문의 알프레드 백작이야."

"윌리암, 그 사람이 알프레드 푸레카 백작이라고?"

알프레드가 귀를 쫑긋했다.

"으… 응."

"그분마저 헤라트에게 잡히는구나."

"알프레드도 아는 할아버지야?"

"아슈빌님이 헤라트에게 대항해서 싸우자 뜻있는 분들이 많이 동참했었어. 그중에서도 제일 용감한 분이 알프레드 백작이었지. 나중에 아슈빌님이 헤라트에게 잡히면서 모두들 항복했지만 그분만은 끝까지 싸우신 거야."

"어쩐지 좋은 분 같더라."

나는 밖에서 있었던 일들을 차근차근 얘기했다. 순간 알프레드의 인상이 심각하게 변했다.

"윌리암!"

알프레드가 갑자기 내 어깨를 세차게 낚아챘다.

"아얏! 아파!"

나는 알프레드의 손아귀에서 빠져나가려고 했다.

"내 말 잘 들어."

알프레드는 엄한 목소리로 더욱 꽉 잡아당겼다.

"왜 그래, 알프레드?"

"앞으로는 망나니처럼 절대 경거망동하지 마라. 헤라트의 저주를 받는 순간부터 그런 행동은 죽음과도 같다."

알프레드의 푸른 눈이 빛을 발했다.

"더군다나 계집애라는 말을 듣고 철갑단에게 보였던 그런 무모한 행동은 더욱더 해서는 안 되는 행동이야. 이제부터 나는 너를 전사처럼 엄하게 대할 거다. 그러니 너도 헤라트에게 복수하기 전까지는 나를 아슈빌님처럼 모셔라. 그러지 않으면 나도 가만히 있지 않을 테다. 알겠지?"

"……."

"어서 대답해!"

알프레드는 나의 양 어깨를 세차게 흔들었다.

"알… 았어, 알프레드."

한 번도 본 적 없는 알프레드의 화난 듯한 모습에 나는 기가 죽어 대답했다. 언제나 인자한 웃음으로 그를 대하던 큰 스승이었다.

"맥슨!"

"옙! 알프레드님!"

맥슨도 알프레드의 변한 모습에 태도를 바로했다.

"이제 시내로 들어가자. 날이 새기 전에 도시를 가로질러 서쪽으로 가야 한다."

"철갑단을 쉽게 따돌릴 수 있을까요?"

맥슨이 조심스럽게 물었다.

"죽은 놈들이 문제이기는 한데, 어찌 됐든 놈들의 주력 부대가 여기를 지나갔으니까 다시 오려면 시간이 걸릴 거야."

"그래도 하이드랜드까지 가는 데는 몇십 일이 걸리는데, 여유가 많은 건 아니잖아요."

"방법을 찾아야지. 그리고 샤론 족 사람들이 철갑단을 얼마나 잡고 늘어지느냐가 문제이기도 하고."

알프레드는 너프린까지 가는 방법을 다섯 갈래로 나누어 지시했다. 각 족장들이 무리를 이끌고 그가 가르쳐 준 대로 도망칠 것이다. 그렇게 시간을 벌어놓고 그들은 드래곤 족을 찾아가야 했다.

"중요한 것은, 우리가 여기 머문 것을 놈들이 알게 하면 안 되는 것인데……."

"우리 샤론 족을 의심하십니까?"

"세상일은 모르니까."

"이슈빌님을 따르던 사람들입니다. 절대 말하지 않을 겁니다."

"나도 그렇게 믿네."

알프레드는 리쿠스 신의 가호가 있기를 바랬다.

"그리고 윌리암!"

불현듯 무엇인가 생각났는지 알프레드가 나를 급히 불렀다.

"……?"

"아니다. 내일 살펴보도록 하자."

알프레드는 내 이마를 보려다가 말았다. 색깔도 다르고 어쩌고 알아듣지 못할 말로 중얼거렸지만 분명히 흑기사는 나를 보며 이마에 문신이 있다고 했다.

"으하하하!"

정적이 흐르던 신전 안으로 느닷없는 웃음소리가 울려 퍼졌다. 그리고는 불빛이 환하게 밀려 들어왔다.

"누, 누구냐!"

모두 놀란 눈으로 시선을 돌렸다.

"쥐새끼 같은 샤론 놈들. 우리를 잘도 속였겠다!"

첨갑단의 흑기사들이었다.

"이놈들인가?"

"맞는 것 같습니다."

흑기사가 허리를 구부렸다. 그의 손에는 붉은빛이 선명한 수정 구슬이 들려 있었다.

"꼬마 놈은 완전한 샤론 족이 아니라 구슬에 비치지 않았나 보군."

부하들 틈을 헤치고 나온 기사는 유독 황금빛 갑옷을 입고 있었다. 아버지를 쓰러뜨린 철갑단의 최고 마스터 기사 하멜이었다. 투구를 쓰고 있어서 얼굴을 볼 수 없었지만 목소리만 들어도 소름이 끼쳤다.

"저 구슬은 뭐죠?"

맥슨이 알프레드의 대답을 기다렸지만 그전에 하멜이 먼저 설명해 주었다.

"이건 저주를 받은 샤론 족을 찾을 수 있는 구슬이지."

하멜은 부하가 들고 있던 수정 구슬을 쓰다듬었다.

"마법 구슬?"

철갑단은 저 구슬로 쉽게 이곳에 숨어 있던 우리를 찾을 수 있었던 것이다.

"그럼 이 꼬마가 아슈빌의 아들이겠군."

"아닙니다."

알프레드가 앞을 막아섰다.

"비켜, 건방진 놈!"

"으헉!"

흑기사의 주먹 한 방에 알프레드가 나가떨어졌다.

"이놈들이!"

맥슨이 달려들었다.

"어차피 죽을 놈이 명을 재촉하는군."

휘이익!

흑기사의 칼이 허공을 갈랐다.

쨍!

"그만둬라! 헤라트님도 샤론 족의 더러운 피는 직접 손에 묻히지 않는다고 했다. 저 꼬마가 아슈빌의 아들인 것이 확실할 때 놈들을 한꺼번에 죽여도 늦지는 않다."

부하의 칼을 막은 하멜이 나에게 다가왔다.

"여자를 데리고 와!"

"옙!"

노랑 머리의 여자가 얼굴을 가리고 나타났다.

"이 꼬마가 윌리암 맞느냐?"

"흑흑흑!"

여자는 대답 대신 흐느끼고 있었다.

"죄송해요, 알프레드님. 어쩔 수가 없었어요."

"테레노미구나."

얼굴은 가렸지만 알프레드는 여자의 목소리를 알아보았다.

"어떻게 네가 이럴 수 있지?!"

격양된 목소리로 맥슨이 씩씩거렸다. 테레노미는 아버지가 아끼던 부하의 아내였다. 전쟁터에서 몇 번이고 살려준 부하였다.

"말하지 않으면 철갑단이 우리 아들을 죽인다고 해서……."

테레노미는 말을 잇지 못했다.

"자코두는 괜찮아?"

"윌… 리… 암……."

여자가 나를 발견하고는 무릎을 꿇었다. 친구인 자코두는 그녀의 아들이었다.

"미안하다."

나는 테레노미의 어깨를 어루만졌다.

"괜찮아."

그녀의 심정을 이해할 것 같았다.

"아슈빌의 아들이 틀림없군."

"그런데 왜 이마에 닻이 없죠?"

"마법의 구슬에 모습이 나타나지 않은 이유를 이제야 알겠군."

수정 구슬을 힐끔 보며 하멜이 고개를 끄덕였다.

"닻 같은 건 이제 상관없다. 아슈빌의 아들이면 되는 거야."

황금 갑옷의 하멜이 뒤로 물러났다.

"전부 없애라!"

"옙!"

흑기사들이 칼을 빼어 들고 다가왔다.

"안 돼!"

테레노미가 앞을 막아섰다.

"약속하고 다르잖아요. 사비나님에게 데려간다고 했잖아!"

"비열한 놈들!"

맥슨은 이를 갈았다. 철갑단이 테레노미를 속였던 것이다.

"비켜라!"

"허억!"

흑기사의 손짓 한 번에 테레노미가 비명과 함께 흑기사 쪽으로 쓰러졌다.

"안··· 돼······."

숨을 헐떡이는 테레노미가 악착같이 흑기사에게 매달렸다.

휘이익!

"커억!"

"테레노미!"

나는 뒤로 휘청거리는 여인을 받았다. 그러나 그녀는 이미 숨이 끊어져 있었다. 미안한 표정으로 눈도 못 감고 죽어 있었다.

"이놈들!"

천천히 앞으로 나오던 맥슨은 이를 갈았다.

"지옥에나 떨어져라, 아슈빌의 아들아!"

"죽여라!"

테레노미를 칼로 베어버린 흑기사를 선두로 철갑단의 기사들이 윌리암에게 달려들었다.

"멈춰라. 샤론의 맥슨은 그냥은 못 죽는다!"

맥슨은 칼을 집어 들었다. 누구보다도 철갑단에 원한이 많은 그였다.

"오냐, 그렇지 않아도 복수할 날만 기다렸다. 내가 비록 힘은 없지만 네놈들 중에 한 놈은 기필코 지옥에 같이 데리고 갈 것이다!"

싸움에 임하는 맥슨의 모습은 평소와는 전혀 달랐다. 분노에 젖어 쏟아져 나오는 푸른 안광은 상대를 압도하고 있었다. 앞으로 나서던 흑기사들이 움찔했다. 그들도 천하장사 맥슨의 이름을 들은 적이 있었다.

"이미 저놈은 마법으로 힘을 잃었다. 신경 쓰지 말고 빨리 없애라!"

하멜이 부하들에게 소리쳤다.

"헤라트의 개들아, 어서 덤벼!"

맥슨은 주춤주춤 알프레드와 나를 뒤로 밀면서 흑기사들과 대치했다. 우리는 머리 부분이 없는 어드포이쿠 신의 석상이 서 있는 구석까지 밀렸다.

"에잇!"

흑기사가 칼을 휘두르며 달려들었다.

"이얍!"

맥슨이 재빠르게 허리를 숙이면서 흑기사의 겨드랑이 사이로 머리를 집어넣고 몸을 일으켰다. 아무리 주술에 걸렸다고 해도 싸움에 대한 요령이 훌륭한 그였다.

"으라차!"

우당탕탕!

흑기사가 달려오던 탄력으로 맥슨의 어깨를 타고 거꾸로 넘어가더니 석상에 머리를 부딪치며 쉿소리를 냈다. 그러자 다음 흑기사가 맥슨의 머리부터 아래로 곧장 칼을 내리그었다.

"건방진 놈, 지옥에나 가라!"

"그러면 섭하지!"

맥슨은 몸을 옆으로 반쯤 돌려 피하며 두 손으로 흑기사의 팔목과 팔꿈치를 낚아챘다. 그리고는 그대로 점프하며 주저앉았다. 흑기사의 팔이 부러지며 입에서 신음 소리가 터져 나왔다.

"으아악!"

"샤론 놈이 봐주니까 보이는 게 없구나!"

다음 흑기사를 대하던 맥슨은 가슴에 통증을 느껴야 했다.

"스톰 럼프!"

펑! 펑! 펑!

"으헉!"

흑기사의 손바닥에서 뻗어 나온 마나의 덩어리가 폭풍처럼 몰아치며 맥슨을 재단까지 날려 버렸다.

"맥슨!"

알프레드와 함께 맥슨에게 달려갔다. 그는 입가에 피를 머금고 있었다.

"괜찮아, 맥슨?"

"으응."

맥슨이 힘겹게 대답했다.

"이번에는 한꺼번에 모두 지옥으로 보내주마!"

흑기사가 롱 소드를 빼 들더니 한 손으로 위에서부터 칼날을 훑었다.

"파이어 웨폰!"

칼에서 불꽃이 일어나자 흑기사가 스펠을 외쳤다.

"소드 익스프로젼!"

불에 휘감긴 칼이 윌리암 일행을 향하여 빠르게 날아왔다.

"피해!"

꽈꽈꽝!

간발의 차이로 우리 세 사람은 옆으로 굴렀다. 칼이 어드포이쿠 신의 석상을 가르며 커다란 폭발음을 냈다.

쩌어억!

굉장한 충격을 받은 석상이 갈라지며 앞으로 쓰러졌다. 그 밑에 있던 세 사람은 다시 자리를 피해야 했다. 맥슨이 고통스러운 얼굴을 했다.

쿠르르쫭!

석상이 깨지며 먼지 더미와 함께 자이언트(Giant) 크기의 덩어리가 굴러 나왔다.

"골렘?"

순간 알프레드의 눈이 빛났다.

"놈들을 살펴봐라!"

흑기사들이 자욱하게 피어 있는 먼지를 손으로 걷어내며 세 사람이 있는 곳으로 다가왔다.

철컥! 철컥!

쇳소리가 주위를 좁혀오고 있었다.

"제발, 빨리 나와라."

알프레드는 흑기사들의 발걸음을 쳐다보며 골렘(Golem) 주변을 뒤지고 있었다.

"어디 있을 텐데."

"뭘 찾아요?"

맥슨이 답답한지 알프레드를 따라 흙 인형 밑으로 손을 휘저었다.

"놈들이 저기 숨어 있다."

우리를 발견한 흑기사들이 칼을 빼 들었다.

"여기 있다!"

알프레드는 골렘 밑에 깔려 있던 양피지를 꺼내 보았다. 거기에는 오래된 글자체로 흐릿하게 Schem-Hamporasch(신의 이름)이라고 쓰여 있었다.

"샤론 놈들, 이제는 죽을 각오나 해라!"

흑기사들의 숨소리가 바짝 들려왔다.

"골렘, 어서 일어나!"

알프레드는 부리나케 손을 움직여 양피지를 골렘의 이마에 붙이며 소리쳤다. 그러자 흙 인형이 서서히 움직이기 시작했다.

"저놈들이 쳐들어와서 너의 주인인 어드포이쿠 신의 신전을 이렇게 부숴놓았다. 모두 없애 버리도록 해."

끄르릉!

골렘은 몸을 흔들며 일어섰다.

쿵! 쿵! 쿵!

거대한 흙 인형은 천천히 앞으로 나가며 흑기사들을 공격했다. 마치 알프레드의 말을 잘 듣는 부하 같았다.

"이건 뭐야?!"

흑기사들이 주춤했다.

"빨리 없애!"

하멜이 소리쳤다.

"죽어라!"

깡!

"이런!"

내려치던 흑기사의 칼이 골렘의 어깨를 맞고 튕겨져 나왔다.

"으아아악!"

이번에는 거인 골렘이 어느 사이에 흑기사의 목을 낚아채고 있었다. 뒤에 있던 다른 흑기사들이 주춤거리며 물러났다.

"알프레드, 골렘이 뭐야?"

나는 무시무시한 흙 인형을 보면서 궁금증을 참지 못했다.

"원래 골렘은 신성한 의식을 치른 후 진흙이나 점토로 반죽해서 만든 다음, 신이나 생명을 뜻하는 주문을 외고 그 이마에 진리(Emeth)나 신의 이름(Schem-Hamporasch)이라는 문자를 쓴 양피지를 붙이면 생명을 얻게 되지."

"말은 못해도 사람이 하는 이야기나 명령은 알아듣는구나."

설명을 들은 나는 고개를 끄덕였다.

"그래서 알프레드님의 명령을 따르는군요."

"우리도 빨리 피해야 해. 저 골렘은 정상이 아냐."

"정상이 아니라고요?"

맥슨은 흑기사들과 대치하고 있는 골렘을 보았다.

"골렘은 낮에만 움직여야 해. 그렇지 않으면 갑작스럽게 흉악해져서 만든 사람조차 손을 쓸 수 없게 되거든."

"흑기사들에게 저렇게 무지막지하게 덤비는 것도 어쩌면 그런 이유일 수도 있겠네."

"그렇지."

벌써 골렘은 흑기사를 둘이나 짓밟아 버리고 있었다. 어떤 좋은 무기나 훌륭한 검술로도 흙 인형을 쓰러뜨릴 수는 없었다. 보통 10기가의 능력을 지닌 철갑단의 기사들이 쩔쩔매고 있었다.

"마법을 사용하라!"

흩어졌던 정렬을 재정비한 흑기사들은 미리 약속이나 한 듯 자리를 잡고 서서 주위의 마나를 불러 모았다. 그리고는 세 명의 흑기사가 땅으로 구르며 소리를 쳤다.

"소드 커트!"

푸른빛이 서늘한 칼날이 골렘의 발목으로 향했다. 그러자 뒤에 있던 또 다른 세 명의 흑기사가 앞선 동료들의 위쪽으로 칼을 뿌렸다.

퍽퍽퍽!

전혀 꼼짝하지 않던 흙덩이의 발목과 가슴에 칼이 꽂혔다.

크아앙!

골렘도 충격으로 주춤했다. 여섯 명의 흑기사가 동시에 스펠을 캐스팅했다.

"소드 피엘츠!"

흙 인형에 꽂혀 있던 모든 칼이 회전을 하기 시작했다. 칼들은 무서운 속도로 골렘을 파고들어 가자 흙 가루가 사방으로 퍼져 나왔다. 조금만 있으면 골렘의 몸이 흙 가루로 분쇄되어 사라질 것이다.

"이럴 수가……!"

"있을 수 없는 일이다."

도망치는 것도 잊은 채 우리의 입이 함께 벌어졌다. 아무리 마법 군단이라도 어린아이의 몸무게와 맞먹는 갑옷을 입고 저렇게 가볍게 움지이다니 믿어지지가 않았다. 그때 골렘이 포효했다.

크아앙!

자신의 몸이 부서지는 것을 괴로워하며 골렘은 마법을 캐스팅하고 있는 여섯 명의 흑기사들에게 성큼성큼 걸어왔다.

쿵! 쿵! 쿵!

"막아라!"

다른 흑기사들이 골렘에게 달려들었다. 최대의 효과를 내기 위해 마법을 캐스팅하는 동안은 움직일 수 없었다. 정신 집중이 제일 중요했다.

크아앙!

"으악!"

골렘은 다른 흑기사들의 방해에도 불구하고 마법을 캐스팅 중이던 한 명의 흑기사를 박살 내고 말았다. 머리통이 달아난 흑기사의 몸뚱이가 쿵! 소리를 내며 쓰러졌다. 순간 골렘에 꽂혀 있던 칼들이 회전을 멈추며 바닥으로 떨어졌다.

크아앙!

해머보다 더 강력한 골렘의 주먹이 흑기사들을 무차별로 유린했다.

"피해라!"

흑기사들이 다시 여기저기로 흩어졌다.

"바보 같은 놈들!"

부하들이 속수무책으로 당하자 하멜이 나섰다.

"파이어 볼로 놈의 이마에 붙어 있는 양피지를 태워 버려!"

"알겠습니다!"

흑기사 십여 명이 옆으로 쭉 섰다. 그들은 동시에 손을 뻗으며 외쳤다.

"파이어 볼!"

슉슉슉—

붉은빛이 골렘의 가슴으로 쏟아졌다.

"턴 업!"

흑기사들이 다음 스펠을 외치자 골렘의 몸으로 향하던 빛이 이마로 꺾어졌다.

크악!

골렘은 손을 들어 양피지를 태우려고 올라오는 불덩이를 막았다. 그러나 10개나 되는 불덩이를 전부 처치할 수는 없었다. 손가락 사이로 비집고 들어온 붉은빛이 이마의 양피지에 불을 붙였다.

크르릉!

잠시 후 양피지가 한 줌의 재로 사라지자 골렘은 괴성을 지르며 그 자리에 쓰러졌다.

"큰일이다."

알프레드가 새파랗게 질렸다.

"어떡하죠?"

맥슨이 나를 품에 안았다.

"이제 그만 일어나시지."

어느새인가 흑기사가 다가와서 내려보고 있었다.

"아직도 덜 혼난 모양이구나."

아픈 가슴을 어루만지며 맥슨이 일어났다.

"후후후, 어디 더 발악해 보시지."

"몇 놈이나 더 죽어야 물러나겠나!"

맥슨은 끝까지 객기를 부려봤다.

"네놈의 용기는 높이 사주마!"

흑기사들이 거리를 좁혀오자 우리는 제단 쪽으로 물러났다.

"오늘은 이쯤에서 끝내자."

칼을 곧바로 세운 흑기사의 양 옆으로 두 명의 흑기사가 배틀엑스를 비스듬히 눕히고 있었다. 처음보다는 많이 신중한 모습이었다. 저마다 무기에는 마나가 푸른빛을 띠고 있었다.

"자, 간다!"

흑기사들이 맥슨을 덮치며 협공을 했다.

"칼이 어디로 간 거야?!"

"죽어라!"

"으헉!"

맥슨이 사라진 칼을 원망하며 나와 알프레드를 품에 안고 바닥을 굴렀다.

"죽기 전에 너희들 신에게 기도나 많이 해둬라."

우리는 주저앉은 채로 엉금엉금 기어서 뒤로 물러났다. 피하고는 있었지만 우리의 얼굴에는 절망만이 가득했다.

"후후후."

흑기사들이 웃음을 띠며 칼을 높이 들었다.

"죽더라도 우리를 원망하지 마라!"

그때였다.

털컥!

차가운 기운이 등에 닿았다. 신의 제단이었다.

끼이익!

제단이 있던 자리에서 더 뒤로 밀렸다.

"어? 어?"

우리는 동시에 뒤를 보았다. 제단이 있던 자리에 시꺼먼 구덩이가 나타났다. 그러나 구덩이 속을 볼 틈도 없이 우리 일행은 비명과 함께 그 아래로 떨어졌다.

"으아아악—!"

나는 아래로 떨어지며 흑기사들이 달려들자 구멍을 닫아버리는 재단을 볼 수 있었다.

PART Ⅲ
기나긴 여정

(1)

　얼마나 아래로 떨어졌는지 모른다. 까마득한 절벽으로 발을 헛디딘 느낌이었다. 겨우 정신을 차린 나는 알프레드와 맥슨을 찾아보았다. 다행히도 주변은 훤하게 밝았다. 지하 동굴의 벽마다 야광주가 꽂혀 있었다. 어디선가 웅성거리는 소리가 들렸다. 동물이나 사람들의 노랫소리 같았지만 작고 희미해서 알아들을 수는 없었다.

　"알프레드! 맥슨!"

　"엉, 여기야."

　맥슨이 엉금엉금 기어서 다가왔다.

　"알프레드는?"

　"나도 괜찮다."

　저만큼 떨어진 곳에 알프레드가 앉아 있었다.

　"그런데 여기가 어디지?"

맥슨은 일어서려다가 머리를 매만졌다.

"이크!"

동굴의 높이는 1미터가 조금 넘는 듯했다.

"동굴을 깎고 다듬어놓은 솜씨를 보면 드워프들이 사는 곳 같은데……."

"그럼 여기가 스바르트알바헤임이란 말이에요?"

"그거야 모르겠지만 아마 비슷할 거야."

드워프(Dwarf)는 지하 세계에 사는 소인들이다. 그들이 사는 나라가 바로 스바르트알바헤임(Svartalhaheimr: 검은 요정의 나라)이었다.

"어라? 백 년 만에 사람이 걸렸네."

"그것도 한꺼번에 세 명씩이나 말야."

"오늘은 운이 좋은데?"

"우레바 족장이 기뻐하겠는걸."

무더기로 나타난 갈색 머리의 소인들은 전부 광부 복장을 한 1미터 정도의 작은 키였다. 손에 하나씩 도구를 들고 있는 그들은 대부분 괴상망측하게 생겼다. 머리통이 크고 코 주위가 창백했으며 무릎까지 오는 긴 팔과 긴 수염을 가지고 있었다. 특히 수염은 땅에 닿을 정도였다. 간혹 무리들 중에는 그 수염을 땋아놓은 소인들도 있었다.

"드워프다."

알프레드는 중얼거렸다.

"이런 쪼그만 놈들이 감히……!"

맥슨이 덤비려고 했지만 몸을 마음대로 움직이지 못했다.

"드워프들의 마법에 걸린 것 같다."

알프레드가 맥슨을 말렸다. 드워프들은 마법에도 능통한 종족이었다. 아무래도 움직임을 제압당하는 패럴라이즈와 유사한 스틸 파워(Steal Power)를 당한 것 같았다.

"끌고 가자."

드워프가 손짓을 했다.

"빨리 움직여!"

겨우 몸을 숙이고 동굴을 빠져나와 드워프에게 끌려서 우리가 도착한 곳은 넓은 광장이었다. 드워프들의 솜씨를 볼 수 있는 여러 모양의 건축물들이 광장을 중심으로 서 있었다. 벽돌로 지은 집이 있는가 하면 쇳조각을 엮어서 만든 탑도 보였다. 지붕이 버섯 모양인 양철 집도 쉽게 눈에 띄었다. 세상 밖에서는 볼 수 없는 기괴한 모양의 특이한 종(鐘)이나 장식물들이 건물마다 걸려 있었다. 그리고 무엇보다도 광장은 허리를 굽히지 않아도 될 만큼 높아서 좋았다. 그곳에는 이미 많은 드워프들이 나와 있었다. 특이한 것은, 그들이 모두 남자들이라는 것이다.

"무엇을 내놓겠느냐?"

"……?"

느닷없는 질문에 우리 일행은 눈만 멀뚱거렸다.

"꼬락서니를 보니 아무것도 없겠어."

"천상 목숨을 내놔야겠다."

"이놈은 두 번 내려쳐야 할 거 같은데."

드워프 하나가 맥슨을 발로 툭 찼다.

"늙은이는 칼이 닿기도 전에 심장이 터져 먼저 죽을 거야."

"모두들 조용히!"

제일 나이가 많아 보이는 드워프가 나에게 다가왔다.

"나는 족장인 우레바다."

"나는 윌리암."

내가 생긋 웃었다.

"어험!"

우레바는 나와 눈이 마주치자 흠칫 놀라며 헛기침을 했다. 하기야 드워프라고 내 눈을 피해갈 수는 없을 것이다.

"꼬마야, 그런 눈으로 나를 본다고 달라지는 것은 없다. 너희들은 우리가 만족할 만한 물건을 내놓지 않으면 이곳의 비밀을 지키기 위해 죽어야 한다."

"우리에게는 그런 물건이 없어요."

맥슨이 애원하듯 말했다.

"그럼 할 수 없지."

드워프들의 얼굴이 굳어졌다.

"처형대를 가져와라!"

우레바의 명령이 떨어지자 드워프들은 이상하게 생긴 마차를 끌고 왔다. 네모난 판 위에 밧줄을 거는 기둥하고 마차 옆면에는 커다란 칼날이 놓여 있는 듯했다.

"모두 데리고 가라!"

드워프들은 우리 일행을 마차로 데리고 올라갔다. 그리고는 기둥에 걸려 있는 밧줄로 우리들의 온몸을 따로따로 친친 감고 마지막으로 손을 뒤로 묶었다. 발은 쇠사슬에 걸어 그 자리에 고정시켰다. 도저히 움직일 수가 없었다.

"앞으로 밀어!"

드워프들이 등을 탁, 치자 우리는 앞으로 몸이 기울었다.

"어어어……."

손을 묶은 밧줄은 위의 가로놓인 기둥 고리에 걸려 뒤에서 드워프들이 당기고 있었다.

"밧줄을 놔!"

"알았어."

뒤에 있던 드워프들이 밧줄을 느슨하게 놓았다.

"으악! 살려줘!"

맥슨이 덩치에 어울리지 않게 비명을 질렀다. 샤론의 최고 용사가 맞는지 의심스러울 정도로 소란스러웠다.

"당겨!"

앞으로 고꾸라지던 몸이 멈추었다. 바로 마차 밑이 보였다.

"적당히 위치를 잡았으면 처형을 준비하라!"

"옙!"

처형을 준비하는 드워프들이 바쁘게 왔다 갔다 했다. 우리 일행의 목이 닿는 위치인 마차 끝 선에 커다란 칼날이 놓였으며, 그 아래에는 떨어지는 목을 받으려고 나무로 만든 둥근 통이 준비되어 있었다. 통에는 시뻘건 선혈이 아직도 묻어 있었다.

"뜸 들이지 말고 빨리 하자고."

"그래, 적당히 준비해."

"정말 오랜만에 보네."

드워프들이 마차 주변에 가득 모여 우리들의 처형을 기다리고 있었다.

"알프레드님, 우리, 이렇게 죽는 겁니까?"

"그런가 보다."

"복수도 못하고 땅속의 난쟁이들에게 이렇게 죽다니 억울해요."

맥슨이 고개를 옆으로 떨구었다.

"방법을 찾아보자."

그때 우레바의 목소리가 들렸다.

"밧줄을 놔라!"

"으악!"

몸이 앞으로 넘어가며 눈 안으로 시퍼런 칼날이 확대되어 들어왔다.

"당겨!"

세 사람의 몸이 삐딱하게 멈추었다.

"으그그!"

"휴우!"

"죽는 줄 알았다."

알프레드가 빠르게 말하며 입에 침을 발랐다.

"제가 알기로는 드워프 족은 뛰어난 세공사이며 광부이자 대장장이, 거기다가 또 뭐냐… 그렇지, 훌륭한 건축가로 알고 있습니다. 또한 직접 만든 물건에 마법의 힘도 불어넣어 훌륭한 검이나 창을 만들기도 하지 않습니까?"

드워프에 대한 알프레드의 칭찬이 이어졌다. 그의 말을 들으며 고개를 끄덕이는 드워프들의 표정이 만족스럽다는 듯이 바뀌어갔다.

"하지만 드워프 족은 전투용 도끼나 망치처럼 자신들이 공작할 때 쓰는 도구를 개조하고 사용하는 것을 좋아하는데, 어찌 사람들의 물건을 탐한단 말입니까?"

알프레드는 애원 조로 말하며 우레바를 쳐다보았다.

"하하하, 우리에 대해서 알기도 많이 아는구나."

우레바가 큰 소리로 웃었다.

"거인인 아미르의 몸에서 태어난 우리의 조상들은 그랬었지. 그러나 이제는 그런 것들이 시시해졌다. 밖의 세상의 물건들을 가지고 더 좋은 물건을 만드는 게 우리의 행복이다. 너도 알다시피 우리는 햇빛을 받으면 돌이 돼서 죽게 되거든. 그래서 함정을 파고 인간들을 끌어들이지."

"그렇다고 아무 죄도 없는 인간을 죽인다는 것은 말도 안 되는 일입니다."

"시끄러워!"

우레바가 알프레드의 말을 잘랐다.

"바로 처형하라!"

"예!"

둥둥둥둥―!

북소리가 울리며 집행관인 드위프 하나가 빨간 깃발을 위로 들어 올렸다.

"처형!"

빨간 깃발이 내려오는 것을 보며 나는 눈을 감았다. 몸이 곧바로 아래로 향했다. 시퍼런 칼날이 나의 목을 기다리고 있을 것이다.

휘이익!

툭!

몸이 수그러지던 나의 가슴에서 작은 상자가 떨어졌다.

"잠깐!"

덜컹!

몸이 거의 수평에서 멈추었다. 칼날이 목 바로 아래 닿아 있었다.

꿀꺽!

맥슨의 침 넘어가는 소리가 들렸다.

"이 상자는 무엇이냐?"

우레바가 떨어진 상자를 주워 들고 나에게 다가와 물었다.

"가르쳐 주기 싫은데."

나는 고개를 바짝 들었다. 죽을 때 죽더라도 이런 버릇없는 몬스터들에겐 기죽기 싫었다.

"뭐야?"

"그건 내가 선물로 받은 거야."

"말 안 하면 그냥 안 둔다."

"뭐라고 해도 너처럼 건방진 꼬마한테는 말하기 싫어."

"꼬마라고?"

우레바는 어이가 없는 표정으로 나를 멀거니 바라보았다.

"나는 100살이 훨씬 넘었다."

"키가 나보다 작으면 꼬마지."

"그러니까 너보다 내 키가 작아서 말하기 싫다는 거냐?"

"그래!"

나는 물러서지 않았다.

"좋다! 고집하면 우리 드워프도 누구에게 지지 않는다."

"그래서?"

"당장이라도 상자의 뚜껑을 열어볼 수 있지만 네놈이 직접 말할 때까지 참겠다."

우레바가 굳은 각오를 보였다.

"마음대로 해봐."

"대신 어떠한 수법을 써서라도 입을 열게 할 테니까 얼마나 견디나 보자."

"나도 그렇게 호락호락하지 않아!"

좀 전보다 오기가 더욱 올라왔다.

"윌리암, 제발 그만 해! 지금 그런 거 따질 때야?!"

맥슨은 답답한가 보다.

"경거망동하지 말라고 했지."

알프레드도 한마디 했다.

"윌리암은 철이 없어도 너무 없어."

맥슨이 계속 투덜거렸지만 그럴수록 나는 더욱 드워프들한테 약이 올랐다. 이 성격은 바뀌지 않나 보다.

"싫은 건 싫은 거야."

"윌리임, 한 번만 참아라."

"내 말을 그렇게도 모르겠어? 우리가 살아야 이슈빌님도, 사비나님도 구하지."

알프레드는 칼날을 보며 나를 달랬다.

"……."

나는 잠시 생각했다.

"이 상자가 무엇인지 말하면 우리를 놔줄 거야?"

"당연하지."

내가 한 발 물러나자 우레바도 목소리가 밝아졌다.

"정말이지?"

한 번 더 다짐을 받았다.

"물건만 좋으면 황금도 줄 수 있어. 이건 우리가 만든 규약이라 무 조건 지켜야 하는 거야. 물건이 없는 사람은 죽음뿐이지만, 좋은 물건 을 주는 사람에게는 보답으로 우리의 재물을 주기로 되어 있어."

"좋아, 일단 우리부터 풀어줘."

"모두 풀어줘라!"

우레바의 지시를 받은 드워프들이 우리의 밧줄을 풀어주고 마차에 서 내려 보냈다. 나는 상자를 집어 들고 우레바에게 다가갔다.

"내 발에 키스해. 그럼 너를 믿고서 상자를 보여줄게."

나는 끝까지 자존심을 세우고 싶었다.

"그 더러운 발에 키스하라고?"

갑작스러운 나의 주문에 우레바는 화를 냈다. 다른 드워프들이 오 랜만에 보는 재미있는 광경에 몰려들었다. 내 눈을 한참 동안 바라보 던 우레바가 무엇에 홀린 듯 고개를 숙였다. 나는 흐뭇한 웃음을 만들 었다.

"우… 레… 바의 이름으로 약속한다."

넋이 빠진 표정으로 내 발에 입을 맞춘 우레바가 소스라치게 놀라 며 주위를 살폈다. 다른 드워프들이 멍청한 얼굴로 그를 쳐다보고 있 었다.

"나도 약속은 지켜야지."

나는 백작에게 선물로 받은 작은 상자를 내밀었다.

"어서 열어봐. 사실은 나도 아직 보지 못한 거야."

상자를 받은 우레바는 조심스럽게 뚜껑을 열었다. 알프레드와 맥슨 도 호기심에 목을 길게 뺐다. 다른 드워프들도 마찬가지였다. 광장에 있던 모든 시선이 상자의 뚜껑을 여는 우레바의 손으로 향해 있었다.

쫘르르르르—

뚜껑이 열리며 오색찬란한 빛줄기가 여러 갈래로 쏟아져 나왔다. 그 순간 우레바의 몸이 사시나무 떨듯 심하게 흔들렸다. 주변의 다른 드워프들도 예외는 아니었다.

"요, 용서하십시오!"

우레바는 넙죽 엎드렸다.

"용서하십시오!"

"용서하십시오!"

알프레드와 맥슨을 둘러싸고 있던 드워프들도 전부 엎드려 어쩔 줄을 몰라 했다.

"고귀한 신의 전령사께 죽을죄를 지었습니다."

"잉? 무슨 일이지?"

나는 도무지 영문을 알 수 없었다. 내 곁으로 알프레드와 맥슨이 걸어왔다.

"윌리암, 상자에 무엇이 들었지?"

"백작의 말로는 푸레카 가문의 보물인 신의 눈물이라고 했어."

"신의 눈물이라면 혹시 이데리아소 여신의 보석?"

알프레드가 놀란 눈으로 나를 바라보았다.

"맞아, 사랑의 신인 이데리아소님이 보석의 원래 주인이라고 했어."

"그렇게 소중한 물건이면 진작에 내놓지."

맥슨은 죽을 뻔한 일이 불만인 것 같았다.

"전령사님, 기다리고 있었습니다."

우레바가 엉거주춤 일어서며 윌리암에게 공손한 목소리로 말했다.

"전령사님 일행을 신전으로 모셔라!"

조금 전하고는 아주 다른 태도로 드워프들이 우리를 대했다.

"저쪽으로 가시면 됩니다."

드워프들의 안내를 받으며 우리가 간 곳은 커다란 동굴을 깎아서 만든 밝은 신전이었다. 천사의 날개처럼 폭이 넓은 삼 단 받침대의 하얀 분수대가 물을 뿜고 있었고, 세상에서 보지 못한 예쁜 꽃들이 주변을 수놓고 있었다. 둥글게 아치형으로 움푹 들어간 공간에는 거대한 동상이 서 있었다.

"이분이 바로 이데리아소님입니다."

"우아~!"

나는 넋을 잃고 바라보았다.

"너무 아름답다!"

뚜렷한 이목구비와 고요하게 웃는 모습, 우아한 자태를 아무렇지 않게 내보이고 있는 순수한 아름다움, 사람의 마음을 편하게 만드는 부드러운 어깨 선 등, 모두가 이 세상 솜씨가 아니었다. 이데리아소 신이 그대로 이 자리에 멈추어 잠이 든 것이다. 더 이상은 생각할 수 없었다.

"정말 대단하군. 그렇게 돌아다니고 책을 보았어도 저렇게 크고 완벽한 모습의 동상은 처음이야. 거기다가 동상이 마치 석상처럼 하얀 색이라니… 보고도 믿을 수가 없어."

알프레드는 구리를 녹여서 만든 이데리아소 신의 동상을 보며 감탄을 금치 못했다.

"조금만 기다리십시오."

우레바가 동상 곁에 장치된 기중기를 타고 위로 올라갔다. 동상의 얼굴에 도달하자 기중기가 멈추었다. 드워프의 족장은 상자에서 신의 눈물을 꺼냈다. 보석이 사방으로 오색찬란한 빛을 발했다.

"당신의 잃어버린 눈물을 찾아서 돌려드립니다!"

"와아!"

족장의 커다란 외침에 드워프들이 함성을 지르며 기뻐했다.

"사랑의 표시를 바칩니다."

우레바가 신전 위에서 의식을 시작했다.

"전설에 의하면 12신들 중에 최고로 아름다웠던 이데리아소 신은 오빠인 리쿠스 신의 규율을 어기고 인간을 사랑했다고 한다."

"그래서요?"

맥슨은 알프레드의 얘기에 흥미를 보였다. 단순한 그에게서 평소에는 전혀 볼 수 없었던 모습이었다. 아마 사랑이란 단어가 그를 자극한 것 같았다.

"사실을 알게 된 리쿠스 신이 인간 남자를 고통의 늪으로 보낸 거야. 그러면서 동생에게 만일 남자를 위해 눈물을 흘린다면 그 남자를 죽일 거라고 했지. 마음이 아팠던 이데리아소는 그래서 울 수도 없었 겠지. 하지만 고통의 늪에서 그 많은 괴물들에게 시달림을 당하는 남자를 보자 참지 못하고 눈물을 한 방울 흘렸어."

"아하, 그래서 오빠인 리쿠스 신에게 들키기 전에 그 눈물을 찾아오려고 했군요."

"그렇지."

한참 얘기를 하던 알프레드가 별꼴이라는 표정으로 맥슨을 흘겨보았다.

"자네가 어쩐 일로 이런 얘기에 관심이 많아졌어?"

"사랑은 아름다운 거잖아요."

맥슨은 말해 놓고도 창피한지 얼굴을 붉혔다. 나야 아직 사랑을 모르지만 19세의 남자라면 당연한 일이었다. 그 나이에 결혼하는 남자들도 꽤 있었다.

"이데리아소 신은 눈물을 찾아오는 대가로 세 가지 소원을 들어주기로 했구나."

내가 나름대로 전설의 마지막을 매듭 지었다.

"그럼 우리도 세 가지 소원을 이룰 수 있는 거야?"

"우리가 아니라 윌리암이지."

내가 맥슨에게 혀를 쏙 내밀었다.

"여러분!"

의식을 마친 우레바가 소리쳤다.

"드디어 이데리아소님의 눈물을 돌려드리겠습니다!"

모든 시선이 우레바의 두 손으로 가 있었다. 그는 빛을 내뿜고 있는 보석을 조심스럽게 동상의 눈 안으로 밀어 넣었다. 그러자 보석에서 뿜어 나오던 오색 빛들이 동상을 휘감으며 아래로 번져 나갔다. 천천히 내려가던 빛의 흐름이 색색이 섞이며 발끝에서 멈추더니 푸른 줄기가 뻗어 나가며 위쪽으로 빠르게 역행했다. 순간 동상의 눈에서 광채가 일어났다.

"이데리아소님이 살아나셨다!"

동상이 살아 움직이듯 앞으로 밀려 나왔다.

"만세!"

드워프들이 기쁨의 소리를 질렀다. 이데리아소 여신의 얼굴이 빨갛게 달아올랐다. 마치 잠에서 깨어난 미녀가 홍조를 띠는 것 같았다.

"정… 말 살아났어요…….."

맥슨은 너무 놀라서 알프레드의 어깻죽지를 잡았다.

"이럴 수가!"

알프레드의 입도 벌어졌다.

"아니, 아직도 죽어 있어."

"뭐라고?"

"이데리아소님은 그냥 동상일 뿐이야."

"동상이라구?"

맥슨은 건조하게 입을 여는 나를 바라보았다.

"종종 사람을 놀라게 하는 재주가 있는 것은 틀림없어."

"윌리암, 그것을 어떻게 알지?"

알프레드가 궁금한지 물어보았다.

"가슴이 움직이지 않아. 숨을 쉬지 않는다고."

"신이니까 숨을 안 쉴 수도 있지."

맥슨이 반박했다.

"이 바보 곰탱아, 리쿠스 신이 인간을 창조할 때 자신의 모습과 똑같이 만들었다고 알프레드에게 배웠잖아. 그러니까 신도 숨을 쉬어야지. 그런데 저 이데리아소님의 동상은 지금도 숨을 쉬지 않고 있어."

"하하하, 역시 윌리암이다."

알프레드는 고개를 끄덕이며 나를 바라보았다.

"아무튼 신기하다니까."

나는 맥슨을 흘겨보았다. 덩치 큰 친구는 같은 또래의 아이들보다 생각이 어리고 행동도 엉뚱했으며, 오로지 장난치고 사고나 저지르는 게 전부인 내가 남들이 생각지 못하는 것들을 풀어놓으면 꼭 짚고 넘어간다.

"이제 축제를 열어야 할 시간입니다."

모든 의식을 마치고 신전에서 내려온 우레바가 내 손을 잡아끌었다.

"다른 분들도 이리로 오시죠."

신전 앞에는 어느새 술과 음식들이 날라져 왔고 한쪽에서는 음악이 연주되고 있었다.

"오늘은 우리 드워프 족에겐 최고의 날이다. 모두 실컷 마시고 즐겨라!"

족장이 술을 가득 부어놓은 금잔을 높이 쳐들었다.

"윌리암님 만세!"

"이데리아소님 만세!"

"우레아 만세!"

여기저기서 술잔을 높이 쳐드는 드워프들이 한마디씩 했다. 원래 드워프들은 성격이 매우 명랑하고 쾌활했다. 단결력이 강해서 다른 종족을 배척하는 경향도 있었지만, 이런 자리를 무척이나 즐겁고 유쾌하게 만드는 재주가 있었다.

"전령사님 덕분에 우리는 세 가지 소원을 얻을 수 있게 되었습니다."

우레아가 술을 마시며 흐뭇하게 웃었다.

"신의 눈물이 매우 중요한 물건이었군요."

"드워프 족은 지금까지도 남자들밖에 없었기 때문에 점토를 빚어서 자손을 만듭니다. 우리 조상들도 마찬가지였고요."

"그렇군요."

맥슨이 새삼스럽게 다시 한 번 주위를 살펴보았다. 술 마시고 노래 부르고 뛰어 돌아다니는 드워프들은 전부 남자였다.

"사랑을 모르다니 불쌍하구나."

"또 사랑타령이야?"

알프레드가 맥슨을 힐끔거렸다.

"하기야 큰 스승님이 사랑을 알 리가 없지."

"뭐야?!"

"그 나이에 아직도 혼자 사는 거 보면 뻔하잖아요."

맥슨이 비꼬았다.

"아니, 이놈이 누구 염장 지르나!"

"하하하!"

우레바가 툭탁거리는 둘의 모습을 보고 큰 소리로 웃었다.

"참! 그 이유하고 이데리아소 신하고는 어떤 관계가 있는 겁니까?"

알프레드는 맥슨을 한번 흘겨보더니 우레바의 얘기를 재촉했다.

"아주 옛날, 잃어버린 눈물을 찾아 이데리아소 신이 인간의 여성으로 변장하고 지상으로 내려왔다가 우연한 기회에 이곳에 머물게 되었습니다. 생전 처음 대하는 아름다운 여자를 보고 우리 조상들은 사랑이란 걸 알았습니다. 그 여자가 사랑의 신인 이데리아소인 줄은 몰랐던 거죠. 하지만 그녀는 드워프들이 자신을 사랑하자 난감해졌어요. 그래서 모든 걸 사실대로 얘기하고 자신의 눈물을 찾아주면 드워프족에게도 사랑을 주겠다고 약속했지요."

"그래서 보석을 찾기 위해 사람들을 함정에 빠뜨려서 데려왔군요. 직접 밖으로 나갈 수는 없으니까."

"어찌 되었든 죄없는 사람들을 괴롭히는 건 나빠."

나는 과일을 먹으며 중얼거렸다.

"아, 아닙니다. 사실은 사람들을 그냥 내보내 주고 있습니다. 다만 여기를 기억 못하게 하기 위해서 마법을 거는 정도입니다."

"그럼, 우리를 처형한다고 한 게……."

"하하하, 놀라셨죠? 이곳의 기억을 지우기 위해 그런 겁니다."

우레바가 웃음을 지었다.

"그런데 전령사님의 이마에 빨간 닻 문신이 있네요?"

"내 이마에?"

"다른 분들은 검은 닻이 그려져 있어서 종족의 표시인 줄 알았습니다. 전령사님은 아직 어려서 없다고 생각했죠."

윌리암은 우레바를 쳐다보며 이마를 비볐다. 알프레드와 맥슨의 눈이 똥그래졌다. 이곳에서는 나타나지 않던 문신이어서 잊고 있었는데 다시 문신이 나타나다니 이상했다.

"어라? 없어지네요."

내가 몇 번인가 이마를 문지르자 빨간 닻 문신이 사라졌나 보다.

"알프레드님, 어떻게 된 거죠?"

맥슨이 자신의 이마를 비벼보았다. 그러나 문신은 그대로 있었다.

"글쎄, 나도 그걸 모르겠단 말야."

알프레드가 턱을 쓰다듬으며 고개를 갸우뚱했다.

"전령사님께 무슨 일이라도……."

우레바가 조심스럽게 물었다.

"사실은……."

알프레드는 샤론 족의 대항부터 오늘까지 있었던 그동안의 일을 긴 시간에 걸쳐 다 풀어놓았다. 물론 나를 생각해서인지 아버지의 죽음은 빼놓았다.

"땅 위에서 그런 일이 있었군요. 어쩐지 사람들이 오지 않더라고요."

"모두 전쟁에서 죽었으니까요."

"우레바!"

나는 아직도 이마를 비비면서 우레바를 쳐다보았다.

"세 가지 소원은 언제 이루어주는 거야?"

"……?"

"신의 눈물을 주면 세 가지 소원을 들어준다고 했어."

"전령사님, 잠시만……."

우레바가 조금 뜸을 들었다.

"하하하, 솔직히 무슨 말씀인지 모르겠습니다."

머리를 긁적대는 우레바를 쳐다보던 우리는 실망했다. 꼭 기대했던 건 아니지만 혹시라는 생각은 있었다. 다른 것은 몰라도 샤론 족에게 걸려 있는 헤라트의 저주만이라도 풀렸으면 하고 바랬었다.

"헤라트의 마법이 그렇게 강한가요?"

우레바가 눈치를 챘는지 알프레드를 바라보았다.

"마법의 신 시어타투스에게 받은 마법입니다."

"시어타투스 신의 마법을 계승했다면 우리로도 힘들겠군요."

드워프들도 강한 마법을 가지고는 있었지만 마법의 신에게는 어림도 없었다.

"그럼, 백작 할아버지가 거짓말한 거군."

나는 입술을 씰룩거렸다.

"하하하, 세 가지 소원은 아니더라도 세 가지 선물은 드릴 수 있습니다."

"선물이라고요?"

맥슨의 눈이 반짝했다.

"우리 조상들은 신의 눈물을 가져오는 전령사에게 주려고 세 가지 선물을 만들어 이데리아소님 동상 밑에 넣어두었죠."

"역시 드워프 족의 건축 실력은 대단하군요. 신의 눈물에 대해 정확히 알지 못했다면 동상에 어떤 장치도 불가능했을 텐데 말입니다."

알프레드는 감탄했다.

"아마 이데리아소 신께서 가르쳐 주었겠지요."

우레바가 어깨를 들썩였다.

"저기 가져오는군요. 이데리아소 신의 동상 밑에 숨겨져 있던 선물입니다. 우리의 보물들이 이렇게 빛을 보게 되다니 너무 기쁩니다."

드워프들이 고운 천으로 만든 껍데기에 둘둘 말려 있는 세 가지 물건을 가져와서 내 앞에 놓았다. 그것들의 용도가 무엇인지는 모르지만 껍데기만 봐도 아주 훌륭한 것들이었다.

"전부 윌리암님 겁니다."

"이게 모두 내 거란 말이야?"

이렇게 아름다운 보물들이 전부 내 거라니 믿을 수가 없었다. 비록 세 가지 소원이 이루어지는 것은 아니었지만 흡족했다.

"우리도 나누어주는 거지?"

맥슨이 내 눈치를 보며 어깨를 툭 쳤다.

"글쎄?"

나는 새침하게 돌아앉았다.

"저런 거 보면 계집애가 틀림없다니까."

"뭐야! 장난 한 번 쳤다고 내 약점을 들추다니, 너야말로 친구 맞아?"

"잉? 장난이었어?"

맥슨이 징글맞게 웃으며 나한테 접근했다.

"됐어, 맥슨은 정말 없어."

"나도 장난이지. 그니까 하나 줘라~"

찰싹 달라붙은 맥슨의 애교가 징그러웠다.

"그만들 하고 어서 풀어봐라."

알프레드가 궁금한지 재촉했다.

"좋아. 세 개니까 우리가 하나씩 나눠 가지면 되겠다."

"그럼, 나도 주는 거지?"

"대신에 제일 좋은 것은 내 거야?"

"알았어. 그러니까 어서 풀어봐."

맥슨이 만족한 표정으로 입술에 침을 발랐다.

"이것부터 볼까?"

나는 왼쪽에 있는 물건의 껍데기를 벗기기 시작했다. 바로 곁에 있던 알프레드와 맥슨뿐만 아니라 드워프들도 모두 침을 삼켰다.

"첫 번째는 칼이네."

어린아이 팔보다 조금 더 길게 보이는 칼은 껍데기에 비해서 너무 초라했다. 아무 데서나 볼 수 있는 단순한 모양의 칼이었다. 폭이 어른 중지손가락만한 것이 글라디우스(Gladius)하고 비슷했다.

"다음 것도 풀어봐."

조금은 실망한 맥슨의 목소리다.

"두 번째는 거울이고, 세 번째는 반지네."

차례차례 선물의 껍데기를 풀어헤친 나는 무엇을 고를까 생각 중이었다. 하지만 선물치고는 너무 볼품없는 모습이다. 그래도 가장 좋은 선물을 고르고 싶었다.

"칼은 맥슨이 가져."

맥슨이 시큰둥하게 칼을 받아 들었다. 아무리 마음에 들지 않더라도 용사가 칼을 마다할 수는 없었다.

"거울은 알프레드."

알프레드는 물건을 나누어주는 내가 대견스러운지 미소만 짓고 있었다.

"마지막 남은 반지는 내 거. 그런데 이거 너무 커서 내 손가락에 안 맞겠는걸."

붉은색 반지를 이리저리 둘러보았다.

"하하하, 모두 나누어 가졌으면 선물들의 특징을 말씀드리겠습니다."

우레바가 술을 들이키며 선물에 대하여 설명했다.

"우선 칼은 볼케닉 소드라는 로잔의 마검입니다."

"이렇게 볼품없는 칼이 마검이라고요?"

"일반인이 사용해도 무서운 힘을 발휘합니다. 한 번 마음먹은 목표물은 절대 놓치지 않습니다. 전해지는 말로는 조금이라도 검술을 배웠거나 마나를 이용하는 방법을 아는 사람이 쓴다면 그 능력에 따라서 불을 뿜는다고 합니다."

"불까지 뿜는단 말이죠?"

도저히 믿을 수 없다는 표정을 하던 맥슨이 눈을 감고 칼을 똑바로 세웠다.

"알프레드님의 거울은 앞날을 볼 수 있다고 합니다. 헤데지바라는 점술가가 썼던 거울인데, 꿈속에서 미래를 가르쳐 주기도 하고 품에 안고 자면 위험할 때 신호를 보낸다고 전해집니다. 헤데지바의 거울은 우리 조상이 만든 걸작품 중에 하나입니다."

"보기보다는 굉장한 보물이군요."

알프레드가 만족한 미소를 지었다.

"마지막으로 전령사님이 가지고 계신 반지는 파트리시어스입니다. 주인을 지키는 것은 물론이고 상황에 따라 색깔이 바뀌는데, 점점 투명하게 변하면 세상을 가질 수 있는 힘이 생긴다고 합니다."

"정확하게 어떤 힘이지? 헤라트의 마법도 물리칠 수 있어?"

나는 반지를 들여다보며 들뜨기 시작했다.

"저도 전해오는 얘기만 알지 이 물건들의 용도나 능력은 정확히 모릅니다. 우리 역시 세 가지 선물을 본 것은 오늘이 처음이니까요."

"그러니까 우레바가 모르는 신기한 힘이 더 있을 수도 있겠군요?"

알프레드 역시 큰 기대를 거는 모습이었다.

"하지만 능력이 많고 적음이 중요한 게 아니라, 세 가지 선물 모두는 이 세상을 위해서 정의로운 일에만 써야 합니다. 그렇지 않으면 오히려 목숨을 잃을 수도 있습니다."

"잘 알겠습니다."

알프레드는 거울을 다시 살펴보았다.

"아무리 좋더라도 지금은 너무 커서 주머니에 넣고 다녀야겠다."

이리저리 둘러봐도 내 손에는 너무 큰 보물 반지였다.

"하하하, 한번 손가락에 끼어보세요."

우레바의 말대로 반지를 두 번째 손가락에 끼어보았다.

"작… 아진다!"

헐렁하던 반지가 손가락에 딱 맞게 줄어들었다. 너무 신기했다.

"푸레카 가문의 알프레드 백작이 그곳에 숨어 있던 게 우연은 아니었구나. 그 역시 어쩌면 이 세 가지 선물을 알고 왔을 수도 있어."

알프레드가 추측을 해냈다.

"정말?"

"신의 눈물은 푸레카 집안에 대대로 내려오던 보물이었으니까 그럴 수도 있다는 거지."

와장창창!

갑자기 음식을 잔뜩 차려놓은 테이블이 반으로 갈라져 나갔다. 맥슨이 엉거주춤 서서 어쩔 줄을 모르고 있었다.

"맥슨! 무슨 짓이야?!"

알프레드는 너무 놀라서 맥슨의 팔목을 낚아챘다.

"그게 아니고, 이 칼이 저절로 그랬어요."

"뭐라고?!"

맥슨은 알프레드가 인상을 쓰자 변명을 늘어놓았다.

"아니, 조금 전에 우레바의 말을 듣고 칼을 세운 채로 마음속으로 테이블이라고 외쳤는데 칼이 그대로 저를 끌고 와서 이렇게 만든 거예요."

"하하하! 오랜 세월이 지났어도 볼케닉 소드가 주인 말을 잘 들어서 다행입니다. 비록 헤라트의 마법으로 힘을 잃었다고는 하지만, 그 정도의 실력이면 충분히 다른 분들을 지켜줄 수 있을 겁니다."

우레바가 큰 소리로 웃으며 의자에 올라서더니 맥슨의 어깨를 기분 좋게 두드렸다. 맥슨이 멋쩍은지 머리를 긁적거렸다.

"다른 분들은 나중에 시험해 보시고, 이제부터는 실컷 마시고, 노래하고, 춤이나 춥시다."

"좋습니다."

"전령사님은 너무 어려서 안 되고, 맥슨님만 한잔하시죠?"

"아고고, 저는 사양할랍니다."

맥슨이 기겁을 했다. 그는 술만 들어가면 꼼짝 못하는 돌덩이가 되는 체질이었다.

"우레바!"

내가 소리를 지르자 우레바가 깜짝 놀란다.

"나는 어리지 않아!"

나이에 비해서 몸이 조금 작은 편이지만, 그렇다고 맥슨보다 많이 어린 것도 아닌데 나를 꼬맹이라고 너무 차별을 두는 게 기분 나빴다.

"하하하, 죄송합니다."

"앞으로 주의해 주면 고맙겠어."

"알겠습니다. 그럼 전령사님도 한잔하시죠."

"미, 말이 그렇다는 거지 누가 술 마신다고 했어?"

솔직히 호기심은 있었지만 써림직한 생각이 들었다.

"싫다는 놈들은 빼고 우리끼리 마시자구요."

알프레드가 신이 나서 술을 들이켰다.

"이 칼이 마검이라……."

선물을 받을 때 하고는 완전히 다른 얼굴로 로잔의 마검을 들여다보는 맥슨이었다.

"파트리시어스, 너의 능력으로 내 소원을 꼭 이루게 해줘."

나는 두 번째 손가락에 입을 맞추었다.

(2)

　우레바와 드워프들의 배웅을 받으며 지상으로 나온 곳은 아쿠아소
룸 대륙의 서쪽 지역인 차고지아라는 도시였다. 헤라트의 중심에서는
벗어났다고 하지만 아직도 칼마르 제국의 영토였으며 파이로텐 벌판
까지는 굉장히 먼 거리였다. 거대한 새인 로크(Roc)의 다리에 매달렸
다 해도 꼬박 밤낮을 쉬지 않고 날아가야 했다.

　우리 일행이 지나가는 길목에는 칼마르 제국의 속국인 두레슬라비
국과 프란세드라 국이 있었다. 파이로텐 벌판은 드래곤 족과 국경을
접하고 있는 프란세드라 국의 영토였다. 그곳은 쉬지 않고 전쟁이 치
러지는 죽음의 벌판이나 다름없었다.

　"와! 여기가 도시구나."

　나는 처음 보는 도시의 야경에 입을 다물지 못했다.

　"헤라트의 병사들이 많군요."

맥슨이 볼케닉 소드에 손을 대자 알프레드가 주의를 주었다.

"조심해라."

차고지아는 칼마르 제국의 변방 도시로서 드래곤 족과의 전쟁을 위한 병기 창고가 있는 곳이다. 따라서 많은 군대와 병사들이 주둔하고 있었다. 그래서인지 도시의 늦은 밤은 거리마다 휘황찬란했다.

"아무래도 주위가 너무 밝은데요?"

맥슨은 혹시 모를 위험에 대비해서 허리춤에 감춘 볼케닉 소드를 잡고 있었다.

"그래도 더 이상 지체할 수는 없다."

알프레드가 내 손을 잡아끌며 조심스럽게 앞으로 한 발자국씩 움직였다.

"길은 알고 있는 거예요?"

"이 도시를 벗어나면 정확한 루트를 다시 찾아보려고 한다."

맥슨과 알프레드가 두 눈을 이리저리 굴리며 심각한 얘기를 나누었다. 하지만 나의 한마디에 둘 다 꿀 먹은 벙어리가 되었다.

"알프레드하고 맥슨은 겁쟁이야!"

"무슨 소리야?"

"이렇게 좋은 구경거리를 보지도 못하고 골목길로 숨어 다니니……."

알프레드를 따라가면서 계속 투덜거렸다. 나는 도시의 모습을 놓치고 싶지 않았다. 전쟁터에서만 살아온 나에게는 너무도 황홀한 광경이었다. 여기저기 켜놓은 등불 아래서 떠들고 술 마시는 사람들, 큰 소리로 싸우는 남자들, 물건을 팔기 위해 억지 웃음을 짓는 장사꾼들, 병사들과 어우러져 춤을 추는 여자들… 이 모두가 재미있기만 했다.

하지만 그런 볼거리도 잠시뿐이었다. 알프레드의 손아귀에 잡혀 골목길로만 다녀야 하는 신세가 되었기 때문이다.

"조용히 하지 못해!"

주위를 살피던 맥슨이 내 입을 손으로 막았다가 풀어주었다.

"우리가 도둑고양이야?"

"잡히면 끝장이라고."

맥슨이 낮은 소리로 나를 제지했다.

"안 잡히면 되잖아."

나는 지지 않고 맥슨에게 대들었다.

"윌리암, 내 말 잘 듣기로 약속했지?"

알프레드가 엄한 얼굴을 하였다.

"알고 있어. 하지만 지금 우리는 샤론 족의 모습이 아니라고. 오히려 이렇게 숨어 다니면 더 의심을 받을지도 몰라."

나는 신경질이 나서 머리카락을 마구 문지르며 퉁퉁거렸다. 나뿐만 아니라 알프레드와 맥슨의 머리도 모두 검은색이었다. 드워프의 마법으로 7일 동안이지만 검은 머리를 갖게 된 것이다. 뿐만 아니라 복장도 최고급으로 입고 있었다.

장화를 신은 그들은 하얀 린덴으로 만든 쉥즈(Chainse)를 입고, 그 위에는 원피스 형태의 몸통이 헐렁하고 소맷부리가 넓은 블라오를 걸쳤다. 특히 속옷인 쉥즈의 목 둘레에는 금실로 수놓은 화려한 무늬가 박혀 있었다. 누가 봐도 훌륭한 가문의 사람들 같았다. 맨틀까지 걸친 알프레드는 어느 백작과도 비교되지 않을 정도로 멋있었다. 다만 우리 모두 이마에는 머리띠를 매고 있었다. 헤라트의 마법이 워낙 강해 그것만은 어쩔 수 없었던 것이다. 그나마 머리칼의 색깔을 바꾸는 마법도 우레바가 자기 수명을 1년이나 단축하고 만들어주었다.

"윌리암의 말에도 일리가 있는데요? 숨어 다니는 게 더 눈에 띌 수도 있어요."

맥슨이 내 의견에 찬성의 뜻을 비추었다.

"으음."

알프레드는 턱을 쓰다듬었다.

"좋아, 윌리암의 말대로 하자."

"와아!"

나는 너무 기뻐 소리를 질렀다.

"대신에 우리는 빨리 서쪽으로 가야 한다는 사실을 절대 잊어서는 안 된다."

"물론이야, 알프레드."

나는 살짝 웃어 보였다.

"아무튼 윌리암의 웃음만 보면 그냥 편해진다니까."

"하하하, 저도 그래요. 너무 예쁜 아이예요."

맥슨이 미소를 띠었다.

"아이 같은 소리 하네."

두 사람이 나를 보고 뭐라 하는 거야 하루이틀 듣는 일도 아니고, 지금 이 순간 가장 하고 싶은 것은 도시를 둘러보는 것이었다.

"맥슨, 뭐 해? 곰탱아, 빨리 와!"

나는 골목길을 빠져나가서 큰길로 향했다.

"으그그, 저놈은 칭찬할 필요가 없다니까."

맥슨이 펄쩍 뛰었다.

"기다려, 윌리암. 내가 가면 그냥 안 둔다."

큰길로 나오며 나는 맥슨과 서로 치고 받고 장난을 쳤다. 그러나 알 프레드는 주위를 살피느라고 정신이 없었다. 드워프의 마법으로 변장은 했지만 이렇게 많은 사람들 중에 혹시라도 샤론 족이란 걸 알아보는 사람이 있을까 봐 불안한 마음이 앞서고 있는 듯했다.

"배고프다."

정신없이 도시의 야경을 구경하던 나는 꼬르륵거리는 배를 움켜잡았다.

"나도 그래."

맥슨이 맞장구치며 알프레드를 바라보았다.

"알프레드, 우리 맛있는 거 사 먹자."

"갈 길이 바쁘다니까."

"먹어야 힘도 나서 빨리 걷지."

"무조건 윌리암의 말이 맞는 것 같네."

맥슨이 낄낄거리며 내 머리를 어루만졌다.

"시끄러! 정신 못 차리고 날뛰는 꼴 하고는……."

알프레드가 맥슨을 노려보았다.

"네가 샤론의 최고 용사라는 게 믿어지지 않는다."

"왜 맨날 나한테만 뭐라고 그래요?"

맥슨이 입술을 삐죽거렸다.

"윌리암은 어려서 그렇다고 하지만, 넌 지금 몇 살이냐? 그것도 샤론의 용사라는 게 이런 상황에서 그러고 다닌다고 하면, 아마 이슈빌 님이 살아오신다고 해도……."

"……."

너무 놀란 맥슨의 눈이 활짝 벌어졌다.

"으으읍……."

알프레드가 신음 소리를 냈다.

"어서 가자! 시간이 없다."

얼른 말을 바꾸었지만 알프레드는 너무 긴장하고 있었다. 왠지 씁쓸했다. 그러나 구경거리를 놓치지 않으려고 이리저리 둘러보는 척했다.

"차고지아를 지나야 두레슬라비 국의 국경으로 넘어갈 수 있어."

앞장서는 알프레드를 맥슨이 아무 말 없이 쳐다보았다.

"윌리암, 그냥 가자."

기운없는 목소리로 내 손을 잡는 맥슨을 나는 힘껏 끌어당겼다. 커다란 몸이 갑자기 반대쪽으로 끌려가자 맥슨이 놀랐다.

"어어……."

"저기 식당이 있다."

이내 맥슨의 손아귀에서 벗어난 나는 사람들을 피해 큰길 건너편으로 넘어갔다.

"윌리암! 이리 와!"

식당을 보고 달려가는 나를 알프레드와 맥슨이 허겁지겁 말렸으나 이미 늦고 말았다. 나는 식당에 달아놓은 램프 모양의 등불이 너무 신기해서 만지작거렸다.

"나하고의 약속을 벌써 잊은 거야?"

알프레드가 화난 얼굴로 내 몸을 획 잡아 돌렸다.

"그게 아니고, 배고프다니까."

"훌륭한 기사는 굶을 줄도 알아야 하는 거야."

"칼을 들 힘도 없는데?"

"그래도 굶을 때는 굶어야 돼."

이번만은 내 눈빛에 넘어가지 않으려는지 알프레드가 입술에 힘을 주었다.

꼬르르르!

나는 손가락으로 알프레드의 배를 가리켰다.

"큰 스승님도 밥 달라고 하네."

"나는 굶을 거야. 그러니 이번에는 너도 내 말을 들어야 해."

꼬르르르!

"알프레드님의 배가 별로 그러고 싶지 않다는데요?"

"시끄러! 오늘은 네놈이 더 얄미워!"

알프레드는 맥슨에게 소리를 꽥 질렀다.

"어서들 오십시오."

밖에서 떠드는 소리를 들었는지 식당의 점원이 뛰어나오며 굽실거렸다.

"저희 집에는 나그네들을 위한 맛있는 요리가 무지하게 많습니다."

나이는 나보다 조금 어려 보이는 아이였다. 녀석은 꾀죄죄한 몰골로 이빨만 하얗게 만들어 보이며 쉬지 않고 자랑거리를 떠들어댔다.

"특히 구운 통돼지는 일품이죠."

그 순간 맥슨이 알프레드의 눈치를 보았다.

"차고지아에서 제일 좋은 음식점이죠."

아무리 봐도 점원의 생김새만 따진다면 믿을 수 없는 말이었다.

"늦은 시간이라 손님들도 별로 없어서 아주 아늑합니다."

손님을 모시기 위해 점원은 쉬지 않고 떠들어댔다.

"알프레드, 나 배 많이 고픈데~"

나는 살짝 웃으며 애원 섞인 비음을 냈다. 맥슨도 덩달아 입을 최대한 옆으로 늘리며 예쁜 척 웃음을 만들었다.

<u>꼬르르르!</u>

"…구운 통돼지가 맛있나?"

알프레드는 자신이 제일 좋아하는 돼지 바비큐의 얘기가 나올 때부터 입 안에 침이 고이고 있었다. 그는 못 이기는 척 음식점 안으로 들어갔다.

"다시는 이러면 안 된다. 이번이 마지막이야."

"알았어, 알프레드."

내달려 식당 안으로 들어간 나는 사실 배고픔보다는 실내 모습이 더 궁금했다. 많은 사람들이 모여서 음식을 먹으며 무슨 얘기를 하는지, 어떤 음식들을 즐겨 먹는지, 식당 주인은 정말로 배가 불룩 튀어나왔는지, 점원들은 얼마나 빠르게 음식을 나르는지, 춤추는 여자들은 예쁜지, 전쟁터에서 수도 없이 알프레드에게 듣던 것들을 두 눈으로 확인하고 싶었다.

"여기가 차고지아의 최고 음식점이라고?"

맥슨이 어이없는 표정으로 입을 벌렸다.

"별로 볼 것은 없다."

나는 맥슨의 불만을 무시한 채 음식점의 실내를 둘러보았다. 낡은 건물에 비어 있는 식탁은 점원만큼이나 꾀죄죄하게 얼룩이 묻어 있었고, 여기저기 앉아 식사하거나 술을 마시는 사람들도 덩치가 커다란 사내들로 거칠어 보였다. 기대했던 모습은 전혀 없었다.

"어서 먹고 가자."

알프레드가 구석 자리로 가서 앉았다.

"여기 구운 통돼지!"

음식점의 실내는 뿌연 연기가 자욱했다. 음식할 때 지피는 연기가 빠져나가지 않았는지 느끼한 냄새가 진동했다. 그 사이로 술에 취한 남자들의 대화가 높낮이없이 꿈틀거렸다.

"음식 나왔습니다."

구운 통돼지는 금세 나왔다. 구수한 냄새를 참을 수 없던 우리 일행은 다른 사람들의 놀란 눈길을 뒤로하고 부지런히 먹기 시작했다. 맥슨과 실컷 떠들고 웃고 하면서 입으로 가져가는 고기 조각은 지금까지의 고생을 잊어버리게 할 만큼 맛있는 요리였다.

"내일 광대들이 들어오나?"

"젠장! 무지 시끄럽겠군."

"헤라트님은 왜 저런 것들을 없애지 않는지 몰라."

우리 일행과 맞은편에 앉아서 술을 마시던 사내들이 못마땅한 얼굴로 중얼거렸다.

"우리보고 그러는 것 같은데요?"

"아니야. 신경 쓰지 말고 어서 먹기나 해."

알프레드는 고개를 숙인 채 음식만 먹고 있었다.

"저 덩치는 먹는 것도 곰 같구먼. 하기야 저렇게 먹어야 마차를 이빨로 끌겠지."

사내가 빈정거렸다.

"알프레드님, 아무래도 저보고 그러는 것 같은데요?"

"아니라니까. 너처럼 작은 곰이 어디 있어."

여전히 돼지 바비큐에 손이 가던 알프레드가 맥슨의 말을 잘라 버렸다. 맥슨은 고개를 갸우뚱했다가 다시 음식을 입에 집어 넣었다.

"늙은이는 염소 울음으로 마법사 흉내를 낼 거야. 음메~ 음메~"

"하하하하하."

사내들이 배를 잡고 웃었다.

"괜찮으세요?"

"뭐가?"

"큰 스승님에게 염소라고 하는데요?"

"우리에게 그러는 거 아니라니까. 너는 내가 늙은이로 보이냐?"

알프레드의 인상이 험악하게 바뀌었다. 그 모습에 움찔하던 맥슨이 천천히 고개를 가로저었다.

"아뇨……."

"쓸데없는 데 신경 쓰지 말고 빨리 먹기나 해."

알프레드가 맥슨에게 눈짓을 주면서 입으로 가는 손길을 빨리 했다. 그러다가 갑자기 멈칫했다.

"맥슨! 빨리 나가자."

"왜요? 아직도 음식이 많이 남았는데."

"잔말 말고 어서!"

나는 앞에서 일어나는 일들을 귀 뒤로 흘리며 손가락까지 쪽쪽 빨아 먹었다. 오랜만에 먹는 돼지 바비큐로 포만감을 즐기고 있었다. 드워프들에게 잘 얻어먹긴 했어도 이 고기 맛만은 못했다.

"윌리암도 그만 일어나라."

알프레드의 돌발적인 행동에 나는 눈만 멀뚱거렸다. 조금 후에야 그 이유를 알았다. 알프레드는 사내들이 지껄이는 소리를 들었던 것 같다.

"그런데 계집아이는 뭐 하려고 데리고 다닐까?"

"아마 저 곰 같은 놈 마누란가 보지."

"하하하하하."

건너편에 앉아 있던 사내들이 박장대소를 터뜨렸다.

"못 참어!"

가만히 앉아서 알프레드를 바라보던 나는 벌떡 일어났다. 의자가 소리를 내며 뒤로 넘어갔다. 계집애는 내가 세상에서 제일 듣기 싫어하는 소리이다. 그 때문에 예전에도 한두 번 소동이 일어난 게 아니었다. 이상하게 계집애란 단어는 나의 이성을 몰락시키고 피를 뒤집어 놓는다.

"윌리암, 나하고의 약속을 잊으면 안 된다."

알프레드가 얼른 나를 말렸다.

"으으으."

억지로 참았다. 여기서 사고를 친다면 복수고 뭐고 끝장이라는 생각이 들었다. 최대한으로 입술을 깨물었다. 심호흡도 크게 해보았다.

"어쭈, 계집애는 그래도 성질이 있는데?"

"남자 놈들보다는 낫구먼."

사내들도 천천히 자리에서 일어났다.

"아이야, 너 무지하게 예쁘구나."

우악스럽게 생긴 구레나룻의 남자가 나에게 다가왔다.

"이 다음에 크면 나하고 살자."

나는 사내를 뚫어지게 쳐다보았다. 알프레드의 얼굴이 사색으로 변하였다.

"아저씨!"

잠시 뜸을 들이며 마음을 진정시켰다.

"어서 말해 봐라."

사내는 시꺼먼 얼굴을 더욱 바짝 들이밀었다. 주변에 모여든 다른 사내들이 호기심 가득한 눈빛으로 나의 대답을 기다리고 있었다.

"내일 우리 광대들이 공연하면 꼭 놀러 오시라고요."

나는 의자를 세우며 다시 자리에 앉았다. 알프레드의 파랗게 질린 얼굴을 보며 내가 지금 어떻게 처신해야 하는지를 알 것 같았다.

"하하하, 꼬마 레이디께서 자네가 마음에 들지 않나 보네."

"내일부터 창피해서 어떻게 다니누."

친구들이 큰 소리로 웃으며 핀잔을 주자 구레나룻 사내의 표정이 일그러졌다.

"당장 나하고 같이 가자!"

사내가 내 손목을 낚아채며 맥슨의 팔뚝을 손가락으로 쿡쿡 찔렀다.

"이런 곰탱이하고 같이 다녀봐야 너한테 도움될 게 하나도 없다."

"으으으… 못 참어!"

바람을 가르는 우레와 같은 소리가 들렸다.

"으억!"

우당탕탕!

남자는 맥슨의 주먹 한 방에 나가떨어졌다.

"나보고 곰이라고?!"

마법으로 잃었던 힘이 볼케닉 소드의 능력으로 일반인만큼은 살아난 맥슨이었다.

"이놈 봐라?"

"감히 우리가 누군 줄 알고!"

사내들이 동료를 일으켜 세우며 맥슨에게 달려들었다. 그러나 철갑단의 기사들도 꺼려하던 맥슨을 당할 수는 없었다.

"에잇! 우자자! 으라차차!"

맥슨의 빠른 몸놀림에 사내들은 속수무책으로 식당 바닥으로 고꾸라졌다.

우당탕탕!

쨍그랑!

우지끈!

나는 천방지축 날뛰는 맥슨을 넋이 나간 표정으로 바라만 보고 있었다. 알프레드의 걱정하던 사고가 엉뚱한 곳에서 터져 나온 것이다.

"그냥 두지 않는다!"

사내들이 모두 칼을 뽑아 들었다.

"세이버를 쓰는 것을 보니 헤라트의 개들이구나."

맥슨의 푸른 눈이 살벌하게 바뀌었다.

"너희들, 오늘은 죽어야 여기서 나갈 수 있을 것이다!"

볼케닉 소드를 고쳐 잡는 맥슨의 입에서 고기 씹는 소리가 나왔다.

"이제 보니 헤라트님에게 반역한 놈들이구나."

세이버(Saver)는 헤라트의 기마병들이 일상적으로 사용하는 검이었다. 말 위에서 한 손으로 다룰 수 있을 만큼 가벼우면서 폭은 좁고 가능한 길게 만들어졌다. 찌르기만을 위한 직선형이나 베기 위주의 곡선형의 중간을 택해 끝 부분만 둥그렇게 되어 있었다.

"각오해라!"

사내들도 칼을 쥔 손에 힘을 집어넣었다. 그러자 다른 자리에서 구경만 하던 사내들도 전부 일어서며 칼을 뽑았다. 20여 명도 넘는 숫자였다.

"간다!"

사방에서 한꺼번에 몰려드는 사내들을 맥슨은 볼케닉 소드로 여유 있게 막으며 한쪽 벽으로 자리를 옮겼다. 뒤에 벽을 등지자 좀 더 쉬운 상태에서 로잔의 마검을 휘둘렀다. 한 번 마음먹으면 목표를 절대 놓치지 않는 볼케닉 소드는 무차별하게 사내들을 베어 나갔다.

"으아악!"

오랜만에 피를 부르는 마검이 맥슨의 검술에 따라 춤을 추듯 움직였다. 맥슨의 검술은 실전에서 이슈빌에게 배운 것이 전부였다. 하지만 그는 마검을 잘 다루고 있었다. 보통 사람의 눈에는 그렇게 보였다.

"얼마든지 오너라!"

맥슨은 거의 제정신이 아니었다. 그동안 쌓였던 분노가 모두 폭발하고 있었다.

"알프레드, 괜찮을까?"

멀리서 맥슨이 싸우는 모습을 본 석은 있어 직수가 없을 정도로 강인한 용사라는 건 알고 있다. 하지만 저주에 걸린 그를 걱정하는 것은 당연했다.

"괜찮을 거다."

알프레드는 나를 달래며 음식점 입구를 살폈다. 나 역시 싸우는 소리를 들은 다른 병사들이 달려올까 봐 조마조마했다. 그때.

"으윽!"

"맥슨!"

내가 맥슨에게 달려가려는 걸 알프레드가 말렸다.

"위험해!"

아무리 힘을 다시 찾았다고 해도 평범한 사람 정도의 힘으로는 많은 병사들을 상대하기에 무리였다. 맥슨의 머리띠가 떨어져 나가며 이마에서 피가 흘러내렸다.

"검은 닻이다!"

"샤론 족이다!"

병사들이 소리쳤다.

호루루루루!

호루루루루!

헤라트의 기마병들은 주머니에서 작은 나팔을 꺼내더니 불기 시작했다.

"큰일 났다!"

알프레드의 안색이 시꺼멓게 죽었다.

"맥슨! 출구를 뚫어라!"

"알았어요."

맥슨은 피가 흐르는 이마를 한 손으로 누르며 음식점의 출구로 향했다.

"비켜라! 헤라트의 개들아!"

가로막던 병사들이 비명 한 번 제대로 내지 못하고 쓰러졌다.

"알프레드님, 어서 윌리암을 데리고……!"

"가자! 윌리암!"

맥슨의 뒤를 쫓아 겨우 밖으로 나온 나와 알프레드는 도망갈 길을 찾지 못하고 주춤거렸다. 양쪽 길에서 병사들이 쏟아져 들어왔다.

"이쪽으로!"

알프레드는 빨간 문을 열고 아무 집에나 들어갔다.

"어머!"

"캬아악!"

"뭐 하는 놈들이야!"

여자들의 갈라지는 비명 소리에 벌거벗은 남자들이 방마다 얼굴을 내밀었다.

"위로 올라가자!"

우리는 나무 계단을 짓이기며 2층으로 올라갔다.

"맥슨, 이 문을 부숴라."

와장창창!

볼케닉 소드의 한 번의 휘두름에 밖으로 통하는 문이 부서졌다.

"어서 뛰어!"

빨간 대문 집의 2층 밖은 고만고만한 높이의 집들이 연결되어 있었다. 우리는 울퉁불퉁 솟아 있는 지붕들을 밟으며 앞으로 나아갔다.

"잡아라!"

뒤에서 함성이 들려왔다. 어느새 병사들이 우리를 쫓아오고 있었다.

"앗!"

맨 앞으로 뛰어가던 나는 너무 놀라 팔을 휘저으며 겨우 멈추어 섰다. 지붕의 연결이 끊어져 있었던 것이다.

"더 이상 갈 데가 없어!"

아래 골목으로 검은 기사들이 말을 타고 나타났다.

"철갑단이다!"

설상가상이다.

"윌리암, 이리 와!"

맥슨이 나의 허리춤을 잡았다. 그리고는 앞뒤로 흔들었다.

"하나, 둘, 셋!"

내 몸이 맥슨의 손을 떠나자 공중으로 날아올랐다. 눈 아래로 철갑단의 흑기사가 위를 쳐다보고 있었다. 검은 투구에서 시퍼런 눈빛이 쏟아져 나왔다.

쿠당탕!

나는 무사히 반대 편 지붕으로 떨어지며 날아온 쪽을 바라보았다. 맥슨이 알프레드를 안고 이쪽으로 건너뛰려고 했다.

"어서 와! 놈들이 바로 뒤에 붙었어!"

"이얍!"

맥슨이 힘껏 도움닫기를 하더니 날았다. 그리고는 무엇인가 깨지는 소리와 함께 사라졌다. 눈앞에서 밑으로 사라지는 알프레드와 맥슨을 나는 어떻게 해야 할지 몰랐다.

와르르!

내 옆으로 커다란 구멍이 생겨났다.

"알프레드!"

맥슨과 알프레드는 아래로 떨어져서 겨우 일어서고 있었다.

"맥슨!"

"어서 도망가!"

"싫어!"

"내 말 잘 듣기로 했지?"

알프레드가 서둘렀다.

"나도 같이 가."

"나중에 마을 서쪽 끝에서 만나자."

"서쪽?"

"절대로 잡히면 안 돼!"

고개를 끄덕이며 말을 마친 알프레드는 맥슨을 데리고 밖으로 급하게 나가는 듯했다. 구멍에서 두 명의 모습이 사라지자 나는 본능적으로 건너편 지붕을 보았다. 이미 병사 하나가 건너오고 있었다.

"이놈! 거기 서!"

기마병은 의기양양한 얼굴로 날아왔다. 하지만 그 표정은 오래가지 못했다.

와장창!

병사 역시 얼빠진 모습으로 맥슨이 빠진 구멍으로 떨어지고 말았다.

와장창!

와장창!

지붕의 구멍이 점점 커지면서 세 명의 병사가 차례대로 날아와 빠져 들어갔다. 그 광경을 보며 나는 벌떡 일어나서 열심히 달리기 시작했다. 더 이상 따라오는 병사는 없었다. 다른 병사들은 건물 밖으로 나간 것 같았다.

"어디로 가지?"

고민하던 나는 이내 저 멀리 보이는 가장 높은 탑을 향해서 뒤도 안 돌아보고 뛰어갔다. 알프레드와 맥슨이 무사하기만을 빌었다.

(3)

　나는 뾰족하게 솟은 탑 뒤에 몸을 기대고 잠시 숨을 골랐다. 이곳에서 언덕 아래쪽으로 집들이 줄줄이 내려가며 넓은 호수까지 이어져 있었다. 크고 둥근 달이 멀리 호수의 수면에 비쳤다. 도시의 곳곳에서는 시끄러운 소리들이 어지럽게 울렸다. 아직은 알프레드와 맥슨이 잡히지 않은 것 같았다.

　"알프레드… 맥슨……."

　괜히 슬펐다. 왠지 다시 못 볼 것 같은 불길한 예감도 들었다. 전쟁터에서도 한 번도 떨어진 적 없는 친구들이었다. 혼자라는 생각이 나를 더욱 위축시키고 있었다. 나만 아니었으면 일이 이 지경까지 되진 않았을 것이다. 그렇게 다짐했건만 또 사고를 치고 말았다. 비록 맥슨이 곰이라는 말에 날뛰긴 했지만 모든 원인은 나에게 있었다. 알프레드가 내 손을 잡았을 때 아무 말 없이 식당에서 바로 나왔어야 했다.

이히히힝.

축 처진 어깨로 호수를 바라보던 나를 놀라게 한 것은 말 울음소리였다. 빼꼼히 탑 뒤를 쳐다보았다.

"꼬마 놈은 여기 어디에 있을 거다!"

"샅샅이 뒤져라!"

흑기사들이었다. 철갑단의 검은 말들이 지붕 위에 올라와 있었다.

"이 다음에 기사가 되면 정말 저놈들부터 없애고 말 거야."

나는 지붕을 쭈르르 타고 내려왔다. 그러다가 창문이 열려 있는 지붕을 보았다. 내가 있던 탑 뒤로 검은 그림자들이 나타났다.

"모르겠다."

다급한 나머지 무작정 열린 창문으로 몸을 날리자 아무 탈 없이 부드럽게 미끄러져 빨려 들어가는 듯했다. 그러나 창틀에 발이 걸리며 앞으로 고꾸라졌다.

우당탕탕!

순간 머리 속이 하얗게 탈색되었다. 너무 놀란 나머지 바닥에 머리를 박은 채 숨소리도 내지 못했다. 어느 정도의 시간이 지나서야 겨우 얼굴을 들어 주변을 살필 수 있었다. 다행히도 조그만 촛불만이 아롱거리고 방 안의 풍경을 비춰주고 있었다.

귀여운 인형들과 옷가지들을 봐서는 어린아이의 방 같았다. 여기저기 다 떨어져서 헝겊으로 기웠지만 작은 치마도 있었다.

"여기가 현관으로 통하는 문이구나."

오른편의 나무 문이 살짝 열려 있었다. 실내로 내려가는 층계가 어렴풋이 보였다. 나는 아래층의 상황을 살피기 위해 나무 문으로 다가갔다. 문틈으로 눈을 가져갈 때였다.

"도로시, 그만 자거라."

문이 열리며 손잡이가 머리를 때렸다.

"우읍!"

반사적으로 비명이 나오는 입을 얼른 막으며 문 뒤로 바짝 붙었다. 문을 열던 여자는 딸에게 얘기를 하느라 내 머리에서 울린 '쿵' 소리를 듣지 못했던 것 같았다.

"꼭 창문 닫고 자야 한다. 안 그러면 아빠한테 또 혼난다."

"알았어요, 엄마."

도로시라는 여자애가 문을 닫았다. 나는 두 손으로 입을 꽉 누른 채 도로시의 눈길을 피해 슬며시 앉으며 게걸음으로 어두운 쪽을 향했다. 하나둘 속으로 구령까지 붙이며 엉거주춤 옆 걸음 치는데 웃음소리가 들려왔다.

"호호호, 너, 뭐 하니?"

여자애가 그 모습이 우스운지 깔깔댔다.

"내… 가 여기 있는 거 알았구나."

나는 무단 침입한 걸 들킨 것보다 쭈그리고 앉아 있던 모습을 들킨 게 더 창피했다.

"문 열 때 알았어."

"그런데 왜 어머니에게 얘기 안 했어?"

"넌 내 손님이니까."

"손님?"

웃음을 거둬들인 도로시가 다가왔다. 갈색 머리를 양쪽으로 따서 내린 그녀는 주근깨 투성이의 얼굴이었지만 착한 얼굴이었다. 나하고 비슷한 나이였다.

"나는 도로시라고 해."

"나는 윌리암."

간단히 소개를 마친 도로시가 창가로 갔다.

"나는 친구가 없어."

"왜?"

"낮에는 아빠를 위해서 돈을 벌어야 하거든."

"그렇구나. 하기야 나도 친구가 없어졌어."

우울했다. 알프레드하고 맥슨은 지금쯤 어떻게 됐을까?

"이리로 들어왔구나."

창문을 닫으려던 도로시가 당연한 말을 했다.

"어엉……."

나는 커다란 죄를 지은 거처럼 우물쭈물했다.

"정말?"

도로시가 믿지 못하겠다는 표정을 짓자 나는 당황했다. 알면서 얘기한 것이 아닌 모양이다. 그래도 창문 이외의 길은 없었다.

"미안해. 여건이 좋지 않아서 그랬어. 다음부터는 현관으로 들어 올게."

"아냐, 푸돌리노가 내 소원을 들어줬나 봐."

도로시의 얼굴이 환하게 피었다.

"푸돌리노가 누군데?"

"내가 제일 좋아하는 친구."

나는 도로시를 이해할 수 없었다. 조금 전에는 분명 친구가 없다고 했는데 지금은 푸돌리노라는 친구가 있다고 하고, 지금 처해 있는 상황을 보면 당연히 들어올 곳이라고는 창문밖에 없는데도 다시 묻는 걸 보면 아무래도 이상했다.

"내가 창문을 열어놓고 자는 것은 혹시 푸돌리노가 놀러 올까 해서야."

"그 친구를 보긴 봤어?"

"꿈에서 몇 번."

어이가 없다.

"꿈에서 만날 때마다 내가 친구를 사귈 수 있게 해달라고 부탁했더니 창문을 열고 자라고 했어. 아무도 오지 않으면 자기라도 놀러 온다고. 그런데 아빠가 매번 올라와서 창문이 열린 것을 보면 화를 많이 내셨어. 그래서 아빠 없을 때 몰래 열어놓곤 했는데 오늘 윌리암이 온 거야."

조금 이해가 갔다. 도로시는 잘 때마다 푸돌리노라는 알지 못할 존재에게 기도를 하나 보다. 그러니까 나는 그 기도의 대가로 받은 선물이었다.

"오늘은 마음놓고 창문을 닫고 자도 되겠다."

"……."

"엉? 저게 뭐지?"

창문을 닫으려던 도로시가 멈칫했다. 그녀는 창문을 닫는 것도 잊은 채 밖으로 시선을 두고 있었다. 나도 본능적인 호기심을 참지 못하고 도로시 옆으로 걸어갔다.

"페가수스인가 보다."

"페가수스?"

창밖을 내다보던 나는 너무 놀라 그 자리에 주저앉았다.

"도로시!"

"윌리암, 왜 그래?"

"빨리 창문 닫아!"

도로시는 나의 갑작스러운 행동에 고개를 갸우뚱했다.

"그건 페가수스가 아냐."

"네가 어떻게 알아?"

나는 대답 대신 도로시를 잡아 앉히며 창문을 소리나지 않게 닫았다. 창문 밖으로 말을 탄 기사들이 지나갔다.

"페가수스는 날개 달린 백마잖아."

불만스러운 표정의 도로시를 달래며 웃어 보였다. 그가 알프레드에게 들은 적이 있는 페가수스(Pegasus)는 성질이 난폭해서 탈 수 있는 사람이 없다고 했다.

"그렇지만 지붕에 말이 있는 것은 이상하잖아."

도로시는 나의 설명을 들으며 지붕 위에 있던 말들이 날개도 없었으며 검은새란 걸 떠올렸다. 걱정했던 것보단 이해가 빠른 여자 아이였다.

"저 기사들은 마법사 헤라트 놈의……."

나는 뜨끔했다.

"아… 아니, 헤라트님의 철갑단이야."

이를 드러내고 억지로 웃음을 만들면서 도로시의 굳어 있는 눈동자를 보았다.

"나도 이 다음에 크면 철갑단의 흑기사처럼 훌륭한 전사가 될 거야."

어색한 분위기를 바꾸려고 나는 기사의 흉내를 내며 방 안을 빙빙 돌아다녔다.

"그만 해!"

도로시가 느닷없이 소리를 질렀다. 나는 너무 놀라 손을 쭉 뻗은 자세로 그 자리에 꼼짝 못하고 멈추었다.

"헤라트는 나쁜 사람이야!"

"나쁜 사람?"

"그래, 우리 아빠도 전쟁터에 나가서 죽었어."

"지금 아버지는?"

"새 아버지야."

도로시가 시무룩하게 얼굴을 숙였다. 눈가로 이슬이 맺혀 있었다.

"도로시!"

아래쪽에서 묵직한 남자의 목소리가 들렸다.

"빨리 숨어. 아빠야."

나는 숨을 데를 찾다가 얼떨결에 침대 밑으로 들어갔다.

쾅!

문이 열리고 도로시의 아버지의 쩔쩔매는 소리와 철컥대는 쇳소리가 함께 들렸다.

"지붕하고는 이 방이 연결되어 있읍죠."

"뭐 하는 방이지?"

메마른 음성이 쇳소리에게서 났다.

"딸아이 방입니다. 얘가 우리 딸입죠."

"아이야, 저 창밖으로 누가 지나가는 거 못 봤냐?"

"아뇨."

"이 방에 누구 들어온 적도 없고?"

도로시는 대답하지 않았다.

'도로시, 말하면 안 돼.'

리쿠스 신을 수도 없이 찾고 있던 나는 도로시의 아버지하고 있는 쇳소리가 철갑단의 흑기사라고 짐작했다. 그러나 어렴풋이 보이는 기사의 발등은 하얀색이었다.

"이것아! 어서 말씀드려!"

아버지가 머리를 쥐어박자 도로시가 대답했다.

"아무도 들어오지 않았고 누가 지나가는 것도 보지 못했어요. 다만 검은 말들이 지붕 위에 있는 것만 봤어요."

쇳소리가 가만히 도로시를 쳐다보았다.

"우리를 속이면 어떻게 되는지 알지?"

"그럼요, 절대 그럴 일 없습니다. 헤헤헤."

도로시의 아버지가 손을 모으며 간사하게 웃었다.

"알았다. 만일 수상한 남자 아이 놈이 보이면 빨리 연락하도록 해."

"걱정 마십시오. 상금만 두둑하다면……."

"상금이라고?"

쇳소리가 인상을 썼다.

"꼭 그런 것은 아니지만 이왕이면……. 헤헤헤."

도로시의 아버지가 쇳소리의 눈치를 살폈다.

"자네 이름이 뭐지?"

"가메로입니다."

"이봐, 가메로."

기사가 다정하게 불렀다.

"예, 기사님!"

"신체도 건강한데 바로 징집해서 전쟁터로 내보내야겠어. 내가 그런다고 불만이 있는 건 아니겠지? 위대하신 헤라트님을 위해서 싸우는 것에 대해서 말야."

"아… 닙니다. 그럴 리가 있겠습니까? 하지만 겉만 이렇지 속은 병자나 다름없습니다. 수상한 사람이 나타나면 바로 연락드리겠습니다. 헤헤헤."

가메로가 허리를 더욱 숙이며 굽실거렸다.

"앞으로 조심해!"

철컥대는 쇳소리를 울리며 기사가 사라지자 배웅을 나갔던 가메로가 다시 방으로 뛰어 들어왔다. 그 옆에는 걱정스러운 얼굴의 어머니도 보였다.

"도로시!"

"예, 아빠."

겁먹은 얼굴로 도로시가 대답했다.

"나쁜 것!"

둔탁한 소리가 나더니 도로시가 침대 앞으로 쓰러졌다. 그녀의 슬픈 눈이 나와 마주쳤다.

"너 때문에 내가 기사 놈한테 고생했잖아!"

"여보, 그만 하세요."

어머니가 남편인 가메로를 말렸다.

"그레보타, 네가 이러니까 도로시가 버릇이 없어지는 거야!"

가메로는 기사에게 당한 수모를 도로시에게 퍼부었다. 그러더니 이번에는 돈을 못 벌어 왔다고 난리를 쳤다.

"내가 밥을 먹여주는 거에 대해서는 보답을 해야 할 것 아니냐! 그런데 오늘 이게 뭐야!"

"죄송해요, 아빠. 내일 더 많이 벌게요."

"겨우 7몬드라니 말이 되냐고!"

도로시는 쩔쩔매고 있었다.

"내일부턴 더 열심히 할게요."

나는 침대 밑에서 당장이라도 뛰쳐나가고 싶었다. 예전 같았으면 벌써 한바탕 소동이 일어났을 것이다. 하지만 몇 번의 위험한 고비를 겪으면서 참을 줄도 알게 되었다.

"나쁜 아버지군."

쓰러져 있는 도로시가 안타까웠다.

"맞아, 도로시의 아빠는 정말 나쁜 어른이야."

"그렇지?"

"7몬드면 얼마나 많은 돈인데."

"우리 아버지는 절대 안 그래."

"좋은 아빠구나."

"위대한 전사이기도 하시지."

"부럽다."

순간 나는 이상한 낌새를 눈치 챘다. 침대 밑에 나 말고 누군가 또 있다니! 내가 흥분해서 상황 파악이 늦은 것이다.

"허억!"

"허억!"

서로 입을 막으며 쳐다보았다. 상대도 내가 있는 줄 몰랐던 것 같았다. 둘 다 눈만 깜박이며 최대한 멀리 떨어지려고 했다.

"여보, 너무 늦었어요. 내일 말씀하세요."

그레보타가 가메로를 끌고서 아래로 내려갔다. 잠시 방에 정적이 감돌았다. 도로시가 훌쩍거리며 일어났다.

"으악!"

나는 침대 밑에서 뛰쳐나왔다.

"왜 그래?"

도로시는 아빠한테 혼나서인지 시무룩한 표정으로 나를 바라보았다.

"…침대 밑에 누가 있어!"

"윌리암, 그러지 않아도 돼. 괜히 나를 위로해 주려고 애쓰지 마."

"아니라니까."

"글쎄, 장난치고 싶지 않다니까."

도로시가 휙 하고 돌아섰다.

"내 말을 안 믿는 거야?"

두렵던 마음이 답답하게 다가왔다.

"누, 누구냐! 나와서 정체를 밝혀라!"

나는 천천히 얼굴을 숙이며 침대 밑을 바라보았다.

불쑥!

침대 밑에서 노인 모습의 평평한 얼굴이 하나 나타났다. 머리는 곱실거리는 갈색이었고 콧구멍은 핀으로 뚫어놓은 것 같았다.

"도로시, 저걸 보라니까."

"됐다니까 왜 그래!"

도로시가 버럭 화를 냈다.

"정말인데……."

말끝을 흐리는 나는 상대방이 너무 믿어주지 않자 오히려 얼굴이 화끈거리며 무안해지고 말았다.

"미안해. 엄마 때문에 마음이 아파서 그랬어."

붉게 달아오른 내 얼굴의 변화를 알았는지 도로시는 소리 지른 것을 사과했다. 그러더니 침대 밑으로 몸을 숙였다.

"여기 있었다고?"

도로시는 정말 미안했는지 내가 보았다는 그 누구를 찾기 위해 침대 밑으로 머리를 집어넣고 있었다. 그러나 큰 효과는 나타나지 않았다.

"후후후, 아무것도 없네."

침대 밖으로 머리를 빼고 나오는 도로시가 희미하게 웃고 있었다.

"정말 미치겠군."

이번에는 내가 침대 밑으로 머리를 들이밀며 사라진 정체 불명의 노인을 잡으려고 달려들었다.

"빨리 나오지 못해!"

흥분해서 마구 더듬거리는 손이 귀에 노인의 다리가 잡혔다.

"이리 나와!"

있는 힘을 다해 노인의 다리를 잡아당겼지만 꼼짝도 하지 않았다.

"너, 정말 안 나올래?"

낑낑대는 모습이 애처로운지 도로시가 곁에 와서 쪼그리고 앉았다.

"버팅기면 내가 그만둘 줄 알고?"

"윌리암, 그만 해. 호호호."

우울하게 앉아 있던 도로시가 내 모습에 웃고 말았다.

"재미있어."

"진짜로 침대 밑에 누가 있다니까!"

"내가 도와줄까?"

도로시는 다시 침대 밑으로 들어왔다.

"그래, 이쪽에서 당겨봐."

"까아아! 있다, 있어! 빨리 나오지 못해!"

그제야 도로시도 놈의 다리를 잡았는지 나하고 똑같이 소리쳤다. 둘이서 옥신각신 다리를 잡고 끌어내리려고 열심히 힘을 썼다. 그러나 잡은 다리는 여전히 꼼짝하지 않았다.

"그런데, 윌리암."

"왜?"

나는 낑낑대며 대답했다.

"침대 다리 가지고 뭐 하는 거야?"

"무슨 소리야? 분명 노인 다리…….."

인상을 쓰며 옆에 엎드려 있는 도로시를 바라보았다. 순간 심장이 멈추는 줄 알았다.

"친구, 안녕."

작은 키에 갈색 누더기를 입고 있는 그 노인이었다.

"허억!"

쿵!

도로시인 줄 알았던 나는 너무 놀라 일어서려다가 침대에 뒤통수를 부딪쳤다.

"도로시… 봤지?"

"알아."

결백이 밝혀진 것에 대해서 목소리를 높이던 나는 도로시가 의외로 침착하자 기운이 빠졌다.

"아는 사이야?"

"내가 말한 푸돌리노야."

"푸돌리노?"

"그래, 네가 침대 다리하고 씨름할 때 나타났어."

도로시가 얼굴에 환한 웃음을 지으며 갈색 노인을 소개해 주었다.

"꿈에서만 보았다며?"

"오늘은 내가 착하고 예쁜 도로시하고 같이 놀려고 찾아온 거야."

푸돌리노가 대신 대답해 주었다.

"혹시 브라우니?"

"잘 아는구나."

브라우니(Brownie)는 명랑하고 사람을 잘 따르는 요정이다. 그러나 브라우니를 볼 수 있는 사람은 아이들이나 정직하고 명랑한 사람이었다. 반대로 그들의 존재를 부인하는 어른이 나타나면 어디론가 숨어 버린다. 또 이 요정들은 자신이 사는 곳을 좋아하지만 인간 가족이 이사를 가게 되면 대개는 같이 따라간다고 했다.

"알프레드에게 들었지."

큰 스승의 이름을 꺼내자 괜히 슬퍼졌다.

"장난쳐서 미안. 어쨌든 방가워."

푸돌리노가 내 손을 잡고 흔들었다.

"그래, 나도 방가워."

푸돌리노의 장난으로 고생한 것을 생각하면 기분이 썩 좋은 것은 아니었지만 도로시가 보는 앞이라 이해력 많은 웃음을 지었다.

"너도 도로시만큼 예쁜 아이구나."

"으그극."

"그런데 무슨 여자애가 그렇게 거칠어?"

"푸돌리노!"

"무서워서 혼났다."

푸돌리노는 내가 외치는 소리를 못 듣고 도로시의 얼굴을 보면서 몸을 부르르 떠는 시늉을 했다. 요정까지 나를 계집애로 보다니 문제는 나한테 있는 게 틀림없었다. 하지만 정확하게 짚고 넘어가야 했다.

"푸돌리노!"

굳은 표정으로 푸돌리노의 앞에 가서 서는 나를 보며 도로시가 웃음을 멈추었다.

"왜?"

"내가 여자로 보여?"

"어머, 아니었어?"

이번에는 도로시가 더욱 놀라는 표정을 지었다.

"도로시까지 나를 여자로 안 거야? 난 남자야!"

"어쩐지, 나는 얼굴은 예쁜 아이가 어째 목소리는 남자애 같다고 생각했지."

"어휴~ 하기야 그게 어디 너희들 잘못이냐."

나는 기운없이 그 자리에 풀썩 주저앉았다.

"도로시!"

그때 갑자기 문이 벌컥 열리며 가메로가 들어왔다.

"지금 누구하고 얘기하는 거지?"

도로시가 두려움이 가득한 눈으로 아버지를 쳐다보았다. 브라우니 요정은 이미 사라지고 없었다.

"아하, 이애구나."

가메로는 그 자리에 굳은 채로 앉아 있던 나의 턱을 손끝으로 들어

올렸다. 텁수룩한 수염과 굵은 칼자국이 험악한 얼굴을 더욱 무섭게 만들었다.

"혹시 아까 철갑단이 찾던 아이는 아니냐?"

"아빠, 이애는 여자아이예요."

"그래? 아주 예쁘게 생긴 여자 아이구나. 이름이 뭐지?"

"……."

"내 말이 안 들려?"

가메로가 험악한 표정으로 턱을 더욱 움켜잡았다.

"로… 리타예요."

도로시가 아빠의 손을 잡았다.

"후후후, 로리타."

가메로의 입가에 탐욕스러운 미소가 걸렸다.

"이제부터 우리하고 같이 살자."

"로리타는 집에 가야 해요."

"시끄러!"

가메로의 팔을 잡고 있던 도로시가 나가떨어졌다.

"로리타, 내 말 잘 들어라."

내 어깨에 손을 얹으며 가메로는 도로시를 바라보았다.

"우리 도로시는 친구가 없단다. 네가 곁에서 같이 놀아주었으면 좋겠구나. 도망을 친다든지 다른 사람에게 말한다든지 해서 도로시를 슬프게 하지 마라. 만일 그런 일이 있으면 내가 그냥 안 둘 거다."

가메로가 어깨를 꽉 눌렀다.

"알았지?"

나는 고개를 끄덕였다.

"좋아."

나에게서 떨어진 가메로가 그레보타를 불렀다.

"여보! 그레보타!"

잠시 후 도로시의 어머니가 들어왔다. 침대 밑에 있을 때는 자세히 볼 수가 없어 몰랐지만 그녀는 다리를 절고 있었다. 뿐만 아니라 눈이 안 보이는지 벽을 더듬었다. 도로시가 엄마 때문에 슬픈 진짜 이유를 알 것 같았다.

"부르면 빨리 오지 못해!"

"미안해요."

그레보타가 쩔쩔맸다.

"이 아이는 도로시의 친구인 로리타라고 해."

"로리타요?"

"한 번 말하면 알아들어야지!"

"…미안해요."

"내일부터 도로시의 친구도 시장에 나가게 해. 둘이 합쳐서 20몬드를 못 채우면 밥도 주지 마! 그리고 저 아이 감시도 잘하고……."

가메로가 그레보타를 보더니 말을 멈췄다.

"관둬! 병신에게 아이를 보라고 하다니 나도 미쳤지."

"여보, 제발……."

그레보타가 도로시의 눈치를 살폈다. 도로시의 눈빛이 푸르게 번쩍였다.

"이그, 지겨워."

가메로는 신경질을 내더니 쿵쿵거리며 방에서 사라졌다. 그레보타가 아무 말 없이 나가려다가 입을 열었다.

"로리타야, 미안하구나."

도로시에게는 어떤 위로도 해주지 않은 그레보타가 방에서 나가자 나는 두 손에 힘을 주며 일어났다.

"왜 그냥 참기만 하는 거지?"

"아직은 내가 어려서 엄마를 보살필 수가 없어."

"……."

"저런 아빠라도 곁에 있어야 엄마가 굶지 않는 거야. 내가 돈을 벌어주니까 할 수 없이 엄마를 보살펴 주긴 하지만……."

윌리암은 도로시의 눈물 젖은 목소리를 들으며 자신의 아버지와 엄마를 그려보았다. 누구보다도 그를 사랑해 주던 분들이었다. 하지만 아버지는 이미 돌아오지 못할 곳으로 떠났으며 엄마는 원수가 되어 있었다.

브라우니 요정인 푸돌리노가 언제 왔는지 도로시의 어깨를 두드리고 있었다.

(4)

　시장은 이른 아침부터 정오까지 사람들로 복잡했다. 손님들과 홍정하는 빵을 파는 아저씨, 생선 가게 아저씨의 싱싱한 목소리, 과일을 수북이 쌓아놓고 지나가는 사람들을 붙잡는 아줌마, 가축들을 끌고 나온 농부들, 모두가 자기 할 일에 최선을 다하고 있었다. 물건을 사기 위해 기웃거리는 동네 사람들도 좋은 것을 고르기 위해 쉬지 않고 눈을 굴리고 있었다.

　"오늘은 윌리암 덕분에 많이 벌었네."

　"얼마나 번 건데?"

　"8몬드."

　"아직도 12몬드나 더 벌어야 하잖아."

　나의 짜증과는 상관없이 도로시는 연신 웃고 있었다. 이런 일을 하면서도 어떻게 저리도 웃을 수 있는지 신통했다.

"저녁까지는 충분할 거야."

도로시는 조그마한 자루에 돈을 챙기더니 시장 어귀의 공터에 자리를 잡았다. 지금까지 다닌 곳보다 넓고 사람들도 많이 지나 다녔다.

"시작하자."

갈색 머리를 양쪽으로 길게 땋아서 내린 도로시와 까만 머리카락이 이리저리 뻗쳐 있고, 이마에는 붉은 띠를 두른 내가 맡은 역할은 노래하고 춤추는 것이었다.

"여기는 사람들이 많으니까 잘하면 20몬드를 채울 수 있겠다."

"나도 그랬으면 좋겠다."

내 속마음은 얼른 끝내고 숙소로 돌아가는 것이었다. 도망칠까도 생각했지만 도로시가 불쌍해서 당분간은 그대로 지내기로 했다. 그리고 아직 알프레드와 맥슨의 소식도 모르는데 무작정 자리를 옮길 수는 없었다. 도로시를 따라다니다 보면 두 사람에 대한 어떤 소식이라도 알 수 있을지 모른다.

고요한 호수 속에는 운디네의 사랑이 녹아 있네.
그녀의 하프 소리가 밤하늘 끝 달님에게 울리면
왕자님은 애타는 마음으로 호수를 건넌다네.
물에 녹아 사라진 연인은 어디에도 없는데…….

도로시는 노래를 무척이나 잘 불렀다. 옆에서 엉거주춤 춤이라고 빙글거리며 돌고 있는 나로서는 하루 종일 죽을 맛이었지만, 그나마 그녀의 노랫소리가 너무 고와서 힘든 것을 잊을 수 있었다.

"아주 잘 부르는구나."

"춤은 전혀 아닌데."

"하하하, 그래도 예쁘기만 하구만."

어느새 도로시의 노랫소리를 듣고 사람들이 모여들었다. 둘 다 허름한 옷을 입고 있었으나 사람들은 박수도 보내주고 돈도 던져 주었다. 남자들이 내 얼굴을 보고 진한 농담을 던지면 살짝 웃어주었다. 그러면 남자들은 무엇에 홀린 듯 돈을 던져 놓고 사라졌다. 시간이 지나갈수록 우리 앞에는 돈이 수북이 쌓여갔다.

"야! 돈 많이 벌었네."

"도로시는 매일 이렇게 노래 부르고 하는 거야?"

땅바닥에 떨어진 돈을 빠르게 주워 담는 도로시를 보며 측은한 생각이 들었다.

"나는 빨리 어른이 되었으면 좋겠어."

돈을 집으며 도로시가 말했다.

"오늘은 운이 좋은 날이야."

"왜?"

"벌써 20몬드 채우고 3몬드나 더 벌었거든."

해가 아직도 서산에 걸리려면 꽤 있어야 했다.

"윌리암, 내가 보여줄 게 있어."

도로시가 동네 입구에 있는 호수 쪽으로 걸어갔다. 그녀는 가벼운 걸음으로 사람들을 헤쳐 나가고 있었다. 나는 지친 걸음으로 터벅터벅 그녀의 뒤를 따라갔다. 그때, 한 떼의 기마병들이 나타났다.

"비켜라!"

시장 어귀에 모여 있던 사람들이 기마병의 행렬을 피하여 양쪽으로 갈라지자 기마병의 말들은 익숙한 몸놀림으로 두 줄로 늘어진 사람들

사이로 들어와 멈추어 섰다. 그 뒤에는 커다란 마차가 무거운 수레를 끌고 쫓아왔다.

"모두 들어라! 내일 아침이 되면 이곳 광장에서 반역자들을 처형할 것이다!"

기마병은 큰 소리로 그렇게 외치더니 마차를 향해 손짓을 하였다.

끼기긱—

나무 쪼개지는 소리가 나며 마차가 기마병 앞으로 왔다. 마차 위에는 나무 창살로 만들어진 동물 우리가 실려 있었다. 나와 도로시는 발끝을 세우며 우리 안을 보려고 했지만 사람들에 가려서 그 안에 무엇이 있는진 보이지 않았다.

"이 죄수들은 우리의 위대한 지배자인 헤라트님께 반기를 들었던 놈들이다!"

겨우 사람들 틈을 뚫고 마차를 보았다. 동물 우리 안에는 두 명의 죄수가 앉아 있었다. 순간 하늘이 노랗게 물들며 두 눈마저 터져 버릴 것 같았다. 틀림없는 알프레드와 맥슨이었다.

"내일 치형힐 때까지 이곳에 죄수들을 놓아둘 테니 실컷 구경하도록 해라."

말을 마친 기마병이 다시 손짓을 하자 병사들이 마차를 둥글게 에워쌌다. 기마병들은 자리가 정리되는 것을 보면서 다른 곳으로 이동했다.

"샤론 족인가?"

"머리가 까만색인데?"

"저것 봐. 이마에 닻 문신이 있잖아."

사람들의 웅성거리는 소리는 전혀 들리지 않았다. 알프레드와 맥슨은 피곤한 모습으로 조용히 앉아 있었다. 눈물이 왈칵 쏟아졌다.

"샤론의 돼지들아!"

"짐승만도 못한 놈들!"

어디서 나타났는지 우락부락한 남자들이 사람들을 헤치고 마차 앞으로 다가갔다. 병사들이 그들을 창으로 밀면서 막았다.

"죽어라!"

사내 하나가 돌을 주워 던졌다.

"죽어라!"

"더러운 놈들!"

여기저기서 돌들이 마차로 날아갔다.

퍽!

누군가 던진 돌이 맥슨의 눈가를 맞추었다.

"와아!"

사람들이 환호성을 질렀다.

"맥슨!"

나는 어쩔 줄을 몰랐다. 돌에 맞아 찢어진 맥슨의 눈가에서는 금세 피가 흐르기 시작했다. 그러나 그는 미동도 하지 않고 앉아 있었다.

"나쁜 놈!"

분에 못 이긴 나는 돌을 던진 남자를 몸으로 들이받았다.

"어이쿠!"

"꼬마 놈이 건방지게……."

뒤로 밀렸던 남자가 나의 멱살을 잡아 올렸다.

"이놈도 샤론 족 아냐?"

윌리암은 마차에서 이쪽을 보는 눈길을 느꼈다. 억지로 몸을 틀며 마차를 보니 맥슨이 창살에 달라붙어 있었다. 뒤에 있던 알프레드가 주위를 살피며 그를 말리고 있었다.

"머리띠를 벗겨봐!"

"그래."

우악스런 남자가 내 머리띠를 잡아당겼다. 빨간 머리띠가 너무 쉽게 찢어졌다.

"검은 닻 문신이 없잖아?"

실망스런 얼굴로 나를 노려보던 남자가 눈을 부라렸다.

"그래도 죄수들 편을 들었으니까 이놈도 같이 처형을 시켜야 해."

"그러지 말고 네가 데리고 살지 그러냐. 조금만 더 자라면 끝내주겠는데."

"하하하, 좋은 생각이네."

남자들은 돌아가며 나를 훑어보았다.

"로리타 아니냐?"

가메로가 남자들 틈에서 나타났다.

"아는 아이야?"

"우리 딸아이 친구야. 내가 보살피고 있지."

"버르장머리가 없어서 고생하겠다."

남자들이 혀를 끌끌 차며 가메로를 위로했다.

"도로시!"

"예, 아빠."

숨을 죽이고 숨어 있던 도로시가 가메로 앞에 두 손을 모으고 섰다.

"일은 다 했냐?"

"조… 금 더 해야 해요."

"그럼, 어서 가서 노래나 불러. 너도 어서 따라가!"

가메로가 나를 우악스러운 남자의 손에서 풀어주며 엉덩이를 발로 걷어찼다.

"빨리 가!"

도로시는 가메로의 눈치를 살피며 얼른 내 손을 잡고 사람들 틈을 빠져나가려 했다. 하지만 나는 도저히 그곳을 떠날 수가 없었다.

"뭘 봐! 샤론의 돼지들아!"

가메로가 이쪽을 쳐다보고 있는 맥슨에게 돌을 던졌다.

딱!

이번에는 맥슨의 이마에 커다란 피멍이 맺혔다.

"하하하!"

그 모습을 본 남자들이 배를 잡고 웃었다.

"가메로, 자네 솜씨는 여전히 좋군. 던지는 대로 맞추니 말야. 하하하."

"이놈들⋯⋯!"

나는 끓어오르는 분노를 못 이겨 이를 갈았다. 하지만 어쩔 수가 없었다.

"아빠한테 걸리면 또 혼나."

"내가 꼭 복수할 거야!"

뒤쪽을 수도 없이 돌아보며 나는 도로시가 이끄는 대로 끌려갔다. 한참을 걸은 후에 우리는 호수에 도착했다. 도로시는 인적이 드문 곳으로 나를 데리고 갔다. 그곳은 호숫가에 놓여 있는 커다란 바위 밑이었다. 둘은 바위 밑의 축대에 걸터앉았다. 발끝으로 호수의 물결이 찰랑찰랑 닿았다.

"시장에서 왜 그랬어?"

도로시가 의아한 표정을 지으며 물었다.

"죄수들 편들다가 잘못되면 같은 무리로 몰려 죽을 수도 있어."

"……."

"말하기 싫으면 안 해도 돼."

도로시가 아무 말 없이 입술만 깨무는 내가 못마땅한지 벌떡 일어났다. 그리곤.

"윌리암, 마음이 아프고 힘들 때는 수영이 최고야."

풍덩!

물결이 갈라지며 도로시가 물속으로 사라졌다가 다시 올라왔다.

"너도 들어와 봐. 내가 보여줄 게 있어."

"생각없어."

내일 아침에 처형한다고 했다. 무슨 수를 쓰더라도 맥슨과 알프레드를 구해야 한다. 그러나 아무런 방법도 생각나지 않았다.

"이리 오라니까!"

하늘을 바라보며 골똘하게 방법을 생각하던 나는 도로시가 발을 잡아당기는 바람에 물에 빠지고 말았다.

"어푸푸!"

나는 호수 밖으로 고개를 빼며 물을 뱉었다.

"이게 무슨 짓이야?"

"호호호, 나를 따라와 봐."

도로시가 까르르 웃으며 다가왔다.

"싫어."

"그러지 말고."

도로시가 나를 끌고 좀 더 깊은 곳으로 갔다.

"혼자 있게 내버려 둬."

나는 도로시의 손을 뿌리치며 밖으로 나가려고 했다.

"자꾸 그러면 물에 빠져 죽을 거야."

삐쳤는지 도로시가 눈을 흘기며 물속으로 들어갔다. 조금은 걱정이 됐지만 나는 그냥 축대를 짚으며 땅 위로 올라왔다. 흠뻑 젖은 옷에서 물방울이 주르르 떨어졌다.

젖은 옷을 털어내면서 호수를 보았다. 그런데 물속에 들어간 도로시가 한동안의 시간이 지나도 나오지 않고 있었다.

"굉장히 오랫동안 물속에 있네."

불길한 생각이 들었다. 물 밖으로 나와야 할 시간이 지났는데도 도로시의 모습은 보이지 않았다.

"도로시!"

대답이 없자, 나는 숨을 크게 들이마시며 호수로 뛰어들었다. 물속은 의외로 밝았다. 수면에서 낮은 곳이기도 했지만 맑고 투명했다. 해초들이 너울대는 틈틈이 여러 종류의 물고기가 자유롭게 돌아다녔다. 그러나 도로시의 모습은 그 어디에도 보이지 않았다.

"푸하!"

숨을 다시 들이마시러 호수 표면으로 올라왔을 때였다.

"으헉!"

그때 무엇인가 물속에서 발을 잡아당겼다. 힘 한 번 못 쓰고 끌려 들어갔다.

'도로시?!'

정신을 못 차리고 허우적거리는데 눈앞에서 도로시가 유유히 물속을 헤치며 따라오라는 손짓을 했다. 그리곤 바위틈으로 들어가더니 위로 올라갔다.

"내가 보여주고 싶은 곳이 바로 여기야."

"호수 안에 이런 곳이 있었다니……."

"내 보물 창고지."

나는 두리번거리며 물속에서 나왔다. 도로시가 나에게 보여주는 곳은 종유석이 길게 매달려 있는 동굴이었다. 주위에는 이상하게 생긴 바위들이 인위적으로 꾸며놓은 것처럼 조화롭게 배치되어 포근한 느낌을 주었다. 그들이 나온 웅덩이에서 파랗게 빛이 났다.

"너에게 처음 보여주는 거야."

"어디로 통하는 동굴이야?"

"자세히는 살펴보지 않았는데 막혀 있는 것 같아."

어디선가 물 떨어지는 소리가 조그맣게 들렸다. 미세하지만 상쾌한 바람도 불어왔다.

"분명 어디론가 통하는 길이 있을 거야."

도로시가 그 자리에 서서 주위를 둘러보는 나를 앉혔다.

"이게 뭔지 알아?"

오늘 시장에서 벌어들인 동전을 꺼내던 도로시가 땅속에서 작은 항아리를 끄집어내어 흔들었다. 암갈색의 항아리는 묵직한 소리가 났다.

"이 다음에 내가 크면 엄마하고 둘이 살려고 모아놓은 돈이야."

도로시는 3몬드를 항아리에 집어넣었다.

"매일 모으는 거니?"

"하루도 안 빼놓고 3몬드씩 모아."

"매 맞아가면서?"

"엄마하고 둘이 살 수 있다면 그 정도는 참을 수 있어."

도로시가 너무나 대단해 보였다. 친구들을 구하지도 못하는 나보다도 훨씬 낫다고 생각했다. 장난이나 치고 사고나 저지를 줄 알았지, 정말 필요할 때는 아무것도 할 수 없는 내 자신이 한심했다.

"그만 가자."

"알았어. 늦으면 아빠한테 혼날 거야."

시장으로 돌아온 우리는 집을 향해서 빠르게 걸어갔다. 동네 어귀의 공터를 지나면서 나는 그 자리에 놓여 있는 마차를 보았다. 주위를 지키고 있던 병사들은 보이지 않았다. 그러나 어느 누구도 마차 앞에 얼씬거리지 않고 멀찌감치 서서 구경만 할 뿐이었다. 날이 많이 어두워져 있어서 맥슨과 알프레드를 자세히 볼 수는 없었다.

"윌리암, 왜 그래?"

"저기 내 친구들이 있어."

"뭐라고?"

도로시가 놀랐다.

"친구들이 내일 죽는데 나는 아무것도 할 수 있는 게 없어."

"도대체 무슨 소리야?"

나는 천천히 마차 쪽으로 다가갔다.

"윌리암!"

도로시가 놀란 눈으로 나를 불렀다. 죄수 곁에 가는 것은 아주 위험한 일이다. 한 패로 오해를 받아서 죽는 경우도 있었다.

"알프레드… 맥슨……."

나는 소리를 죽이며 잃어버렸다가 다시 찾은 일행을 불렀다.

"나야, 윌리암이야."

아침까지 무슨 방법을 찾아보겠지만 어쩌면 살아 있는 것을 보는 것도 지금이 마지막일지 몰랐다. 그러나 둘 다 대답이 없었다. 맥슨과 알프레드는 몸을 웅크린 채 고개를 다리 사이에 집어넣고 있었다.

"알프레드… 맥슨……."

여전히 대답하지 않았다. 혹시 죽은 것은 아닐까 하는 생각이 퍼뜩 들었다. 조금 더 마차로 다가가던 나의 몸이 확 앞으로 끌려갔다.

"후후후, 네가 찾던 친구들이 아니라서 어떡하지?"

마차에 있던 죄수들은 알프레드와 맥슨이 아니었다. 비슷한 체구와 얼굴을 한 사내들이었다. 이미 바뀌어 있었던 것을 모른 것이다.

'속았다!'

사내의 손을 뿌리치고 도망가려다 멈추었다. 이미 많은 병사들이 나를 포위하고 있었다.

"도로시!"

문득 뒤에 있던 도로시가 생각났다.

"발칙한 것! 저놈이 로리타라고?"

도로시는 차고지아의 치안을 담당하는 수비대 장교의 손에 잡혀 있었다.

철썩!

장교가 도로시의 뺨을 힘껏 때리자, 도로시는 힘없이 픽 쓰러졌다.

"무슨 짓이야!"

내가 소리쳤다.

"나를 속인 대가다."

도로시는 장교에게 나를 로리타라고 하며 속인 것 같았다.

"둘 다 끌고 가라!"

나와 도로시가 끌려온 곳은 시장에서 멀지 않은 수비대 건물이었
다.

"들어가 있어!"

우리는 퀴퀴한 냄새가 나는 지하 감옥으로 끌려갔다. 듬성듬성 햇
불이 꽂혀 있었고 창살 안에는 오로지 죄수 2명이 갇혀 있었다.

"윌리암!"

귀에 익은 목소리가 들렸다.

"너마저 잡혔구나."

뛸 듯이 기뻤다.

"알프레드!"

"그래."

"맥슨!"

"잡히지 않기를 리쿠스 신에게 무지 빌었는데……."

두 사람은 별로 나만큼 반갑지 않은 듯했다.

"이 사람들이 친구야?"

뒤에 있던 도로시가 나의 소매를 잡아당겼다.

"엉, 이쪽이 알프레드고, 저 덩치 큰 친구가 맥슨이야."

"안녕하세요?"

나에게 두 사람을 소개받은 도로시가 인사를 했다.

"윌리암의 친구구나."

알프레드가 도로시의 손을 잡았다.

"그런데 윌리암을 만난 게 별로 반갑지 않은가 봐요?"

"반갑긴, 내일이면 다 죽어야 할 목숨인데."

맥슨이 시무룩하게 대꾸했다.

"윌리암이라도 살아서 우리 샤론 족이 못다 한 꿈을 이뤄주길 바랬는데 잡혀 왔으니 기분이 좋을 리 없지."

"그렇군요."

도로시가 풀이 죽은 모습으로 나를 보았다.

"알프레드, 무슨 좋은 방법이 없을까?"

나는 그토록 보고 싶던 큰 스승 옆에 앉았다.

"당장은 죽는 것밖에는 없구나. 그나마 이렇게 숨을 쉬고 있는 것도 철갑단이 아직 도착하지 않았기 때문이고. 놈들이 오면 바로 처형될 거다."

알프레드가 내 머릿결을 쓰다듬었다.

"윌리암, 미안해."

맥슨이 내 어깨를 매만지며 고개를 떨구었다.

"내가 죽는 것은 억울하지 않아. 헤라트의 개들과 싸우다가 잡혀서 죽는 거니까. 하기야 이왕이면 샤론의 용사로서 전쟁터에서 죽음을 맞이하는 게 더 좋겠지. 하지만 윌리암, 너마저 죽으면 아슈빌님이 억울해서 어떻게 하나?"

덩치 큰 남자가 눈물을 뚝뚝 떨어뜨렸다. 알프레드가 아무 말 없이 맥슨의 등을 두드렸다.

"리쿠스 신의 뜻이 이거라면 하는 수 없지."

가장 어린 내가 오히려 두 사람을 달랬다. 내가 봐도 마치 숱한 역경을 이겨낸 선지자(先知者)의 세상을 초월한 말투 같았다.

"정말 방법이 없는 것인가?"

모르는 것이 없는 큰 스승 알프레드마저 포기했다면 별다른 방법이 있을 수 없다. 절망뿐인 상황이었다. 시간이 자꾸만 깊어갔지만 죽음을 앞둔 우리는 뜬눈으로 밤을 지새고 있었다.

"저건?"

그동안 지나온 일들에 대해서 별의별 생각을 다 하던 나의 눈에 칼 한 자루가 보인 것은 새벽의 동이 틀 무렵이었다.

"맥슨!"

나는 흥분된 마음으로 맥슨을 흔들었다.

"왜 그래, 윌리암?"

죽음을 앞 둔 용사의 의식을 진행하던 맥슨이 눈을 번쩍 떴다.

"저 칼 말야."

"볼케닉 소드잖아?"

맥슨이 가지고 있던 로잔의 마검이 간수의 책상 위에서 뒹굴고 있었다. 아마 헤라트의 병사들이 뺏어서 볼품없는 칼이라 아무 데나 집어 던진 것 같았다.

"우리가 가지고 있던 소지품들도 그 옆에 있잖아."

맥슨의 말대로 그 옆에는 알프레드가 지니고 있던 헤데지바의 거울과 드워프들이 세상 밖에서 쓰라고 주었던 금화가 담긴 자루 등이 보였다.

"알프레드, 여기 좀 봐."

윌리암은 혹시나 하는 생각으로 맥슨과 알프레드를 불렀다.

"무슨 일인데?"

벽에 기대고 있던 알프레드가 자신의 다리를 베고 자고 있는 도로시를 살며시 자리에 눕히며 다가왔다.

"볼케닉 소드 말이야. 저 마검은 주인이 시키는 대로 한다고 했잖아. 한 번 마음먹은 것은 절대 놓치지 않는다고 말야."

"그래서?"

"맥슨, 마음을 가다듬고 마검에게 명령해 봐. 네가 주인이잖아."

"뭐라고 명령해?"

"이쪽으로 오라고 해봐."

"가능한 일이다."

알프레드가 침을 꿀꺽 삼켰다.

"알았어!"

맥슨이 자세를 잡고 앉았다.

"로잔의 마검아, 나는 너의 주인 맥슨이다."

나는 그때부터 맥슨과 볼케닉 소드를 번갈아 쳐다보기 시작했다. 몇 번의 시도가 무의로 끝나자 맥슨의 이마에서 땀이 나기 시작했다.

"내게로 오라!"

역시 허사였다.

"우리가 나 같이 해보자."

알프레드가 맥슨의 옆에 앉았다.

"그래."

나도 맥슨의 옆에 자리를 잡았다. 셋이 동시에 외쳤다.

"내게로 오라!"

역시 아무 반응이 없었다. 그러나 별다른 방법이 없었던 우리는 쉬지 않고 로잔의 마검을 불렀다. 그렇게 여섯 번 정도를 시도했을 때였다.

"내게로 오라!"

덜거덕!

"움… 움직였다."

맥슨이 소리쳤다.

"빨리 다시 해보자."

자세를 바로하고 똑바로 앉은 세 사람은 두 눈을 감았다.

"하나, 둘, 셋!"

"내게로 오라!"

덜거덕!

볼케닉 소드가 한 번 펄쩍 뛰더니 중간 지점까지 와서 멈추었다.

"다시."

우리는 쉬지 않고 눈을 감았다 떴다 하기를 몇 차례 반복했다. 그럴 때마다 볼케닉 소드가 조금씩 앞으로 다가왔다. 이제 한두 번만 더하면 손에 잡힐 수 있을 것만 같았다.

"내게로 오라!"

셋이 동시에 눈을 떴을 때 볼케닉 소드가 맥슨에게 가는 것이 아니라 내 앞으로 획— 하고 날아왔다. 나는 너무 기쁜 나머지 아무 생각 없이 창 살 밖으로 손을 뻗어 얼른 로잔의 마검을 잡았다.

"이게 뭐야?"

로잔의 마검 끝에는 갈색 실이 매어져 있었다. 나는 그 실을 쫓아가 보았다.

"깔깔깔깔!"

"푸돌리노!"

나의 양미간이 좁혀졌다. 알프레드와 맥슨이 생전 처음 보는 갈색 요정 브라우니를 멍하니 바라보았다.

"미안해, 친구야."

"호호호, 나도 미안."

언제 일어났는지 도로시가 웃고 있었다.

"너무 재미있어서 내가 장난친 거야. 도로시는 조금 전에 일어났고."

"여기는 어쩐 일이야?"

화를 내지도 못했다. 나머지 두 사람도 무사히 볼케닉 소드를 손에 넣은 것에 만족했다. 특히 맥슨의 기쁨은 말로 다 하지 못했다.

"나는 친구들이 있는 곳은 어디든지 찾아가."

푸돌리노가 칼을 만지며 좋아하는 맥슨을 쳐다보았다.

"내게로 오라! 깔깔깔깔!"

갈색 요정은 맥슨의 흉내를 내며 큰 소리로 웃었다.

"뭐가 그리 웃기냐!"

"덩치는 곰만한 게 목소리는 어린애 같잖아."

"으그그."

맥슨의 인상이 구겨졌다.

"다른 것도 다 필요한 거지?"

푸돌리노는 어느새 창살 밖으로 나가더니 다른 물건들을 가지고 왔다.

"고마워."

"친구잖아."

내가 감사의 표시를 하자 푸돌리노가 멋쩍은 웃음을 지었다. 그 때 갑자기 밖에서 시끄러운 소리가 들려왔다.

"나는 그만 간다."

브라우니 요정이 작별 인사를 하고 사라지자 육중한 철문이 열리는 소리가 들렸다. 잠시 후 간수들과 함께 가메로가 지하 감옥으로 들어왔다.

　"제 딸들이 여기 있다고 해서……."

　"저 꼬마냐?"

　"도로시, 어디 있니?"

　"아빠……."

　도로시가 엉거주춤 앞으로 나왔다.

　"로리타도 있구나."

　"애들이 당신 딸들이라 이거지?"

　"그렇습니다."

　간수의 눈빛이 빛났다.

　"도로시야."

　가메로는 창살에 매달려 도로시를 불렀다.

　"오늘 번 돈은 어디 있냐?"

　"여기……."

　주머니에서 20몬드를 꺼낸 도로시를 가메로가 만족한 듯 쳐다보았다.

　"이리 내놔라."

　독수리가 먹이를 낚아채듯 돈을 가로챈 가메로는 탐욕스런 웃음을 만들었다.

　"이놈인가?"

　"그렇습니다."

　간수의 보고를 받은 수비대 장교가 천천히 지하 감옥으로 내려왔다.

"아이쿠, 나리!"

가메로가 비굴할 정도로 허리를 굽실거렸다.

"가메로라고 그랬나?"

"영광입니다. 미천한 놈의 이름을 기억해 주시고……."

"후후후, 내가 전에 조심하라고 했지?"

도로시 방의 침대 밑에서 보았던 하얀 발의 주인공이었다.

"일급 죄인을 숨겨주고 거리를 활보하게 만든 죄가 무엇인지 알겠지?"

"제, 제가 그런 게 아, 아닙니다."

장교의 말뜻을 알게 된 가메로의 얼굴이 새파랗게 질렸다.

"이놈도 가두게. 내일 죄수들하고 같이 처형해."

"알겠습니다."

"그런데 철갑단은 왜 안 오는 거야? 할 일도 많은데."

"갑자기 전쟁터로 나간 걸 보면 급한 일이 생긴 것 같습니다."

가메로를 감옥으로 밀어 넣던 간수가 장교의 말을 받아 아는 체를 했다.

간수가 가메로를 안으로 집어넣고 문을 잠그려고 할 때였다.

"맥슨! 지금이야!"

"알았어!"

내가 소리치자 맥슨이 번개처럼 볼케닉 소드를 휘둘렀다. 불의의 일격을 받은 간수가 피를 뿌리며 뒤로 넘어가자 다른 간수들과 수비대 장교가 칼을 뽑았다. 하지만 마검을 들은 맥슨의 적수는 아니었다.

"나를 막지는 못해!"

"크아악!"

"허억!"

쉽게 수비대 병사들을 해치운 우리가 떠나려 하자 가메로가 감옥에서 나오려고 했다. 그러나 가만히 놔둘 내가 아니었다.

"당신은 그냥 여기 있어."

"어이쿠!"

내 발길질에 뒤로 벌러덩 넘어간 가메로는 감옥에 갇히고 말았다.

"아빠!"

"도로시, 걱정 말아."

가메로에게 가려던 도로시를 막았다.

"내가 어머니하고 살 만큼 금을 줄 테니까 여기서 멀리 떠나도록 해."

나는 도로시의 손을 잡아끌었다.

"다른 병사들이 눈치 채기 전에 어서 움직여."

맥슨을 앞세우고 우리는 감옥을 빠져나왔다. 이른 새벽이라 아직 모두들 잠든 시간이었다. 방해꾼들은 있었어도 볼케닉 소드를 든 맥슨 덕분에 아무 탈 없이 무사히 밖으로 나온 일행은 어디로 갈까 잠시 망설였다.

"알프레드, 금덩이 하나 줘봐."

"여기."

알프레드도 내 뜻을 알고 있었기에 아무 말 없이 금덩이를 내 주었다.

"도로시, 이거 가지고 가서 엄마하고 잘살아."

"윌리암."

"어서 가. 시간이 없어."

억지로 발길을 떼놓는 도로시를 보며 나는 일행을 호수 쪽으로 안내했다. 도로시하고 같이 갔던 동굴이 생각난 것이다.

"이리로 가면 호수가 있다고?"

맥슨과 알프레드는 내 뒤를 따라 부지런히 발걸음을 옮겼다. 그러나 우리 이내 모두 뛰지 않으면 안 될 일이 벌어졌다.

"죄수들이 도망쳤다!"

"저쪽이다!"

수비대의 병사들이 탈출한 것을 알고 쫓아오고 있었다.

"아무튼 냄새 하나는 끝내주게 맡는다니까."

맥슨이 무거운 몸으로 제일 늦게 달리며 한마디 했다.

"호수다."

눈앞에 펼쳐진 호수는 우리의 처지와는 전혀 어울리지 않게 장관이었다. 떠오르는 태양의 빛을 받아 붉은 기운이 표면 전체에 퍼져 있는 잔잔한 수면은 마치 물의 요정 운디네의 아름다운 미소와도 같았다.

"활을 쏴라!"

뒤에서 쫓아오는 수비대가 소리쳤다.

슉슉슉슉!

갑자기 화살이 비 오듯 쏟아졌다.

"어서 뛰어!"

나는 알프레드와 맥슨을 독촉하며 축대에서 힘껏 호수로 도약했다. 잠깐 동안 공중에서 허우적거린 몸뚱이가 풍덩! 하고 물속으로 떨어졌다.

"푸하―!"

물 밖으로 머리를 빼고 숨을 들이킨 나는 아직도 달려오고 있는 알프레드와 맥슨을 보았다. 그 뒤를 따라 수비대가 바짝 거리를 좁히고 있었다.

"빨리 달려!"

내가 마음을 졸이며 소리치는 순간, 맨 뒤에서 달려오던 맥슨이 넘어지고 말았다. 그러자 내 뒤를 이어서 호수로 뛰어들려던 알프레드가 급하게 몸을 돌려 맥슨을 일으켜 세웠다. 내가 보기에는 그랬다.

"멈춰라!"

말을 타고 달려온 수비대들이 바로 뒤까지 쫓아와서 다시 활을 쏘았다.

슈우우우―

가까운 거리에서 쏘는 화살들은 더욱 강력했다. 그때 알프레드의 입에서 짧은 비명이 터져 나왔다.

"커헉!"

알프레드는 날아온 화살을 배에 맞아 뒤로 주춤거리고 있었다.

"뭘 꾸물거려! 어서 뛰란 말야!"

내가 너무 놀라서 소리치는 순간, 맥슨이 알프레드를 안고 호수로 뛰어들었다.

"놈들을 놓치지 마라!"

축대까지 쫓아온 수비대 장교가 목청껏 외치는 소리가 들렸다. 궁사들은 호수에 활을 겨눈 채 우리가 나오기만을 기다려야 할 것이다.

(5)

우리가 나온 웅덩이는 여전히 푸른빛을 뿜어내고 있었다. 그 빛을 받은 종유석이 일렁거리며 흔들렸다. 도로시가 항아리를 꺼냈던 곳에 알프레드가 죽은 듯이 누워 있었다. 그의 배에는 화살이 꽂혀 힘겹게 움직였다. 아식은 알프레드의 숨이 끊어지지 않은 것 같았다.

"알프레드, 정신 좀 차려봐!"

나는 울상이 돼서 알프레드를 흔들었다. 그러나 알프레드는 정신을 잃은 채 전혀 미동도 하지 않았다.

"흑흑흑."

무릎을 꿇고 알프레드를 바라보던 맥슨이 눈물을 흘렸다.

"맥슨, 화살을 뽑아봐."

"알았어."

알프레드의 배에 꽂힌 화살을 맥슨이 잡아 뽑았다.

"우읍!"

하지만 화살은 꼼짝하지 않았다.

"화살이 너무 깊이 박혔나 보네."

맥슨이 아무리 힘을 써봐도 알프레드의 배에 박힌 화살은 뽑힐 생각을 하지 않았다.

"으으음……."

알프레드의 입에서 가느다란 신음 소리가 나왔다.

"알프레드, 정신이 들어?"

"큰 스승님!"

신음을 흘리던 알프레드가 천천히 눈을 떴다.

"콜록! 콜록!"

숨 쉬기가 곤란한지 알프레드가 연신 기침을 해댔다.

"여… 기가 어디야?"

"호수 밑에 있는 동굴입니다."

맥슨이 알프레드의 몸을 일으켜 세웠다.

"그래, 호수는 기억이 난다."

힘없이 주변을 둘러보던 알프레드가 놀란 얼굴을 하였다.

"잉? 이게 왜 꽂혀 있어?"

"놈들이 쏜 화살에 알프레드님이 맞았어요."

"내가 화살에?"

나와 맥슨이 서로 쳐다보았다.

"그럼, 내가 죽어야 하는 거야?"

"알프레드?"

나는 알프레드가 죽기 전에 정신이 이상해졌다고 생각했다.

"아무렇지 않아요?"

"당연히 나야 괜찮지."

"그럼, 죽지 않는 거예요?"

"글쎄, 화살을 맞기는 맞았는데 피도 안 나오고 아프지도 않고……."

"정말 괜찮은가 보네."

"그렇다니까."

알프레드가 맥슨을 보며 가슴을 툭툭 쳤다.

"그럼, 이건 뭐예요?"

맥슨이 알프레드 배에 꽂혀 있는 화살을 가리켰다.

"가만있어 봐."

알프레드가 화살이 꽂힌 배 위의 윗도리를 젖혔다. 그러자 화살이 꽂힌 헤데지바의 거울이 나왔다. 거울은 알프레드가 옷을 걷어내는 동시에 화살을 뱉어냈다. 신기하게도 거울에는 상처 하나 나지 않았다.

"정말 주인을 지키는 거울이네."

나는 감탄했다. 그리고 알프레드가 죽지 않는다는 사실이 너무 기뻤다.

"그런데 왜 기절했어요?"

맥슨이 끝까지 물고 늘어졌다. 슬퍼했던 것이 억울했던 모양이다.

"곰 같은 놈이 날 안으니까 놀라서 기절했지."

"내가요?"

"그 덩치에 깔릴 생각을 하니까 아찔해서 그랬다."

"말 같은 말을 해야죠!"

그때 나도 모르게 웃음이 나왔다. 큰 스승의 약점이 떠오른 것이 그렇게 즐거울 수가 없었다. 맥슨도 잘 알고 있는 사실이었다.

"알프레드는 수영 못 하잖아. 물에는 죽어도 안 들어가는데."

"맞아. 하하하!"

맥슨도 생각이 났는지 맞장구쳤다.

"우리가 큰 스승님을 너무 힘들게 했나 보다."

"어른을 공경하는 마음에서 다음부터 물로는 도망치지 말자."

나와 맥슨은 쉬지 않고 떠들어댔다.

"그런데 여기는 어디로 통하는 길이지?"

알프레드가 얼른 주제를 바꾸었다. 사실 그는 물만 보면 자지러졌다. 술이라도 마시기 전에는 죽어도 못 들어가는 데가 물이었다. 나를 따라서 들어가려다가 도저히 엄두가 나지 않아서 뒤돌아 섰는데 맥슨이 넘어진 것을 보았고, 얼떨결에 그를 일으켜 세우다 화살에 맞아 그 충격과 함께 맥슨이 자신을 안고서 호수에 뛰어든다는 생각으로 기절을 했던 것이다.

"어디서 바람이 들어오는 걸 봐서는 통하는 데가 있는 것 같아."

"그러게 말이다."

"일단은 안으로 들어가 보죠."

동굴은 세 사람이 걷기에는 충분할 정도로 넓었다. 다만 깊숙이 들어갈수록 컴컴해져서 앞을 볼 수가 없었다.

"이럴 때 불이 있으면 좋겠는데."

알프레드가 동굴 벽을 짚으며 중얼거렸다.

번쩍!

갑자기 알프레드의 배에서 불빛이 쏟아졌다. 헤데지바의 거울이 또 다른 능력을 보이며 주인의 말을 들은 것이다.

"와아! 정말 좋은 물건이네요."

"신기하다."

어느 정도 동굴 안으로 들어가자 세 갈래의 길이 나왔다.

"어디로 갈까?"

"알프레드, 이쪽에서 바람이 불어오지 않아?"

알프레드가 정신을 집중해서 세 갈래의 길을 살펴보았다.

"도저히 감을 잡을 수가 없네."

"그럼, 가운데로 가보죠."

맥슨이 답답한지 제안을 했다.

"모든 게 리쿠스 신의 뜻이다."

알프레드가 맥슨 말대로 가운데 길로 들어가려고 했다.

"어라?"

지금까지 불빛을 쏟아내던 거울이 꺼져 버렸다.

"갑자기 왜 이렇지?"

알프레드가 거울을 툭툭 치며 오른쪽으로 돌았다. 그러자 거울이 다시 빛을 쏘아냈다.

"거참! 이상하네."

"불빛이 나오니 어서 가요."

맥슨이 앞장섰다. 알프레드가 그의 뒤를 쫓아 가운데 길로 들어서는데 불이 꺼졌다.

"이것 봐라?"

주춤주춤 돌아서며 거울을 흔들었다. 그러다가 오른쪽으로 가면 불이 켜졌다가 다른 쪽으로만 자리를 옮기면 꺼지는 것을 알 수 있었다.

"헤데지바의 거울은 미래를 암시하는 능력이 있다고 했어. 우리가 가야 할 방향은 오른쪽 길이야. 리쿠스 신이 우리를 돕고 있구나."

알프레드가 말을 마치며 오른쪽 길로 들어섰다.

"역시 큰 스승님은 달라."

내가 뒤를 따르며 한소리 했다.

"그러게, 우리가 꼼짝 못하잖아."

맥슨도 지지 않았다.

"……."

우리의 칭찬을 들으며 알프레드가 흐뭇해했다. 그 모습을 보며 뒤 따라가던 나는 갑자기 장난을 치고 싶어졌다.

"오래 걸었더니 덥다."

나는 목덜미를 닦으며 맥슨에게 윙크했다.

"이럴 때는 수영을 하는 게 제일인데. 어디 냇가라도 없나~"

"그러게. 너무 덥다."

"키키키키."

우리 둘은 원래 죽이 잘 맞았다.

"애들아!"

알프레드가 휙 하고 돌아섰다. 입을 가리고 웃던 나와 맥슨은 깜짝 놀라 미처 손을 입에서 떼지 못하고 있었다. 그러나 알프레드는 우리의 장난에 별로 신경을 쓰지 않았다. 덥고 힘드니까 만사가 귀찮은 것 같았다.

"나도 힘들다. 쉬었다가 가자."

"예."

"좋은 생각이야."

어찌 되었든 야단을 맞지 않게 된 우리는 안도의 한숨을 내쉬며 알프레드를 따라서 자리에 앉았다.

"얼마나 더 가야 끝이 나오는 거야."

"차고지아는 관통하고도 남았겠다."

"하다못해 그랬으면 좋겠다. 만일에 우리가 거꾸로 가는 거라면 큰 낭패잖아."

"나는 배고파."

우리들은 잠깐의 휴식을 취하며 이런저런 얘기로 주절거렸다.

"이악!"

그때, 어디선가 여자의 비명 소리가 울렸다.

"알프레드, 들었어?"

나는 벌떡 일어났다.

"그래. 나도 들었어."

맥슨은 볼케닉 소드를 고쳐 잡았다.

"거의 입구가 가까워졌나 보다."

"가자!"

"맥슨, 조심해라."

앞으로 다가갈수록 여자의 비명은 더욱 선명하게 들려왔다.

"으아아악!"

여자에게 아주 위급한 일이 일어나고 있는 듯했다. 그녀의 비명 소리가 멈춘 것은 우리 일행이 동굴 끝에 도착했을 때였다.

"막혀 있어요."

동굴은 더 이상 앞으로 나갈 수 없게 되어 있었다.

"여자의 비명이 들렸으니까 어딘가 틈이 있을 거야."

나는 벽면을 샅샅이 살피기 시작했다.

뿌드득!

"허억!"

알프레드가 놀라서 뒤로 물러났다.

"왜 그래요?"

"뼈… 뼈다."

알프레드가 거울을 비춰본 곳에는 사람의 뼈와 거대한 동물의 뼈가 엉켜 있었다.

"오래전에 누가 살았나 보군."

"그게 아니고 서로 싸운 것 같은데요?"

"어쩐지 양쪽 모두 치명적인 곳에 무기가 꽂혀 있어."

거대한 동물의 기다란 발톱은 사람의 목을 관통했고 사람의 칼은 그 동물의 관자놀이에 박혀 있었다.

"누굴까?"

동굴을 살피던 나는 호기심이 생겼다.

"여기 이 사람이 쓰던 투구와 갑옷이 있네."

"굉장히 격렬하게 싸웠나 보네. 갑옷이 전부 찢어졌어."

탄탄한 쇠를 녹여 만든 판형 갑옷이 갈기갈기 조각나 있었다.

"칼의 손잡이를 보니까 사즈후튼 가문의 문장 같은데, 그러면 이 사람은……."

알프레드가 턱을 쓰다듬었다.

"아하!"

"알프레드, 누구인지 알아냈어?"

"두레슬라비 국의 유명한 기사인 파레토 사즈후튼 백작이다."

"유명한 사람이에요?"

"비록 헤라트의 종속된 사람이었지만 기사로서는 이름을 많이 남겼지."

"그렇게 유명한 사람이 왜 여기에 죽어 있어요?"

맥슨은 헤라트의 기사라는 게 별로 마음에 들지 않았다.

"약 50여 년 전에 행방불명됐다고 하더니, 이곳에서 몬스터와 싸우다가 죽었나 보군."

"발톱을 봐서는 와이번하고 닮았잖아요?"

"많이 닮기는 했지만 여기는 연결되는 곳이 호수 속이라서 아닐 가능성이 더 크지."

와이번(Wyvern)은 날개가 달린 두 발의 비룡(飛龍)이었다. 와이번이 물가나 늪지에 살긴 하지만 물속으로 들어갈 수는 없었다. 알프레드와 맥슨이 동물의 뼈를 살피는 동안 나는 땅을 파기 시작했다.

"윌리암, 묻어주려고?"

"나중에라도 사스후튼가(家)에 갈 일이 있다면 그 가족들을 위해서 당연히 여기에 묻혀 있다고 알려줘야지."

"훌륭하구나."

알프레드가 나를 바라보며 고개를 끄덕였다.

"훌륭하긴. 당연한 일이지."

"타고난 말썽꾸러기가 다른 사람을 위하는 마음은 보통 어른보다도 낫단 말야."

맥슨은 또 나를 걸고넘어진다.

"으아아아악—"

한참 만에 다시 듣는 여자의 비명이었다.

"분명히 어딘가 통하는 데가 있을 텐데 안 보이네."

땅을 파던 나는 귀를 곤두세웠다. 그러나 이번에도 오랫동안 아무 소리도 들리지 않았다. 우리는 최대한 귀를 곤두세웠지만 소용이 없었다.

"얼른 시신을 묻고 출구를 찾아보자."

알프레드는 뼈를 추스르고 있었다. 얼추 땅이 파지자 그 속에 투구와 뼈를 넣고 흙으로 덮었다. 그리고 투구가 놓인 자리에 칼을 꽂아 표시를 했다.

"도대체 어디가 출구인 거야."

우리는 다시 동굴 벽을 더듬었다.

"미치겠네. 분명히 여기 어디일 텐데."

위부터 아래까지 촘촘히 뒤졌지만 작은 틈 하나 찾을 수가 없었다.

"위, 윌리암."

"왜 그래?"

나는 정면의 벽을 살피며 맥슨의 부름에 건성으로 대답했다.

"윌리암!"

맥슨이 내 옷을 잡아당겼다.

"왜 자꾸 불러!"

나는 한 손으로 벽면을 더듬거리면서 다른 손으로 맥슨의 손을 탁! 쳤다.

"야! 윌리암!"

퍽!

맥슨이 얼굴이 시뻘겋게 변해서 나의 뒤통수를 냅다 때렸다.

"이게 보자보자 하니까. 왜 때려?!"

"그게 아니고 알프레드님이……."

맥슨은 손가락으로 옆 벽면을 가리켰다.

"아, 알프레드!"

나는 저절로 벌어지는 입을 다물지 못했다. 알프레드의 몸이 반쯤 벽에 박혀 발만 버둥거리고 있었다.

"맥슨, 잡아당겨!"

멍하니 어쩔 줄 모르던 맥슨이 알프레드의 다리를 잡았다.

"에잇!"

벽에 박혀 있던 알프레드가 쑥 뽑혀 나왔다.

"어떻게 된 거예요?"

맥슨은 얼떨떨하게 머리를 흔드는 알프레드를 근심스럽게 바라보았다.

"나도 모르겠어."

알프레드가 일어나서 자신이 박혀 있던 벽을 이리저리 더듬거렸다. 그러나 특별히 다른 것은 없었다. 감촉도 울퉁불퉁하고 차가운 벽일 뿐이었다.

"자세히 설명해 봐요."

이해가 가지 않는 얼굴로 맥슨이 알프레드에게 말했다.

"그러니까 내가 입구를 찾기 위해서 여기를 더듬거리다가……."

슈우욱!

말을 하던 알프레드의 몸이 다시 벽으로 박혔다.

"알프레드!"

맥슨이 달려들어 얼른 끄집어냈다.

"어휴! 도대체 이렇게 된 거예요? 말 좀 해봐요."

"나도 답답하다. 뭘 알아야 말을 해주지."

벽 속에 두 번이나 박혔던 알프레드도 영문을 모르기는 마찬가지일 것이다.

"가만있자……."

알프레드가 빨려 들어갔던 자리에 손을 집어넣어 보았다. 그러나 조금 전처럼 빨려 들어가지는 않았다.

"내 생각이 맞는다면 젤리웰인데……."

알프레드가 고개를 갸우뚱했다.

"왜 내 손은 안 들어가지?"

"젤리웰이 뭔데?"

숨을 깊게 몇 번 들이마시던 내가 서둘러 물었다.

"마법의 벽인데 마치 늪 같은 벽이야. 종종 공간을 이동할 수 있는 젤리웰도 있다고 하지. 숨을 쉬기는 곤란하지만 죽을 정도는 아니고……."

뻬딱하게 서서 맥슨과 나에게 젤리웰에 대해서 설명을 해주던 알프레드는 벽에 기댄 채 팔베개를 만들어 머리를 받쳤다.

"또한……."

슈우욱!

"알프레드!"

머리부터 빨려 들어간 알프레드의 몸이 평행이 되며 점점 벽 안으로 사라졌다. 나는 얼른 알프레드를 잡았다.

"맥슨, 알프레드를 잡아!"

"……."

딴 짓을 하며 알프레드의 설명을 듣고 있던 맥슨이 내 소리에 놀라서 벽으로 달려들었다.

우당탕!

"윌리엄!"

알프레드의 다리를 잡고 있던 내가 뒤로 넘어졌다. 손에는 알프레드의 신발만 들렸을 뿐 그는 이미 벽 안으로 사라지고 없었다.

"윌리엄! 따라와!"

맥슨은 벌떡 일어나 알프레드가 사라진 벽 속으로 뛰어들었다.

쿵!

벽으로 달려들던 맥슨이 사지를 쫙 벌린 채 벽에서 주르르 흘러내렸다. 그는 큰 스승이 사라진 젤리웰로 들어가지 못했던 것이다.

"이런!"

정신을 차린 맥슨이 이번에는 옆으로 몸을 날렸다. 그러나 그는 또 반대쪽으로 나가떨어졌다. 몇 번이고 일어나서 벽에 몸을 부딪쳤지만 젤리웰은 그를 받아주지 않았다. 심지어 볼케닉 소드로도 내려쳐 봤지만 소용이 없었다.

"진짜로 열받게 하네."

맥슨이 씩씩거렸다.

"에잇! 이거나 먹어라!"

너무나 화가 난 나머지 맥슨은 자기도 모르게 머리로 벽을 들이박았다.

슈우우욱!

"맥슨!"

맥슨이 벽 속으로 빨려 들어가자 나도 맥슨처럼 머리로 벽을 들이박았다.

"같이 가!"

젤리웰은 끈적끈적한 늪 같았다. 발을 한 발 한 발 디딜 때도 물컹거렸으며 수영을 하듯 앞으로 팔을 저어 나가야 했다. 30보 정도 걸어가자 엷은 빛이 아롱거렸다. 젤리웰의 끝까지 온 것이다.

"퐁! 퐁!

내 머리가 먼저 벽에서 나오더니 알프레드의 머리도 곧 이어 젤리웰의 밖으로 보였다.

"어라? 내가 먼저 나왔네."

"그러게 말이다. 네가 길을 더 빨리 찾아나 보다."

둘은 신선한 공기부터 실컷 들이켰다.

"알프레드, 여기가 어딜까?"

"우리가 들어온 동굴의 반대쪽이겠지."

눈앞에는 확 트인 넓은 공간이었다. 하늘은 보이지 않았다. 머리 위에 종유석이 걸려 있는 것을 봐서는 여기도 동굴 같았다.

"이쪽으로 와이번이 다녔나 보다."

나는 거대한 동물의 뼈와 엉켜 있던 사즈후튼 백작을 떠올렸다. 비룡과 싸웠을 그가 너무 멋있게 그려졌다.

"아이아악!"

여자의 비명이 밑에서 들려왔다. 나하고 알프레드가 동시에 아래로 고개를 떨구었다. 꽤 낮은 거리에 반듯한 바위가 보였고, 그 위에 여자가 묶여 있었다. 그 앞에는 귀가 무척이나 큰 사람들이 동물 가죽으로 겨우 가릴 곳만 가리고 엎드려서 절을 하는 중이었다.

"무슨 의식을 치르는 것 같구나."

"그럼, 저 여자가 묶여 있는 데가 제단이네."

"그런 셈이지. 여자는 제물일 테고."

"여자만 빼고 다른 사람들은 인간 같지 않은데?"

"귀가 뾰족하고 큰 저 종족은 타이맨 족이다."

"사람과 호랑이 사이에서 태어난 종족?"

나는 유심히 그들을 살펴보았다.

"아악!"

타이맨 족의 제사장이 벌거벗은 여자에게 다가와 칼을 긋자 정신을 잃고 누워 있는 여자의 입에서 비명이 터져 나왔다. 그러고 보니 여자의 몸에는 여기저기 핏줄기가 선명했다.

"나쁜 놈들!"

알프레드가 입술을 깨물었다.

"사람을 제물로 바치다니 용서할 수가 없어. 그것도 연약한 여자를 말야."

아버지의 신조 중에 '나보다 약한 자를 괴롭히는 것은 죄악이다'가 있었다.

"저놈들은 틀림없이 리구스 신의 벌을 받을 거야."

분노가 치솟는 것을 느꼈다.

"당연하지."

둘이 타이맨들의 의식을 보면서 이를 갈 때였다.

푸우욱— 펑!

거친 타음이 옆에서 들리며 맥슨이 튀어나왔다. 하지만 그는 머리뿐만 아니라 커다란 덩치까지 젤리웰 밖으로 나가고 있었다.

"어어어……."

제리웰 밖으로 완전히 몸을 드러낸 맥슨이 발끝으로 바둥거리며 팔을 몇 번 휘젓더니 그대로 밑으로 떨어졌다.

"맥슨!"

우당탕탕!

"이구구."

알프레드가 눈을 가렸다.

"맥슨!"

제단 위에서 꿈틀거리는 맥슨이 크게 다치지 않았기만을 바랐다.

"윌리암, 우리도 내려가자."

"알았어."

나와 알프레드는 조심스럽게 젤리웰을 빠져나와 아래로 내려왔다. 우리가 바닥에 거의 도착했을 때 맥슨이 겨우 일어나 앉는 게 보였다.

"아아……."

맥슨은 아픈지 고통스러운 신음 소리를 냈다. 그리고는 정신이 없는지 고개를 세차게 흔들었다.

"뜨악!"

깜짝 놀란 맥슨이 뒤로 물러났다. 하기야 선혈이 낭자한 벌거벗은 여자가 말똥말똥 자신을 쳐다보고 있으니 놀랄 만도 했다. 여자는 초록색 머리카락을 곱게 빗겨놓은 잿빛 눈동자에 작은 코와 입이 너무 잘 어울리는 아름다운 여자였다.

"으아아악!"

그런데… 여자가 맥슨을 보더니 비명을 지르곤 기절해 버렸다.

"아니, 내가 그렇게 못생겼나?"

맥슨은 어이없다는 표정을 지었다.

"신이시여!"

"이건 또 뭐야?"

"오랫동안 기다렸습니다."

타이맨 족의 제사장이 나섰다.

"내가 신이라고?"

"우리의 제물을 거두어주십시오."

"제물이 어디 있는데?"

맥슨이 두리번거렸다.

"바보야, 저 여자가 제물이야."

"예쁜 여자도 생기고 맥슨은 좋겠다."

벽을 타고 내려온 나와 알프레드가 한마디씩 했다.

"나에게 이런 날도 있네?"

제물로 놓인 여자와 자신을 신이라 부르는 타이맨들을 둘러보며 대충 상황 파악이 끝난 맥슨이 환하게 웃었다.

타이맨들은 신의 다른 일행이 나타나자 멍한 얼굴로 쳐다보았다.

"맥슨, 신의 이름으로 네가 저들한테 명령해라."

알프레드가 맥슨을 툭 쳤다.

"뭐라고요?"

"다시는 인간 여자를 제물로 바치지 말라고 하고, 한 번만 더 그러면 신의 이름으로 타이맨 족을 없애 버린다고 해."

"그래도 나를 신이라고 따르는 애들인데 너무 심하지 않나요?"

"뭐야?!"

알프레드가 버럭 소리를 질렀다.

"……."

제사장을 비롯한 타이맨들은 아직도 정신을 못 차리고 있었다.

"신이시여."

"왜 그러느냐?"

맥슨이 거드름을 피우면서 타이맨들을 바라보았다. 그들은 날렵하게 쭉 빠진 몸매와 찢어진 눈꼬리가 특징이었으며 수염은 모두 쇠꼬챙이처럼 뻗쳐 있었다.

"이제야 제물이 마음에 드십니까?"

매우 조심스러운 말투였다.

"당연하지. 히히히."

맥슨은 쓰러져 있는 여자를 보며 좋아했다. 제물은 가냘프고 고운 얼굴의 어린 여자였던 것이다.

"정신 차려!"

나는 맥슨을 꼬집었다.

"지금 도대체 무슨 생각을 하는 거야!"

"아야, 아프다!"

맥슨은 꼬집힌 팔뚝을 열심히 비비며 나를 쳐다보았다.

"이놈들을 잘 부리면 우리의 병사가 될 수 있잖아."

"그래도 그 정도까지 생각했다면 맥슨도 많이 좋아졌다."

알프레드가 맥슨의 어깨를 툭툭 쳤다.

"히히히, 큰 스승님이 봐도 그렇죠?"

딱!

"임마! 그렇긴 뭐가 그래. 얼른 여자나 풀어주라고 해!"

"나이 먹으면 변덕이 심해진다더니……."

아픈 표정으로 머리통을 만지며 맥슨이 중얼거렸다.

"킥킥킥."

그 모습이 재미있는지 제사장이 억지로 웃음을 참고 있었다.

"너, 이리 와봐."

"……."

제사장은 겁에 질린 모습으로 신(?) 앞으로 다가왔다.

퍽!

바위가 쪼개지는 소리가 났다.

"허억!"

제사장은 머리통을 감싸며 아프다는 말도 못했다.

"너도 별이 보이냐?"

맥슨은 쩔쩔매는 제사장을 보며 아주 만족한 웃음을 지었다. 알프레드에게 당한 아픔이 좀 가라앉는지 얼굴이 환하게 퍼졌다.

"제사장님!"

타이맨 사내가 맥슨의 눈치를 보며 제사장에게 뭐라고 소곤거렸다. 제사장의 얼굴이 순식간에 일그러져 갔다.

"이… 이……!"

"너, 왜 그래?"

맥슨은 갑자기 얼굴이 빨갛게 물들고 있는 제사장을 이상한 눈으로 쳐다보았다.

"이놈! 신의 행세를 하다니… 용서 못한다!"

맥슨은 뚱한 얼굴로 알프레드를 보았다.

"갑자기 왜 저러죠?"

"아무래도 네 정체를 들킨 것 같다."

"이렇게 쉽게? 어떻게요?"

알프레드가 어깨를 들썩였다.

"죽여라! 샤론 족이다!"

제사장이 외치자 타이맨들이 전부 일어났다.

"저놈들을 죽여라!"

뒤에 있던 타이맨들까지 달려와 제단 주위를 둘러쌌다.

"알프레드님, 아무래도 저만 정체가 탄로난 것 같지는 않은데요?"

"아앗! 너, 머리띠……!"

그제야 우리는 차고지아 시(市)의 수비대에게 잡혔을 때부터 머리띠를 하지 않고 있었다는 걸 깨달았다.

"이마에 저주의 검은 닻을 새기고도 뻔뻔스럽게 우리의 신성한 제단을 더럽혔으니, 너희들의 피로써 이곳을 씻어내야 할 것이다!"

제사장은 맥슨에게 맞고도 두려워서 미처 만지지 못한 머리를 그제야 비비고 있었다.

"정신 차려요."

나는 그 와중 속에서도 쓰러져 있는 여자의 결박을 풀어주었다.

"맥슨, 옷 좀 던져 봐."

"내가 지금 그렇게 한가해 보이나?"

"맥슨, 여자잖아."

"그래도 어쩔 수 없어!"

볼케닉 소드를 앞에 세우고 타이맨들을 노려보는 맥슨은 여차하면 먼저 달려들 기세로 자세를 잡았다. 여러 명을 한꺼번에 상대할 때는 판단이 빨라야 했다. 방어만 하면서 기회를 엿볼 것인지, 아니면 상대의 제일 강한 놈을 쓰러뜨려서 기선을 제압할 것인지 둘 중 하나였다.

그는 항상 적극적으로 싸우는 것을 좋아했다. 이제는 어느 정도 볼케닉 소드의 능력을 믿고 있었으니 소극적인 방어를 위주로 할 필요는 없을 것이다.

"함부로 덤비지 못하는 걸 보니 타이맨들도 맥슨을 두려워하는구나."

"숫자가 많은데도?"

"맥슨은 어릴 적부터 실전을 수도 없이 치러왔던 용사야. 상대가 보면 빈틈이 없지. 아무리 자기의 편이 많다고 해도 목숨이 아깝지 않은 생명체는 없단다. 그래서 생명은 더욱 소중한 거란다."

누더기가 되어버린 맨틀을 벗어서 여자를 덮어주던 알프레드가 맥슨을 조용히 지켜보았다. 힘이라면 누구에게도 지지 않던 맥슨은 나보다 어린 나이에 이미 전쟁터에 나가기 시작했었다.

"이야압!"

맥슨은 타이맨들의 가운데로 치고 들어갔다. 평소 때는 곰보다 느리더니, 싸움할 때만은 달라지는 그였다. 눈빛부터 상대를 압도하고 들어갔다. 그의 볼케닉 소드가 광란의 빛을 뿜어내고 있었다. 마검이 한 번 그어질 때마다 타이맨들이 피보라를 일으켰다.

"너, 이리 안 와?"

맥슨은 앞을 막아서는 타이맨들을 저지하며 제사장을 쫓아다니고 있었다. 제사장은 타이맨들을 독촉할 뿐 도망 다니기 바빴다.

"계속 꽁무니만 빼지 말고 정정당당하게 나하고 겨루자!"

아무리 맥슨이 소리를 쳐도 제사장은 앞으로 나서지 않았다.

"제사장만 잡으면 이번 싸움은 이길 수 있을 거야."

"맥슨도 그래서 놈만 쫓아다니는구나."

나는 고개를 끄덕였다.

"빨리 저놈을 잡아야 하는데."

타이맨들이 맥슨에게 마구 달려들자 힘에 부치는지 점차 볼케닉 소드를 휘두르는 속도가 느려졌다.

"맥슨이 지친 것 같아."

"타이맨들이 너무 많구나."

알프레드의 인상도 구겨졌다. 칼마르 제국과 싸울 때의 맥슨은 아니었다.

"저놈들을 잡아 와라!"

제사장과 제단에 모여 있던 우리는 서로 눈이 마주쳤다.

"빨리 저 꼬마 놈하고 늙은이를 데려와! 덩치 큰 놈을 이길 수 있는 방법은 그뿐이다!"

제사장이 부하들에게 소리쳤다. 놈은 우리를 잡아 인질 작전을 쓰려고 했다.

"꼼짝 마라!"

타이맨들이 나와 알프레드를 잡으려 달려들었다.

"맥슨! 도와줘!"

알프레드가 소리쳤다.

"기다리세요. 놈들이 너무 많아서⋯⋯."

맥슨은 우리가 곤경에 처한 것을 보았지만 겹겹이 막아서는 타이맨들을 뚫고 나오지는 못했다. 더군다나 그는 많이 지쳐 있었다.

"소리쳐야 소용없다."

타이맨이 알프레드의 팔을 잡았다.

"이놈아, 비켜!"

"좋은 말 할 때 따라와!"

"이얍!"

"으악!"

알프레드는 타이맨의 팔을 물었다.

"나도 샤론의 용사다."

"이 늙은 것이!"

타이맨이 칼을 치켜들었다.

"꼬마 놈아! 순순히 올래, 안 올래?!"

알프레드 옆에 있던 나에게도 타이맨이 달라붙고 있었다. 놈은 도망치려는 나의 앞을 막아서며 곧바로 내 손목을 낚아챘다. 그 순간 나는 있는 힘껏 몸을 뒤로 뺐다. 다행히도 땀에 젖은 놈의 손아귀에서 내 손이 주르르 미끄러지더니 쏙 뽑혀 나왔다. 그러나 나를 놓치지 않으려고 안간힘을 쓰던 놈은 파트리시어스가 끼어 있는 손가락을 꽉 잡고 비틀었다.

"저리 꺼지란 말야!"

"그럴 수는 없다!"

"이놈이……!"

내가 있는 힘껏 타이맨을 발로 밀치는 순간이었다.

휘이익!

펑펑펑!

파트리시어스에서 노란빛이 거센 바람과 함께 연이어 퍼져 나갔다.

"으악!"

나를 잡고 있던 타이맨이 제사장이 있는 뒤쪽으로 날아갔다. 뿐만 아니라 알프레드를 칼로 치려던 타이맨도 제단 구석에 처박히고 말았다.

"허억!"

내게서 날아간 타이맨이 제사장을 치자, 그때를 놓치지 않고 맥슨이 재빠르게 제사장을 잡아 눌렀다. 그러자 다른 타이맨들이 칼을 거두며 그 자리에 멈춰 섰다.

"이놈아, 어디를 그렇게 도망 다녀!"

"살려주십시오!"

제사장이 맥슨에게 싹싹 빌었다.

"모두들 뭐 해? 얼른 이분들께 빌지 않고!"

타이맨들이 무릎을 꿇었다.

"원래 타이맨들은 용감하고 남을 괴롭히지 않았는데 이게 무슨 짓들이야!"

알프레드가 훈계했다.

"아주 오래전에 신께서 나타나셨습니다. 그리고는 이 신전에 인간의 여자를 바치면 우리에게 양식을 준다고 했어요. 그렇게 몇백 년을 이어왔는데, 50년 전부터 아무리 여자를 바쳐도 신이 나타나지 않았습니다. 여자를 바치고 얻은 식량으로 살던 우리 타이맨 족은 굶주릴 수밖에 없었습니다."

"그러면 사냥을 해서라도 먹고 살려고 노력해야지, 왜 죄없는 여자는 잡아다가 바쳤어? 신도 나타나지 않는데."

맥슨이 끼어들었다.

"저희는 제물이 미비해서 신께서 화가 났다고 판단하고 제일 예쁜 여자들만 잡아다가 바쳤습니다."

"그랬었군."

알프레드는 대충 이해가 가는 듯했다.

"동굴에 죽어 있는 와이번이 만일 신의 행세를 했다면 당연한 제물이다. 놈들은 처녀 고기를 즐겨 먹기든."

"정말 여자를 먹는단 말야?"

나는 알프레드의 설명을 들으며 인상을 찌푸렸다.

"그런데 잡아온 여자들은 어디 있나?"

구겨진 내 얼굴의 볼을 슬쩍 꼬집어 비튼 알프레드가 타이맨의 제사장에게 물었다.

"나중에라도 신이 나타날지 몰라서 동굴 감옥에 가두어놨습니다."

"으음!"

"어째서 이 곰탱이가 신이라고 생각했지?"

아무리 생각해 봐도 있을 수 없는 일이었다.

"으으으……."

맥슨의 참는 소리가 이를 가는 것 같았다.

"우리도 신을 본 적은 없어요. 제물을 바치고 우리가 신전에서 나가야 여자를 가지러 오죠. 늦은 밤에 이 동굴에서 나와 종종 날아다니는 것을 봤어요. 그런데 저분이 위에서 날아와서 제단에 앉아 있기에 신인 줄 알았습니다."

"하하하!"

기절한 여자를 데리고 있던 나는 너무 우스워서 배를 잡았다.

"알프레드, 곰이 날았대."

"하하하하!"

알프레드도 크게 웃어 젖혔다. 그는 한참을 그렇게 자지러지더니 목소리를 가다듬고 진지하게 말을 꺼냈다.

"이제 신은 오지 않아. 그러니 다시 본래의 생활로 돌아가서 타이맨답게 살도록 하게."

"고맙습니다."

세사장은 자신들의 죄를 더 이상 묻지 않자 우리에게 감사의 표시로 머리를 숙였다.

"으음……."

내 품에 있던 여자의 정신이 돌아오고 있었다.

"누, 누구시죠?"

"나는 윌리암이라고 해."

"당신이 괴물인가요?"

"아니야, 괴물은 이제 없어. 누나도 집으로 돌아갈 수 있어."

"정말요?"

여자가 반색을 하며 힘겹게 일어났다.

"끔찍한 일을 당해서 그런지 아직도 제가 살아 있다는 것 자체가 믿어지지 않아요."

"많이 놀라셨죠?"

맥슨이 얼굴을 쓱 닦으며 여자의 바로 코앞으로 다가와 인사를 했다. 여자가 멀뚱멀뚱 쳐다보았다. 그리곤.

"으아아악!"

"……."

"이런, 맥슨 때문에 또 기절했잖아."

짜증 섞인 표정의 맥슨이 피가 잔뜩 묻은 얼굴을 마구 문질렀다.

"내가 그렇게도 못생겼나?"

"그건 나중에 거울 보고 따지기로 하고 우리는 여기서 나가자."

알프레드가 여자를 맥슨에게 업게 하고는 동굴을 나가기 시작했다. 동굴 감옥에서 구해낸 여자들이 삼삼오오 짝을 맞추어 그들의 뒤를 따랐다. 모두들 오랜만에 맡아보는 신선한 공기를 가슴으로 실컷 끌어들였다.

(6)

　뿌듯했다. 헤라트에게 저주를 받아 도망 다니면서 이번처럼 기분 좋은 적은 없었다. 타이맨에게 잡혀 있던 여자들을 구하고 그들에게 자유를 주었다는 것 자체가 자랑스러웠다. 마지 아버지의 일을 대신한 것 같았다. 그래서인지 동굴을 떠나 숲으로 내려오는 발걸음이 가벼웠다.

　맥슨도 뭐가 그리 좋은지 연신 싱글벙글했다. 등에 업힌 여자를 힐끔힐끔 쳐다보면서 웃음을 감추지 못했다. 알프레드는 여자들과 얘기를 나누고 있었다. 그녀들의 고향과 잡혀온 연유 등을 묻고 있었다. 오랜 세월 동안 햇빛이 들지 않는 감옥에 갇혀 있어서 모두들 걷는 것을 힘들어했지만 집으로 돌아간다는 생각에 밝은 표정들이었다.

　"이리로 내려가면 마을이 있다는구나."

　알프레드가 여자들에게 들은 얘기를 나에게 말했다.

"맥슨이 업고 있는 누나도 그 마을에 살겠네?"

"그거야 모르지. 전부 다른 곳에서 잡혀왔으니까."

알프레드가 가는 길을 멈추고 우뚝 섰다.

"맥슨하고 윌리암은 머리띠를 해라."

마을에 들어서면 또 어떤 봉변을 당할지 몰랐다. 우리는 천 조각을 찢어서 머리에 둘렀다.

"윌리암."

"왜?"

"기운이 빠지거나 판단이 흐려질 때가 없니? 저주의 닻이 생겼다가 없어졌다가 하는 것이 괜히 마음에 걸린다. 나와 맥슨은 예전의 힘을 못 쓰고 있잖아."

"아직은 없을 때가 더 많아서 그런지 괜찮아."

나는 대수롭지 않게 대답했다.

"윌리암, 타이맨들하고 싸울 때 어떻게 한 거야?"

"파트리시어스에서 노란빛이 나간 거?"

"그래, 덕분에 우리가 쉽게 이겼잖아."

여자를 등에 업은 맥슨이 다가왔다.

"나도 모르겠어. 그냥 소리 한번 쳤는데 그렇게 되더라고."

나는 손가락을 연신 들여다보았다. 사용 방법은 모르지만 아무튼 훌륭한 보물이었다. 언젠가는 신의 뜻을 받아 이 보물을 자유자재로 다룰 수 있을 것이다.

"아무튼 신기한 물건들이다. 잘 보관해서 우리의 목적을 이루는 데 유용하게 쓰도록 하자."

알프레드가 배에 차고 있던 헤데지바의 거울을 만지작거렸다.

"경치 좋다."

숲 속은 온통 파란빛이었다.

"후우!"

맥슨은 길게 숨소리를 뿜었다.

"오랜만에 숨 좀 돌려보자."

높게 솟은 나무들은 바람에 흔들리는 넓은 이파리들로 하늘을 거의 가리고 있었다. 이름을 알지 못할 새들이 지저귀며 날아다녔고, 간간이 보이는 틈 사이로 숲 속 동물들이 머리를 내밀고 그들을 쳐다보았다. 너무도 평화로운 광경이었다.

"저기 마을이 보인다."

"야호!"

나무의 키가 작아지는 지역을 조금 더 걸어가니 이윽고 마을이 나타났다. 커다란 아름드리 나무를 쌓아서 만든 통나무 집들이 드문드문 놓여져 있었다. 마을이라고는 하지만 산속이라 그런지 한산했다. 마을 어귀에 도착하자 여자들은 우리 일행에게 인사를 하며 자신들이 가야 할 방향으로 제각기 흩어졌다. 다만 맥슨의 등에 업힌 여자만이 아직까지 정신을 못 차리고 그 자리에 있었다.

"누나, 정신 차려요."

내가 여자를 흔들었다. 몇 번 더 툭툭 치자 여자가 눈을 떴다.

"너구나."

여자는 나를 알아보더니 다시 눈을 감았다.

"나를 업고 있는 이분이 우리를 구해준 분이구나."

"맞아요."

"너무 포근해."

여자는 맥슨의 등에 얼굴을 비비며 웃음을 지었다.

"히히히, 그냥 놔둬도 돼."

달콤한 여자의 목소리에 맥슨은 흐뭇해했다.

"저 넓은 등짝도 쓸 데가 있구먼."

알프레드가 눈꼴시다는 표정을 했다.

"큰 스승님! 나도 이번 기회에 결혼……. 히히히."

맥슨이 부끄러운지 말을 하다가 멈추었다.

"아주 팔자 좋은 소리만 하고 있어."

알프레드는 맥슨을 한 대 쥐어박으려는 듯 주먹을 들었다.

"저 사람들, 왜 우리를 저런 눈으로 보지?"

어느새 모였는지 초록색 머리칼의 많은 사람들이 윌리암 일행을 노려보고 있었다.

"모두 업고 있는 여자하고 비슷하게 생겼는데?"

활동하기 편리하게 만들어진 푸른색 계통의 꽉 끼는 윗도리와 바지를 입은 그들의 손에는 크고 작은 도구들이 들려 있었다.

"무슨 일들이시죠?"

알프레드는 맥슨의 머리를 보았다. 아직은 까만색이었다.

"네놈들이 우리 족장님의 딸인 아만다를 납치해 갔구나."

"아만다가 누군데요?"

"네놈 등에 업혀 있는 아이가 아만다다."

"오해가 있는 거 같은데……."

"시끄럽다! 이 괴물 놈아!"

사람들은 맥슨의 말을 듣지 않았다.

"얼굴에 피가 묻어 있는 것 봐. 틀림없이 우리 동네 여자들을 잡아간 괴물일 거야."

사람들의 잿빛 눈가에 심상치 않은 기운이 흐르고 있었다.

"아저씨!"

나는 갑자기 앞에 서 있는 남자에게 달려가 안겼다. 얼떨결에 나를 껴안은 남자가 놀라며 어쩔 줄 몰라 했다.

"흑흑흑!"

아무 말 없이 울던 나는 살며시 고개를 들며 남자를 보았다.

"나도 저놈이 잡아갔었어요."

"정말이냐?"

"흑흑흑!"

나는 대답도 하지 않고 울기만 했다.

"윌리암, 뭐 하는 거야?!"

맥슨이 갑작스러운 나의 행동에 입을 딱 벌렸다. 그러자 알프레드도 남자에게 달려가 매달렸다.

"젊은이! 나도 저놈이 잡아다가 노예로 부렸다네."

"나쁜 놈이군."

"콜록콜록!"

알프레드가 기침을 하며 힘없이 쓰러졌다. 그러면서 나에게 한쪽 눈을 찡긋했다.

"어라?"

표정이 수시로 일그러지던 맥슨은 사람들에게 하소연했다.

"저들은 내 친구예요."

"아저씨, 속지 말아. 흑흑흑."

"속지 마시오, 젊은이. 콜록콜록."

나와 알프레드가 맥슨에게 동시에 혀를 내밀었다.

"여러분, 저 괴물 같은 놈이 사람들을 잡아다가 이렇게 못된 짓을 한다는 것을 직접 눈으로 보셨죠? 우리가 저놈을 혼내주고 아만다와 이 사람들을 구합시다!"

"와아아—!"

사람들이 손에 든 몽둥이를 휘두르며 맥슨에게 달려들 기세였다.

"멈추어라!"

뒤에서 노인의 음성이 들렸다.

"저분은 우리 딸을 구해준 은인이시다. 뿐만 아니라 여기 있는 여자들도 저분이 구해주셨다. 그러니 물러나거라."

초록 수염이 텁수룩한 노인이 사람들을 헤치고 앞으로 나왔다. 그 곁에는 타이맨들의 동굴에서 구해준 여자들이 몇 명 있었다. 이곳에 살던 여자들 같았다.

"하지만 이 사람들 말로는……."

"아저씨, 저 곰탱이는 내 친구 맞아."

내가 생긋 웃었다. 멍한 표정으로 나를 보던 남자가 머리를 긁적거리며 자리에서 물러났다. 신비스럽다는 내 웃음은 어디를 가나 잘 먹혔다.

"아만다, 그만 내려와라."

노인이 맥슨 뒤에 업혀 있는 아만다를 불렀지만 그녀는 잠이 들어 있었다.

"깨어날 때까지 제가 업고 있어도 됩니다."

맥슨은 나와 알프레드를 흘겨보며 굳은 표정으로 말했다. 조금 전의 장난으로 화가 난 모습이었다.

"저는 이 마을의 족장인 사코차라고 합니다. 사람들은 우리를 보통 그린 족이라고 하지요. 이 숲을 터전으로 대대로 살아왔습니다."

사코치는 정중하게 맥슨을 대했다.

"역시 그린 족이었군요. 초록색 머리를 보고 짐작했습니다."

알프레드는 이미 알고 있었나 보다. 역시 큰 스승다웠다. 그린 족의 조상은 나무의 요정인 드라이어드(Dryad)를 사랑해서 이 숲까지 오게 된 것이라고 했다. 그 후손들은 조상의 유언에 따라 드라이어드를 위해 나무를 지키며 살고 있었다.

"할아버지, 맥슨이 아만다 누나를 구하려고 그 무서운 타이맨들하고 얼마나 용감히 싸웠다고. 진짜 대단했어."

나는 맥슨을 치켜세워 주었다.

"이 애들한테 얘기 다 들었습니다."

여자들이 맥슨에게 인사를 했다.

"정말 감사합니다."

사코치가 또 한 번 감사의 마음을 보여주었다.

"아무리 마을 청년들이 지켜도 종종 여자 아이들이 없어져서 근심을 많이 했는데, 이렇게 마을의 큰 문제를 해결해 주셨으니 고마울 뿐입니다. 그래서 우리 마을에 평화를 주신 용감한 분들께 작지만 성의를 표시하고 싶습니다."

사코치는 사람들을 둘러보았다.

"오늘 밤에는 축제를 열 것이니 모두 준비하라!"

"와우!"

사람들이 기쁜 얼굴로 춤을 췄다.

마을은 축제 준비로 분주하게 돌아가고 있었다. 그러나 맥슨은 시무룩한 표정이었다. 내가 아무리 장난을 걸어도 피하기만 했다. 일프레드는 사코치하고 재미있는 얘기를 하는지 연신 웃고 있었다.

"여기가 어디쯤 됩니까?"

"두레슬라비 국의 국경 지역입니다."

"아하, 우리가 제대로 왔군요."

"어디로 가시는 중인데요?"

"파이로텐 벌판으로 갑니다."

"어디라고요?"

사코치가 놀랐다.

"사정이 있어서요."

알프레드는 난감한 표정을 지었다.

"거기는 드래곤 족과의 전쟁 지역이라 위험할 텐데요?"

"알고 있습니다."

"그럼 일단은 프란세드라 국으로 가야겠군요."

"빨리 가는 지름길이라도 있으면 가르쳐 주십시오."

"맥슨님을 빼놓고는 전쟁하고 거리가 먼 분들 같은데……."

사코치는 이해할 수 없다는 표정을 지었지만 이내 가는 방법을 자세히 가르쳐 주었다.

"급하시지 않으면 두레슬라비 국을 가로질러 가면 여행도 되고 좋겠지만, 사정이 그렇지 않고 바쁘시다면 이 산을 따라 내려가서 하루 정도만 더 가면 항구가 나옵니다. 거기서 배를 타시면 빨리 도착할 수 있습니다. 물론 날씨가 화창해야겠지요."

"배라고요?"

알프레드가 사코치의 말을 들으며 인상을 썼다.

"바다가 알프레드를 부르는구나. 또 기절해야겠다. 히히히."

나는 키득거렸다.

"맥슨님, 기분 푸세요."

사코치는 알프레드와 얘기하던 것을 멈추고 축 처진 얼굴로 앉아 있는 맥슨을 달래주었다.

"저 기분 좋아요."

맥슨이 퉁명스럽게 대답했다.

"지나가던 사람들이 아만다를 알아보고 그런 겁니다. 제가 미리 아이들한테 연락을 받았다면 그런 일은 없었을 거예요. 모르고 한 일이니 용서해 주십시오."

"그것 때문에 그런 거 아니에요."

맥슨은 나를 흘기더니 고개를 획 돌렸다.

"같이 있기 정말 싫다."

진저리를 치며 맥슨이 일어났다.

"맥슨! 덩칫값 좀 해라."

나는 맥슨을 발로 찼다.

"난 미련해도 친구를 버리지는 않아."

"너도 장난 좋아했잖아?"

"그래도 친구의 목숨을 담보로 장난치지는 않습니다."

맥슨은 알프레드에게 등을 돌렸다.

"맥슨, 화가 났다면 미안해. 하지만 나는 아무 일도 없을 줄 미리 알았어."

나는 변명 아닌 변명을 했다.

"네가 어떻게 알아? 사람들이 나에게 마구 달려들려고 했는데?"

"사람들 뒤로 보니까 우리가 구해준 여자들하고 사코치 할아버지가 기쁜 얼굴로 올라오더라고. 그래서 별일없겠구나 생각했지. 알프레드에게는 내가 신호를 보낸 거고.”

맥슨에게 사과하면서 자초지종을 설명했다.

“덕분에 아만다 아가씨가 너를 좋아하게 됐잖아.”

알프레드도 변명을 거들었다.

“맞아, 그렇게 계속 업고 있지 않았으면 아만다 누나가 어떻게 자기를 구해준 은인이 맥슨인 줄 알았겠어?”

“그리고 말이다, 여자는 그렇게 옹졸한 남자를 별로 좋아하지 않아요.”

“하하하, 그건 알프레드님의 말씀이 맞습니다.”

샤코치가 웃으며 알프레드를 옹호했다.

“사만다도 옹졸한 남자를 싫어하나요?”

“그애도 여자니까 아마 그럴 겁니다. 하하하!”

맥슨이 잠시 하늘을 보았다.

“하하하하!”

큰 소리로 웃던 맥슨이 내 머리를 마구 헝클어뜨려 놓았다.

“나도 장난친 거야.”

“장난이었어?”

“그럼, 내가 그렇게 옹졸한 줄 알아? 하하하.”

죽을상으로 앉아 있던 모습은 이미 맥슨에게서 사라지고 없었다.

“쯧쯧쯧, 사랑이 좋긴 좋구나.”

알프레드가 혀를 찼다.

“샤코치님, 그런데 아만다는 어디 있죠? 아직도 자나요?”

맥슨에게 업혀 있던 아만다는 집의 침대에 눕힐 때도 그의 등에서 떨어지지 않으려고 했다. 자신을 구해준 남자의 등이 아늑했던 것 같았다.

"곧 나올 겁니다."

사코치가 맥슨의 마음을 알고 웃음을 보였다.

"그렇지 않아도 저기 오네요."

"어디, 어디요?"

맥슨은 우왕좌왕 두리번거렸다.

"아만다가 또 기절할라. 너는 얼굴 가리고 아예 뒤에 있어라."

알프레드가 허둥거리는 맥슨을 못마땅하게 쳐다보았다.

"정말?"

맥슨의 몸이 굳어버렸다. 벌써 두 번이나 그를 보고 기절한 아만다였다.

"또 기절하면 어떡하죠?"

"하하하, 이번에는 그러지 않을 겁니다."

"정말요?"

"이제는 오히려 맥슨님이 조심해야 할 겁니다. 우리 그린 족의 여자들은 내 남자라고 생각하면 물불을 안 가리죠. 하하하."

"무슨 말인지?"

"직접 대해보면 압니다. 하하하."

사코치가 맥슨을 아만다가 걸어오는 쪽으로 밀어보냈다.

"천사다."

맥슨은 눈이 휘둥그레졌다.

"누나, 정말 예쁘다."

나도 맥슨 옆으로 갔다.

"따님이 정말 아름답군요."

"과찬이십니다."

초록 머리에 노란 핀을 꽂고 하얀 드레스를 입은 아만다는 너무나 아름다웠다. 타이맨 족에 잡혀 있을 때는 그저 예쁜 소녀 정도로만 알았는데 전혀 다른 모습이었다.

"안녕하세요?"

"안… 녕……."

맥슨이 이를 크게 드러냈다.

"호호호."

아만다가 손으로 입을 가리며 예쁘게 웃었다.

"죄송했어요. 그때는 너무 놀라서요."

"아, 아닙니다."

"아버지께 말씀 다 들었어요."

"별거 아닌데요 뭐."

맥슨이 쑥스러운 듯 대답했다.

"이해해 주셔서 감사합니다."

"저는 옹졸하지 않거든요."

"예?"

"하하하하."

맥슨은 어색한 분위기를 지우려고 크게 웃었다.

"어서 아름다운 아가씨를 모셔와야지."

물끄러미 바라보던 알프레드가 휘파람을 불었다.

"아참! 저쪽으로 가시지요."

"예."

맥슨이 허리를 굽히며 손을 내밀자 아만다가 가볍게 웃으며 그 위에 손을 올려놓으려 했다. 어찌 보면 전혀 어울리지 않는 남녀였지만 싱그러운 모습이 참 보기 좋았다.

"누나, 나하고 가자."

가만히 지켜보고 있던 내가 얼른 아만다의 손을 먼저 잡아끌었다.

"그, 그래."

아만다가 맥슨의 일그러진 얼굴을 슬쩍 훔쳐보며 나와 함께 사람들이 모여 있는 곳으로 갔다. 장난이란 때로 마음을 유쾌하게 만든다.

"윌리암, 두고 보자."

맥슨이 잔뜩 구겨진 얼굴로 쫓아왔다.

"아만다 누나."

"응?"

"맥슨이 얼마나 마음도 넓고 착한지 알아?"

"글쎄?"

"생긴 건 우직해도 나 같은 어린아이를 무지 사랑해 줘."

"그렇구나."

눈웃음을 지으며 아만다가 맥슨을 바라보았다.

"역시 훌륭한 용사는 마음 씀씀이도 다르군요."

"아… 예……."

맥슨은 억지로 얼굴을 폈다. 그는 웃지도 못하고 울지도 못하는 얼굴 표정을 바꾸기에 여념이 없었다.

"맥슨, 뭐 해?"

"왜 그래, 윌리암?"

아주 지긋지긋한 표정이다.

"아름다운 레이디와 춤을 춰야지."

"춤?"

생전 춤이라고는 춰보지 못한 맥슨이었다.

"놀라긴, 그거야 기본이지."

"기본인 거야 나도 알지만……."

나는 맥슨이 당황하는 이유를 알고 있었다. 샤론 족은 종종 전투에서 승리하면 파티를 열곤 했는데 나이 많은 남녀들이 서로 안고 추는 것은 봤어도 실제로 그가 춰본 적은 없었다. 그는 오로지 용사는 싸움에서 이겨야 한다는 신조밖에 몰랐다.

"윌리암!"

맥슨은 갑자기 화를 냈다.

"……."

"더 이상 그냥 둘 수 없다."

맥슨이 혼잣말로 화를 내며 성큼성큼 나에게 다가왔다. 어린 친구가 또 자신을 약올리자 도저히 참을 수가 없었는지 얼굴까지 시뻘겋게 달아올라 있었다.

"너도 내가 춤 못 추는 거 알지?"

나에게 화를 내는 맥슨은 그래도 아만다가 들을까 봐 낮은 소리로 윽박질렀다.

"알아."

자신있게 대답했다.

"그런데도 춤을 추라고 하는 건 나를 망신 주려고 하는 거 아냐?"

씩씩거리는 맥슨을 내가 웃으며 돌려 세웠다.

"내가 얘기했더니 누나가 가르쳐 준다고 했어."

아만다가 여전히 아름다운 미소로 손을 내밀고 맥슨을 기다렸다.

"어서 가봐. 춤은 내가 양보할게."

선심을 쓰듯 내가 말했다. 그리고는 맥슨의 엉덩이를 철썩 소리나게 쳤다.

"둘만의 시간을 가져."

내가 봐도 내 자신이 너무 어른스러웠다.

"이렇게까지 할 필요는 없는데……."

엉거주춤 아만다에게 가는 맥슨이 쑥스러운지 코끝을 만졌다.

"그럼, 내가 대신 춘다?"

"아냐아냐, 네 성의를 봐서 내가 출게."

아만다에게 다가가는 맥슨의 얼굴에는 다시 웃음이 솟구치고 있었다. 그 모습을 만족하게 바라보며 나는 알프레드가 있는 테이블로 갔다.

"맥슨이 아만다를 좋아하는 것 같습니다."

알프레드가 젊은 사람들의 싱싱한 모습을 보며 미소를 지었다.

"아만다도 싫어하지 않는데요. 둘이 잘됐으면 합니다."

사코치가 만족한 얼굴로 고개를 끄덕였다. 조금 서툴긴 하지만 서로 잘 어울리는 한 쌍이었다. 음악이 두세 곡 지날수록 둘은 너욱 다정스럽게 보였다. 파티를 즐기는 수많은 남녀 중에 제일 눈에 띄었다. 그런데 잠시 한눈을 파는 사이에 둘의 모습이 보이지 않았다.

"맥슨하고 아만다 누나가 안 보이네?"

"정말로 둘만의 시간이 필요한가 보다."

알프레드가 알아듣지 못할 말을 했다.

"나는 누나하고 맥슨이 춤추는 게 너무 멋있어서 더 보고 싶은데 어딜 간 거야?"

"하하하, 윌리암도 맥슨만큼 키가 크면 알게 될 거야."

"우리도 그런 때가 있었죠."

사코치가 부러운 듯 말을 했다.

"그럼요. 참 꿈도 희망도 많았을 땝니다."

알프레드가 맞장구쳤다.

"족장님!"

분위기가 한참 무르익고 있을 때, 사내 한 명이 헐레벌떡 뛰어왔다.

"무슨 일이냐?"

사내는 마을 어귀를 지키고 있던 자치 경비대원이었다.

"산 아래 들판에서 커다란 굉음이 들리고 있습니다."

"굉음이?"

사코치가 자리에서 일어났다.

"아무래도 싸움을 하고 있는 듯합니다."

"병사들의 목소리도 들리더냐?"

"그렇지는 않지만 거대한 몬스터가 어떤 사람을 공격하는 것 같습니다."

"하기야 이곳은 아직 드래곤 족의 공격이 없는 곳이니까 전쟁은 아닐 거다."

사코치의 설명에 의하면 종종 드래곤들이 들어오는 경우는 있었어도 위치적으로 두레슬라비 국은 프란세드라 국보다 뒤쪽에 있었으므로 직접적인 전쟁 피해는 아직 없다고 한다. 드래곤이라고 해도 전쟁과는 상관없는 것들이다. 모든 드래곤이 드라코리치의 명령을 받고는 있었지만 종종 개별적인 행동을 하는 것들도 있었다.

두레슬라비 국은 칼마르 제국의 국경 지역인 차고지아에서 프란세드라 국으로 넘어가는 전쟁 물자와 병사들의 보급로(補給路)로써 이용됐으며 모자라는 병력을 보충하는 역할을 맡고 있었다.

"어서 가서 그 사람을 구해야겠다."

사코치가 달려나갔다.

"손님들은 잠시 쉬고 계십시오."

"아닙니다. 저희도 가봐야죠."

알프레드가 사코치를 따라서 일어났다.

"윌리암, 가서 맥슨을 찾아와라."

파티 장소였던 공터를 지나 숲 속으로 걸어가며 나는 맥슨을 불렀다. 그러나 맥슨은 대답이 없었다. 불빛이 거의 들어오지 않는 숲 속에서 맥슨을 찾기란 쉽지 않았다. 그나마 달빛이 넘쳐흘러서 다행이었다.

"어디 있는 거야?"

조심스럽게 나뭇가지를 손으로 치우며 두리번거리던 내 귓가로 달콤한 소리들이 들렸다.

"어서 키스해."

"아고고, 미치겠네."

"뜸을 너무 들인다."

슬쩍 소리나는 데를 쳐다보자 숲 속의 요정들이 무엇인가 바라보며 기대에 찬 표정으로 나뭇가지에 걸터앉아 있었다. 주변에는 동물들까지 잔뜩 호기심 어린 눈빛으로 한곳을 주목하며 숨을 죽인 채 눈만 깜빡였다.

"왜들 저러지?"

윌리암은 살짝 나뭇잎을 들쳐 보았다. 그러자 맥슨과 아만다가 보였다. 둘의 주변은 이외로 밝았다. 많은 반딧불들이 모여 둘을 비춰주고 있었다. 아늑한 분위기였다.

"서로 싸웠나?"

천천히 두 남녀 쪽으로 발길을 옮기던 나는 불안했다. 맥슨이 아만다 누나의 허리를 바짝 감싸 안고 있었으며 누나는 맥슨의 눈을 뚫어 져라 쳐다보는 중이었다. 아무래도 곰탱이가 춤을 추면서 누나를 못살게 한 것 같다. 보나마나 또 못마땅한 표정으로 툴툴거렸을 것이다. 자기 마음에 안 들면 나보다 더 어린애가 되는 덩치만 커다란 사내였다.

"맥슨, 키스해 줘요."

"키, 키스요?"

"나는 이미 맥슨의 여자가 되기로 결심했어요."

가까이 다가가자 둘의 목소리가 낮게 들렸다. 팽팽한 긴장감이 목소리에 묻어 있는 것이 아무래도 심상치 않았다.

"아까부터 물어보려고 했는데, 타이맨들에게 당한 상처는 괜찮아요?"

"우리에게는 산에서 나는 좋은 약초가 있어요. 그걸 바르면 어떤 상처도 금방 아물죠."

"그, 그렇군요."

"맥슨……."

"아만다……."

피하기만 하던 맥슨도 눈을 감고 아만다의 허리를 더욱 바짝 껴안았다. 갑자기 주변에 정적이 흘렀다. 숲 속의 모든 눈들이 두 남녀에게 집중됐다.

"맥슨!"

나는 무작정 숲에서 뛰쳐나갔다. 더 이상 두고 보다간 누나가 맥슨의 강철 같은 팔뚝에 질식해 죽을지도 모른다는 생각이 들었던 것이다. 두 남녀는 너무 놀라 서로를 밀쳐 버렸다.

"아얏!"

엉덩방아를 찧은 아만다의 입에서 비명이 나왔다. 맥슨이 너무 세
게 밀었던 것이다.

　"누나, 괜찮아?"

　나는 재빨리 아만다의 손을 잡아 일으켰다.

　"월… 리암?"

　"곰탱아, 누나가 춤을 가르쳐 주면 잘 따라서 해야지 싸움은 왜 하냐?"

　"싸움?"

　맥슨이 어이없는 표정을 지었다.

　"시치미 뗄 거 없어. 저기서 다 보았으니까."

　"다 보다니?"

　"아만다 누나가 맥슨을 노려보니까 허리를 꽉 잡아당겼잖아."

　"정말 미치겠다."

　맥슨이 가슴을 팡팡 쳤다.

　"누나가 맥슨을 생각해서 사람들 보면 창피할까 봐 몰래 이리로 데
려와서 춤을 가르쳐 준 건데 열심히 배우지는 않고 또 툴툴댔지?"

　"호호호."

　아만다가 웃었다.

　"그리고 아무리 화가 나도 그렇지, 사람 머리통만한 그 우악스러운
손으로 누나의 가냘픈 허리를 있는 힘껏 꽉 잡으면 기절 안 하냐?"

　"기절?"

　"누나가 네 품에서 눈 감고 있었잖아. 그거 기절한 거 아냐?"

　"으그그… 관두자."

　"누나, 기절한 거 아냐?"

　이번에는 아만다를 쳐다보았다.

"네가 조금만 늦게 왔다면 진짜로 기절할 수 있었는데……."

뭔지 모를 아쉬움이 담겨 있는 표정으로 아만다가 맥슨의 손을 잡았다.

"아만다, 미안해요."

맥슨이 아만다의 몸을 이리저리 살펴보았다.

"안 다쳤어요?"

"살짝 넘어진 거예요."

"많이 놀랐죠?"

"조금."

둘의 행동을 지켜보며 내 판단하고 다르게 가고 있음을 느꼈다.

"둘이 싸운 거 아냐?"

"아냐!"

맥슨과 아만다가 동시에 소리를 질렀다.

"그런데 무슨 일로 나를 찾은 거야?"

"아차!"

그때서야 나는 맥슨을 찾으러 온 목적이 떠올랐다.

"알프레드가 오래."

"왜?"

"산 아래서 몬스터와 사람이 싸우는데 그 사람을 구하러 가재."

"그랬구나."

맥슨이 볼케닉 소드를 빼 들었다.

"어서 가자."

우리는 숲을 나오자마자 마을 쪽으로 서둘러 발걸음을 옮겼다.

(7)

　마을을 내려와서 산이 시작되는 입구에는 넓은 벌판이 있었다. 사코치의 말로는 산에서 얻은 작물이나 나무들을 이곳에 쌓아놓는다고 한다. 그러나 아직 수확의 계절이 아니라서 지금은 허허벌판으로 이름 모를 잡초들만 무성했다. 이곳에서 여러 차례 천지가 무너지는 소리가 들렸다.

　어두운 밤이었지만 그린 족 사람들이 가지고 내려간 횃불로 어느 정도 싸우는 거대한 몬스터와 사람의 윤곽은 볼 수 있었다. 흐릿한 어둠 속에서 꿈틀거리는 몬스터가 거대한 날개를 움직였다.

　"와이번이다!"

　사람들이 소리쳤다. 두 발 달린 비룡은 사람들이 나타나자 잠시 주춤했다.

　"저 기사는 누구지?"

와이번(Wayvern)과 대결하고 있는 사람은 중년의 기사였다. 투구를 쓰지 않은 그는 검은 머리를 뒤로 땋아서 묶었는데, 행동을 자유롭게 하면서 양팔을 사용하기에 편리한 쿼터 플레이트 갑옷을 입고 있었다. 이 갑옷은 풀 플레이트 갑옷의 상반신만 착용하는 하프 플레이트에서 어깨를 보호하는 견갑(肩鉀)과 팔과 손목을 가리는 완갑(腕鉀)을 떼어 낸 것이었다. 그래서인지 왜소해 보였다.

이에 비해 두 개의 커다란 뿔과 그 주위로 작은 뿔들이 몇 개 솟아 있는 와이번은 긴 꼬리까지 쇠가죽 같은 두꺼운 표피를 하고 있었다. 발톱은 커다란 송곳처럼 뾰족했으며 날개는 덩치에 비해 작은 편이었으나 기사 정도는 한 번에 삼킬 수 있는 커다란 입을 가지고 있었다. 상대적으로 기사가 불리해 보였다.

"타이맨 족의 동굴에 있던 것도 와이번이었잖아?"

나는 알프레드를 바라보았다.

"이곳에 와이번이 자주 출몰하나 보다."

"그렇지는 않습니다. 예전에 몇 번 보기는 했어도 이렇게 가까이에서 보는 것은 처음입니다."

사코치가 알프레드에게 설명했다.

"캬아악!"

와이번이 소리를 지르며 달려들었다.

캉!

칼로 와이번의 발톱을 막은 기사가 뒤로 주르르 밀려났다.

"어서 저 기사님을 도와라!"

사코치가 사람들에게 외쳤다.

"와아아!"

"모두 물러나라!"

기사가 사람들을 제지했다. 달려들려던 맥슨도 주춤했다.

"이 싸움은 저놈과 나의 명예가 걸린 싸움이다!"

"캬아악!"

와이번이 가소롭다는 듯이 포효했다.

"어리석은 기사 놈아! 오늘은 용서하지 않겠다!"

"누가 할 소리!"

기사가 자세를 바로하고 와이번을 향해 롱 소드를 세웠다.

"간다!"

먼저 선공을 취한 것은 기사였다. 와이번을 노려만 보던 그는 한 바퀴 빙 돌면서 수평으로 칼을 휘둘렀다. 매우 빠른 속도였지만 와이번은 몇 번의 날갯짓으로 물러서며 쉽게 기사의 공격을 피했다. 기사가 돌던 힘을 못 이기고 휘청했다.

"캬아악!"

와이번은 기회를 본 듯 머리를 낮게 깔며 땅을 쓸었다. 마치 기사를 한 입에 넣으려는 모습이었다. 그때 기사가 회심의 미소를 지었다. 와이번의 커다란 입이 거의 자기 앞으로 다가오자 기사가 공중으로 뛰어오르며 칼을 두 손으로 잡고 머리 위로 올렸다. 그대로 떨어지면서 와이번의 머리에 꽂을 심산인 듯했다.

"에잇!"

달려들던 와이번이 기사의 동작을 눈치 채고 몸을 옆으로 돌리며 재빨리 날개로 방어했다.

쐐애액—!

공중에 떠 있던 자세의 기사는 몬스터의 탄탄한 가죽에 부딪치며 울컥 피를 토했다. 충격이 심한 것 같았다.

"억!"

기사가 외마디 비명과 함께 땅으로 굴러 떨어졌다. 와이번은 그 자리에서 고개만 돌려 다시 땅을 쓸었다.

휘이익!

깡!

정신을 집중한 기사는 무조건 와이번의 입을 향해서 롱 소드를 뻗었다.

"크악!"

기사를 한 입에 삼키려던 와이번이 주춤했다.

"이 얼빠진 기사 놈이!"

고통스러운 표정으로 머리를 흔드는 와이번의 이빨 사이에 롱 소드가 꽂혀 있었다. 기사는 칼에 매달려 와이번이 고갯짓을 하는 대로 흔들렸다.

"얼마나 견디나 보자!"

날갯짓을 힘차게 하던 와이번은 하늘로 올라가려고 했다. 높은 곳에서 기사를 떨어뜨릴 심산이었다.

"캬아악!"

머리를 치켜들며 와이번이 무서운 속도로 비상했다. 기사는 매달려 올라갔다.

"마지막이다!"

와이번은 머리를 마구 흔들었다. 기사가 있는 힘을 다해 롱 소드를 잡고 버티었다. 그러나 부상까지 입는 그로서는 힘든 상황이었다.

"캬아악!"

결국은 있는 힘껏 뿌리치는 와이번의 머리에서 기사가 튕겨져 날아갔다.

"으헉!"

저 멀리서 나무 부러지는 소리가 몇 차례 들렸다. 기사가 날아간 곳은 벌판에서 그린 족의 마을로 들어가는 입구 쪽 숲이었다.

"어서 가보자!"

사코치는 사람들을 데리고 기사가 떨어진 숲으로 들어갔다. 그러나 맥슨은 그 자리에 머물러 있었다. 옆에 나와 알프레드도 함께 남아 있었다.

"맥슨, 뭐 하려고?"

알프레드가 불안한 표정이다.

"저런 몬스터를 그냥 둘 순 없잖아요."

"우리하고는 상관없는 일이잖아."

사람들이 물러난 벌판에는 와이번이 이빨 사이에 꽂혀 있는 롱 소드를 빼려고 앉아 있었다.

"이봐!"

맥슨이 와이번에게 다가갔다.

"맥슨, 저놈이……."

"뭐냐?"

"내가 그 칼을 빼줄 테니 나하고 한번 겨루자."

와이번은 칼을 뽑기 위해서 고생을 하고 있었다. 무척 깊게 박힌 것 같았다.

"쓸데없는 싸움은 안 한다."

"생각보다 똑똑한 와이번이군. 동물 정도의 지능밖에 없는 줄 알았는데."

알프레드가 나섰다.

"후후, 몬스터라 부르면서 사람들의 기준으로 평가하지 마라."

"아무래도 좋다. 싸울 마음이 없다면 어서 가라."

"덩치 큰 친구는 자네 결정이 별로 마음에 안 드는 모양이군."

와이번이 맥슨을 턱으로 가리키자, 맥슨은 못마땅한 얼굴로 알프레드를 바라보며 말했다.

"저런 몬스터를 그냥 보내는 건 도저히 참을 수가 없어요."

"현재 우리가 처한 상황을 잊고 있는 거야?"

"그런 건 아니지만 저놈을 그냥 놔두면 다른 사람이 또 다치잖아요."

"다른 때 같으면 몰라도 지금은 안 돼. 그리고 네 상태가 정상이 아니잖아. 겨우 찾은 힘 가지고는 어림없다."

알프레드가 맥슨을 윽박질렀다가 달래기도 했다.

"입 벌려봐!"

나는 그 틈을 이용해서 와이번의 이빨에 꽂혀 있는 롱 소드를 뽑아주고 있었다.

"윌리엄! 위험해!"

"무슨 짓이야?!"

맥슨과 알프레드가 달려들었다.

"괜찮아. 아주 얌전한데."

와이번의 눈을 조용히 쳐다보며 나는 하던 일을 계속했다. 맥슨이 옆에서 거들어주자 롱 소드가 뽑혀 나왔다.

"캬아악!"

칼이 뽑히자 와이번이 고개를 뒤로 젖히며 포효했다.

"이놈이!"

맥슨은 나를 얼른 감싸 안았다. 그리고는 볼케닉 소드를 쳐들었다.

"꼬마야."

와이번은 조용하게 나를 응시했다.

"너에게는 드래곤 족의 피가 흐르는구나."

"......"

"우리 드래곤을 다룰 수 있는 유일한 종족이지."

"윌리암은 드래곤 족의 족장인 스쿠르벤드의 자손이다."

알프레드가 나의 핏줄을 가르쳐 주었다.

"으음!"

와이번이 무엇인가 골똘히 생각을 했다.

"꼬마야, 내가 이걸 주마. 캬아악!"

와이번의 입에서 주먹만한 덩어리가 튀어나왔다.

"이건 내 심장의 반이다."

"심장이라고?"

나는 놀라며 눈을 더욱 크게 떴다.

"기사 놈이 죽었으니 이걸 너에게 주마. 맹세대로 그냥 버리려고 했지만 아무래도 너한테 주는 것이 도리일 것 같다."

"무슨 말이야?"

"나중에 스쿠르벤드를 만나면 알게 될 거다."

"......?"

"만약 그 건방진 기사 놈이 살아 있다면 이 심장을 보여주며 오늘로써 내 생명을 내놓았다고 해라. 그럼 알아들을 거다. 그리고 그놈이 살았다고 해도 내 심장은 네 것이 될 거야. 저 위의 동굴에 가면 모든 신실은 밝혀질 테니까."

"저 위의 동굴이면, 타이맨들이 사는 데?"

"아는구나?"

와이번이 눈을 크게 떴다.

"그렇다면 내 심장은 이제 너의 것이다."

"내 거라고?"

종잡을 수 없는 와이번의 말에 연신 고개만 갸웃거렸다.

"내 심장이 너한테 생명을 줄 것이다."

"살아 있는 나한테 생명을 준다니 무슨 뜻이지?"

"나는 이제 세상 밖으로는 나오지 않을 것이다."

답변은 하지 않은 채 말을 마친 와이번이 하늘로 솟아올랐다. 거센
바람이 일어나며 그 속에서 말소리가 들려왔다. 차츰 작아지고 있었
지만 또렷이 알아들을 수 있었다.

"사람을 기준으로 보면 나는 몬스터라는 괴물이지만 드래곤의 입장에서
사람을 평가한다면 저 덩치 큰 친구는 곰 정도의 머리밖에는 없어. 자기
목숨을 너무 쉽게 생각하니 말이야. 그래도 의리는 있는 것 같아서 친구로
삼기에는 좋은 놈이네, 하하하."

"뭐야? 저놈이!"

맥슨이 팔짝팔짝 뛰었지만 소용없는 일이었다.

"야! 이 흉측한 몬스터야. 이리 내려와서 다시 한 번 말해 봐!"

화가 안 풀리는지 맥슨이 밤하늘에 소리를 질렀다.

"언젠가는 내가 너를 꼭 잡고 말 거야! 그때는 그냥 안 둘 거다!"

"맥슨, 그만 해."

알프레드가 맥슨을 진정시켰다.

"지금 내가 가만있게 생겼습니까? 저런 흉측한 놈한테 곰 소리나 듣고……!"

"틀린 말도 아닌데 뭘 그래."

"뭐, 뭐라구요?"

"빨리 마을로 가봐야겠다."

알프레드가 맥슨의 눈치를 보며 마을 쪽 산으로 뛰어갔다.

"으그그!"

"맥슨, 우리도 가자."

곰곰이 와이번의 얘기를 생각하던 나는 맥슨을 잡아끌었다.

"윌리암, 네가 보기에도 내가 곰같이 보여?"

"글쎄, 장난은 그렇게 쳐도 나는 맥슨이 곰 같다는 생각을 해본 적은 없어."

"역시 윌리암은 내 진정한 친구다."

"그리고 누가 뭐라면 어때. 아만다 누나가 맥슨을 좋아하는데."

"맞어, 아만다가 나를…… "

맥슨의 얼굴이 밝아졌다.

"하지만 그 와이번은 머리도 똑똑하고 판단도 확실하더라. 단지 몬스터로 태어난 게 불행한 거지."

나는 심각하게 말을 했다.

"……?"

"우리도 어서 가보자. 기사가 살았다면 와이번의 심장을 줘야지."

나는 성큼성큼 숲 속으로 걸어갔다.

"그러니까, 와이번이 똑똑하고 판단이 확실하니까 나보고 곰이라고 한 것도 확실한 판단이다? 윌리암, 이 말이야?"

내 말을 곰곰이 따져 보던 맥슨이 뜻을 알아채고 나를 부리나케 쫓아오고 있었다.

"정말 도움이 안 된다니까. 친구들이 저러니 다른 사람들은 물어보나마나라고. 내가 어쩌다가 저런 친구들을 알았는지 진짜 불쌍타."

맥슨은 투덜거리며 내 곁에 와서 나란히 걸었다.

"그래도 이제는 내 가슴에 아만다가 있으니까 괜찮다."

"좋기도 하겠다."

"그녀의 눈은 밤하늘에 빛나는 별빛보다 더 아름다워."

맥슨은 기사의 안위보다는 아만다 누나에게 더 관심을 보였다.

"먼저 간다."

맥슨의 게슴츠레 뜬 눈이 꼴 보기 싫어서 있는 힘껏 뛰어가자 사람들이 사코치의 집 앞에 모여 있는 게 보였다. 그 집에는 와이번에게 당한 기사가 있을 것이다.

"잠시만요."

사람들을 헤치고 들어간 사코치의 집은 작은 거실을 중심으로 방문이 빙 둘러 있었다. 방마다 나뭇잎으로 장식을 만들어 걸어놓았다. 잠시 후 제일 큰 방문이 열리며 아만다 누나가 나왔다.

"누나."

"윌리암."

아만다가 빠르게 다가왔다.

"방으로 들어가 봐."

"기사는?"

"다행히 살았어."

방 안에는 사코치와 알프레드, 그리고 마을 의사가 있었다. 조금 후에 나를 따라서 맥슨이 들어왔다.

"이 약초를 붙이고 있으면 금방 나을 겁니다."

"정신은?"

"곧 돌아올 겁니다."

"그나마 이 정도이니 다행입니다."

알프레드는 약초를 건네주고 방을 나서는 의사를 보며 말했다.

"나무 위에 떨어지다니 리쿠스 신의 보살핌이에요."

사코치가 기사의 이마와 뺨을 물수건으로 닦아주었다.

"이분이 누구인지는 모르십니까?"

정신을 잃고 누워 있는 기사의 모습은 그저 평범하고 자상한 중년의 남자였다. 어디서나 쉽게 만날 수 있는 편안한 얼굴이었다.

"모르겠습니다. 이 근처에 사는 기사님은 아닌 것 같은데⋯⋯."

"와이번을 쫓아서 왔나 보네."

나는 기사의 얼굴을 유심히 들여다보았다.

"으음⋯⋯."

기사기 몸을 전천히 뒤척였다.

"깨어나는가 봅니다."

"정신이 드십니까?"

알프레드는 기사의 손을 잡았다.

"⋯⋯."

기사가 눈을 끔뻑였다. 그러더니 알프레드를 노려보았다.

"이놈!"

"왜⋯ 그러십니까?"

알프레드가 긴장했다.

"놈은 어디 있어?"

갑자기 몸을 벌떡 세우며 알프레드의 멱살을 잡은 기사는 사방을 둘러보았다.

"와이번은 어디 있냐고?"

"이미 다른 데로 떠났습니다."

"네놈이 뇌준 거지?"

기사는 더욱 알프레드를 움켜잡았다.

"이것 놔!"

맥슨이 달려들어 알프레드의 멱살을 잡은 기사의 손을 풀어주었다.

"살려주니까 별 짓 다 하는구먼."

"너는 누구냐?"

기사는 비아냥거리는 맥슨에게 눈을 돌렸다.

"정신 차렸으면 얼른 당신 집으로 돌아가서."

"이놈이 내가 누군 줄 알고……!"

"누구든, 나는 이 땅에서 윌리암 빼놓고는 무서운 게 없는 사람이니까, 쓸데없이 겁주려고 하지 말고 조용히 떠나시지."

맥슨은 나를 쓰다듬었다. 그는 원래 기사들을 증오했다. 헤라트의 개들이라고 여기는 놈들은 전부 기사였다. 전쟁터에서도, 지금까지 도망 다니면서도 그들을 괴롭힌 것은 모두 기사들이었다.

"맥슨, 그만 해라."

알프레드가 말렸다.

"아직은 환자다."

"시끄러!"

기사가 벌컥 소리를 질렀다.

"어서 가서 와이번을 찾아와!"

사람들이 멍하니 기사를 쳐다보았다.

"저 양반 돈 거 아냐?"

맥슨이 혀를 내밀며 손가락을 자기의 머리에 대고 빙빙 돌렸다.

"맥슨, 그만 하라니까. 아직 정신이 완전히 돌아오지 않아서 그래. 시간이 지나면 좋아질 거다. 일단은 안정을 취할 수 있게 우리가 도와 줘야 해."

알프레드가 맥슨의 행동을 제지했다.

"기사 아저씨!"

나는 조용히 다가가서 기사에게 손을 내밀었다.

"뭐냐?"

머리를 감싸고 있던 기사가 고개를 쳐들었다.

"내가 와이번을 줄게."

나의 작은 손에는 주먹만한 빨간 덩어리가 놓여 있었다. 와이번의 심장이었다. 신기하게도 반쪽짜리 심장은 아직도 살아서 꿈틀거렸다.

"이게 와이번이라고?"

"와이번의 심장이야. 바로 놈의 목숨이지."

기사는 한참을 살펴보았다. 그러더니 겨우 일어나서 침대에 걸터앉 았다.

"확인해 봐야겠다."

"의심은 무지 많구먼."

맥슨은 여전히 기사를 못마땅한 눈으로 흘겨보았다.

"아이야, 내 칼을 갖고 와라."

"여기 있소."

알프레드가 대신 구석에 놓여 있던 기사의 롱 소드를 집어 주었다.

"비켜!"

기사가 알프레드에게 칼을 받으며 그를 밀쳤다.

"아니, 저 인간이……!"

"됐다."

인상을 쓰며 달려드는 맥슨을 이번에도 알프레드가 잡았다.

"그 심장을 저 위에 올려놔."

"여기?"

나는 기사의 위압적인 태도에도 전혀 위축되지 않았다. 오히려 다쳐서 그런가 보다 하고 걱정이 앞섰다. 기사의 눈을 측은하게 바라보며 방 가운데 위치한 테이블 위에 와이번의 반쪽짜리 심장을 올려놓았다.

"됐으니까 옆으로 물러나!"

아직은 힘이 드는지 기사는 겨우 일어나서 칼을 잡았다. 방 안에 사람들은 묵묵히 그의 행동을 주시했다.

"에잇!"

비틀거리는 몸으로 롱 소드를 내려치는 기사의 얼굴에 힘이 들어갔다. 무서운 속도로 롱 소드가 테이블을 향했다.

사악!

조용했다. 절단날 줄 알았던 테이블도 그대로 있었고, 그 위의 심장도 상처 하나 없이 여전히 팔딱거렸다. 모두 입을 벌린 채 기사와 테이블 위를 번갈아 쳐다보았다.

털썩!

기사가 힘이 드는지 주저앉았다.

"심장을 가져와라!"

나는 조심스럽게 심장을 쥐어서 손바닥에 올려놓았다. 상처 하나 없이 팔딱거리는 심장의 모서리에 가는 선이 그어진 것이 보였다. 그 선이 칼자국이란 걸 어렴풋이 알 수 있었다. 기사의 검술은 대단한 실력이었다.

"여기 있어."

심장을 받아 든 기사는 천천히 가는 선이 그어진 쪽을 잡아당겼다. 마치 뚜껑을 열듯이 모서리가 벗겨졌다.

쫘아아아아!

은갈색의 광채가 방 안에 잠시 가득하더니 사라졌다.

"으음!"

기사는 낮은 신음 소리와 함께 빛을 뿜었던 회색의 작은 조각을 심장에서 꺼냈다. 그리고는 주의 깊게 살펴보았다. 움직이던 와이번의 심장이 멈추어 있었다.

"놈의 심장이 맞구나."

"그게 뭔데?"

내 호기심의 특기가 발휘됐다. 처음 보는 것은 절대로 놓치지 않는 일종의 버릇이었다.

"우리 가문의 문장이 새겨진 생명의 돌이다."

"생명의 돌?"

빨리 설명해 달라는 호소를 담아 알프레드에게 시선을 보냈다.

"죽은 사람도 살린다는 라이브 스톤이군요."

"아는군."

"하지만 그 보석을 지닌 가문은 이미 사라진 걸로 아는데요?"

알프레드는 기사를 유심히 쳐다보았다.

"그 사실도 아는가?"

"라이브 스톤(Live Stone)은 아쿠아소룸 대륙이 생길 때부터 리쿠스 신의 충복으로 알려진 지고프라 가문의 보물이었죠. 그들의 신앙심은 너무나 고귀하고 영원한 것이라서 리쿠스 신마저 감동했고, 그래서 정표로 주었던 보물이 생명의 돌이었죠. 하지만 신을 배척하는 헤라트의 지배가 시작되면서 지고프라 가문은 사라지고 말았는데, 누구도 그들이 어디로 갔는지는 모른 채 다만 짐작만 난무했죠."

"참! 꼬마야."

기사는 알프레드의 보물에 대한 설명을 대충 건너뛰며 나를 불렀다. 정신이 아직 덜 돌아와서가 아니라 원래 성격이 건방지고 남을 무시한다는 사실을 나와 방 안의 모든 사람들이 그때서야 알 수 있었다.

"그 괴물 놈이 다른 말은 없었냐?"

"다시는 세상 밖으로 나오지 않는다고 전해달래. 그리고 이 돌은 내 거라고 했어. 진실은 밝혀진다고 하면서. 다른 얘기는… 우리 친구 보고 곰 같다구 했어. 그리고는 별말없었어."

"윌리암!"

맥슨이 소리쳤다.

"하하하."

"허허허."

샤코치와 알프레드가 웃음을 흘렸다.

"아무튼 윌리암은 못 말리는 꼬마야."

"꼬마라고?"

어둡던 분위기가 내 장난으로 또 시끄러워지려고 했다.

"후후후."

심각하던 기사의 표정이 일그러졌다. 그리고는 맥슨에게 시선을 돌렸다.

"흉악한 몬스터도 옳은 말 할 때가 있군."

"뭐요?"

"아이야, 하지만 어른하고 중요한 얘기를 할 때는 그런 식의 농담을 해서는 안 된다."

한달음에 달려들 기세인 맥슨을 무시한 채 기사는 나에게 충고했다.

"윌리암이라고 했던가?"

"맞아."

"윌리암, 넌 정말 예의라고는 없구나."

기사가 인상을 썼다.

"예의?"

나는 알프레드를 바라보았다. 그는 나에게 어떠한 예의도 가르쳐 준 적이 없었다.

"……."

알프레드는 난감한 표정을 시었다.

"왜 우리한테는 예의라는 거 안 가르쳐 줬어?"

"그때는 필요없어서야."

"당신이 이 꼬마의 스승 같은데 그리 훌륭하지는 않군."

기사가 알프레드를 조롱했다.

"태어나면서부터 전쟁터에서 살아온 아이들에게 예의보다 더 중요한 것은 하루하루 삶을 산다는 그 자체이죠. 편한 세상에서 배우는 예절이니, 법도니 하는 것들은 아예 가르칠 생각도 하지 않았습니다."

알프레드는 정확한 답을 말해 주었다.

"그럴듯한 변명이군."

"예의가 뭔데?"

궁금했다.

"예의나 예절은 내가 남에게 지켜야 할 도리이다."

기사는 나에게 예절에 대한 설명을 늘어놓았다.

"무릇 사람이란 태어난 세상을 위해서 일해야 하며 이웃을 사랑하고 어른을 공경할 줄 알아야 한다. 그리고 자신보다 약한 자를 무시하면 안 되지. 이 정도는 기본이다."

"나는 아저씨처럼 예절은 배우지 않았지만 남을 무시한다거나 괴롭히지는 않아."

"그건 네가 천성이 좋아서 그런 거야."

"천성?"

"타고 난 마음씨가 착한 것뿐이지. 지금도 나는 너의 말투를 들으면 기분이 별로 좋지 않다. 이 말은, 네가 나를 대할 줄 모른다는 거지."

나는 할 말을 잃었다. 한 번도 이런 일을 당한 적이 없었다. 큰 스승 알프레드도, 최고 용사 맥슨도 나의 말투를 가지고 뭐라고 말한 적은 없었다. 그건 샤론 족의 어느 누구도 마찬가지였다.

"나는 네 나이에 기사로서의 공부를 시작했다. 너처럼 어리광이나 부리고 응석받이였다면 지금의 나는 존재하지 않았을 거다."

기사는 두 눈을 부릅뜨고 계속 훈계했다.

"하하하, 저분 진짜로 웃기네."

무거운 분위기를 깨뜨린 건 맥슨이었다.

"그렇게 예의 바른 사람이 자기를 구해준 사람들에게 고맙다는 말 한마디 안 하고 있고, 그 잘나 빠진 기사 수업은 무슨……."

"뭐라고?!"

기사가 화난 얼굴로 일어섰다. 계속 자기를 비난하는 맥슨을 그냥 둘 수 없다는 표정이었다.

"성질낼 거 없수. 당신은 와이번에게 쩔쩔매다가 겨우 살아났고, 실제로 그놈의 목숨인 심장을 가져온 것은 윌리엄이잖수. 내가 보기에는 당신보다 우리 윌리엄이 훨씬 더 강한 기사 같은데, 그렇게 생각하지 않수?"

"평민 주제에 이놈이……!"

롱 소드를 맥슨에게 겨눈 기사의 눈에서 광채가 났다.

"후후후."

맥슨이 기다렸다는 듯이 미소를 지었다.

"그렇게 잘난 기사가 자기보다 약한 평민에게 칼을 겨누나?"

"기사의 명예를 더럽힌 놈은 용서하지 못한다!"

"명예를 그렇게 잘 따져서 기사들이 헤라트의 충실한 개가 되는구먼. 그래서……."

"맥슨! 그만 해!"

순간 알프레드가 소리쳤다. 맥슨도 알아챘는지 하던 말을 멈추었다. 사코치의 얼굴이 새파랗게 변했다. 그는 우리의 정체를 전혀 모르고 있었다.

"이제 보니 이놈들……."

기사는 의미심장한 웃음을 보이며 주위를 둘러보았다.

"아저씨."

느닷없이 내가 기사의 손을 잡았다.

"아저씨에게 예의라는 거 배우려면 얼마나 걸리지?"

기사는 윌리암을 이상한 눈으로 바라보았다. 하기야 이런 상황에서 할 수 있는 말이 아니었다. 겁이 없던지, 생각이 모자라는 아이가 아니라면 결코 나서지 못할 자리였다. 하지만 나는 궁금한 건 참지 못하는 성격이다. 나의 눈과 마주치자 기사가 미소를 지었다.

"너는 내가 무섭지도 않으냐?"

"아저씨는 좋은 사람 같아."

"어째서?"

"알프레드도 모르는 예의라는 걸 알잖아."

나는 지식의 샘이라고 부르던 큰 스승 알프레드가 최고인 줄 알았다. 그는 많은 것을 알고 있었으며 사람들에게 존경받는 모습이, 아무리 봐도 세상에서 제일 좋은 사람이라고 여겼었다. 그 생각은 지금도 마찬가지였다.

"아저씨에게 들어보니까 예의라는 게 아주 좋은 거더라고. 이웃도 사랑하고 약한 자도 무시하지 않고 말야. 그러니 예의를 알고 있는 아저씨도 좋은 사람이지."

"윌리암, 예의는 하루아침에 배울 수 있는 게 아니란다. 굳이 원한다면 나하고 같이 우리 성으로 가자. 와이번의 심장을 가져온 너에게라면 뭐든지 해줄 수 있다."

"안 됩니다."

알프레드가 기사의 말을 잘랐다.

"나하고 같이 있는 게 아이한테도 좋을 텐데?"

기사는 의아한 표정을 지었다.

"윌리암은 급히 가야 할 목적지가 있습니다."

"헤라트님을 욕하는 걸로 봐서는 아쿠아소룸의 땅은 아닐 테고, 천상 드래곤 족의 영역으로 가야 할 텐데 거기도 위험하기는 마찬가지지."

"조금 전에 맥슨이 말한 것은 실수였습니다. 이 대륙에 사는 모든 종족의 처지를 알지 않습니까?"

알프레드는 더듬거렸다.

"알지. 나 역시 헤라트님의 판단이 전부 마음에 드는 것은 아냐. 하지만 이 땅에서 내가 모시는 군주(君主)이기에 최선을 다하는 것뿐이다. 조금 전 일은 윌리암을 봐서 없던 걸로 하겠다. 그리고 나를 구해준 이곳 사람들에게 감사하는 뜻에서 덮어두지."

나와 대화를 나누면서 기사는 많이 누그러져 있었다.

"감사합니다."

사코치가 고개를 숙였다. 만일 우리 일행이 반역자였다면 그린 족도 헤라트의 마수에서 벗어날 수 없을 것이다.

"그렇다면 기사님."

"무엇이냐?"

"생명의 돌에 대한 얘기를 듣고 싶습니다."

알프레드는 나름대로 학자였다. 예전에도 모르는 것이 있다며 책과 씨름하는 그를 본 적이 많았다. 큰 스승이 나의 호기심에 별말없이 따르는 것도 이런 처지를 이해하기 때문일지도 몰랐다.

"라이브 스톤은 원래 주인이던 지고프라 가문이 사라지면서 어떤 경로로 거쳤는지는 모르지만 우리 조부님의 손에 들어오게 된 것이다. 조부님은 그 보석을 갈아 우리 사즈후튼 가문의 문장을 새겨놓았지. 영원히 번영하는 가문이 되라고 말야."

"사즈후튼이라고요?"

나는 타이맨의 동굴에 죽어 있던 용감한 기사를 떠올렸다.

"너도 우리 가문을 아느냐?"

기사가 의외라는 반응을 보였다.

"같은 두레슬라비 국 영토 내에 있다고 해도 자코빈이라는 사즈후튼 가문의 영지는 이곳에서 서쪽으로 말을 타고도 3일은 가야 하기 때문에 쉽게 알 수가 없을 텐데."

"저 마을 위쪽 동굴에……."

나는 파레토 백작의 유골을 묻어준 얘기를 했다.

"그게… 정말이냐?!"

무척 놀란 기사가 못 믿겠다는 얼굴이었다.

"내일이라도 가보면 되잖우?"

맥슨은 계속 툴툴댔다.

"나는 파레토 백작의 손자인 하우제터스 자작이다."

"……."

윌리암 일행은 설마 하는 표정을 지었다. 그러나 하우제터스 자작은 말을 계속 이었다.

"우리 아버지와 나는 오로지 와이번에게 복수할 일념으로 그놈을 쫓아다녔지. 그런데 할아버지를 죽인 와이번이 다른 놈이었다니 너무 허무하구나."

기사가 고개를 떨구었다.

"하지만 사즈후튼 가문의 문장이 그려진 생명의 돌은 하우제터스 자작님과 싸웠던 와이번의 심장에 있었잖습니까?"

알프레드는 격식을 갖추어 자작을 대했다. 곁에는 호기심이 가득한 나하고는 다르게 맥슨이 못마땅한 얼굴로 계속 중얼거렸다.

"이만 가야겠네."

"아직 몸이 성치 않으십니다."

사코치가 자작을 잡았다.

"괜찮네."

자작은 옆에 벗겨놓은 옷을 천천히 입었다.

"윌리암, 이 라이브 스톤은 네가 가져라."

"이렇게 귀한 걸 어째서 나를 주지?"

"후후후, 역시 너는 예의가 없구나."

나는 자작의 입에서 예라는 단어가 나오자 다시 기가 죽었다.

"와이번하고 했던 약속을 지키는 것뿐이다. 우리 가문도 잃었던 명예를 찾았으니 그 돌을 준다고 해서 크게 잘못되는 것은 아니다."

"자작님, 조금 더 말씀해 주시면 안 되겠습니까?"

알프레드는 듣다가 그친 다음 얘기가 무척 궁금한 듯했다. 그건 나도 마찬가지였다.

"후후후, 남의 가문에 관한 얘기를 뭐 하러 들으려고 하나? 나중에 인연이 되면 나머지 얘기는 그때 하지."

자작은 웃음을 흘리며 창밖을 내다보았다. 서서히 여명이 밝아오고 있었다.

"이봐, 맥슨이라는 친구."

"자작님, 무슨 분부라도?"

알프레드가 맥슨을 보며 눈꼬리를 올렸다.

"숨어 다니는 신분이면 너무 나서지 말게. 다른 친구들까지 다칠 수 있으니까."

"말씀 명심하죠."

맥슨은 허리를 굽히며 예를 갖추는 동작을 했다.

"후후후."

여전히 히죽대는 맥슨을 웃음으로 건너뛴 자작은 마지막으로 칼을 집어넣었다.

"나는 그 동굴에 들러 할아버지를 뵙고 가야겠네."

"기사 아저씨, 이 선물 고마워!"

자작이 나를 힐끔 보았다.

"후후후, 정말 예의없는 녀석이야."

"미, 미안."

예의없다는 자작의 말에 자꾸만 기가 죽는 내 자신을 느꼈다.

"아직 배우지 않아서 그런 거니까 괜찮다."

자작이 선심을 쓰듯 개의치 않는 표정을 지었다.

"고마워."

나도 모르게 주눅이 많이 들었다.

"너와 나의 인연은 이것으로 끝이 아닐 것이다."

"……?"

"예의없는 어린 친구, 나는 그만 가봐야겠네."

사즈후튼 가문의 하우제터스 자작은 나에게 알아듣지 못할 말만 남기고 사코치의 방에서 나갔다. 사람들이 몸이나 낫거든 가라고 말렸지만 아무 소용이 없었다.

〈2권으로 이어집니다〉